## Zu diesem Buch

Es ist nicht alles Gold, was glänzt. Diese Binsenweisheit bewahrheitet sich für die Dresdner Honoratioren auf besonders bittere Art und Weise. Hat doch der geheimnisumwitterte Kurland, Gönner und Kunstmäzen von Elbflorenz, den Bürgern zunächst eine nagelneue U-Bahn für schlappe 700 Millionen Mark versprochen. Dann entpuppt sich dieses scheinbar selbstlose Angebot als Attacke auf die Deutsche Bundesbank, ja sogar auf die Weltwährung. Gold ist im Spiel, pures Gold, das aus wertlosem Schrott erzeugt werden kann. Der Traum aller Alchimisten wird zum Alptraum der Politiker. Zudem steht das leider nur mittelmäßig besetzte Tennisturnier unter keinem guten Stern. Strindberg, der einzig schlagkräftige Recke, hat sein Racket für immer abgegeben. Ein Geländewagen zermalmte das ewige Talent unter seinen mächtigen Reifen. Doch den Sportreporter einer lokalen Tageszeitung hat seine investigative Spürnase rechtzeitig zum Tatort geführt, die Recherchen konfrontieren ihn mit einem Panoptikum fanatischer Sachsen, skrupelloser Sponsoren, selbstherrlicher Politiker und anderer Halbwelt-VIPs.

«Klugmann erschrieb sich einen Rangplatz irgendwo zwischen Heinz Erhardt und Groucho Marx.» (Die Welt)

«Das Pendel des Pentagon» (Nr. 2954) und «Krieg der Sender» (Nr. 3038) waren die beiden letzten Phil-Parker-Krimis von Norbert Klugmann. Der erste Fall für den Sportreporter erschien unter dem Titel «Schweinebande» (Nr. 3175). Zusammen mit Peter Mathews schrieb er: «Beule & Co» (Dreierband, Nr. 3101), «Ein Kommissar für alle Fälle» (Nr. 2700), «Die Schädiger» (Nr. 2771) und den Weihnachtskrimi «Eine schöne Bescherung» (Nr. 3220). Klugmanns letztes Solowerk ist die epische Tragödie «Neuschwanstein» (Haffmans Verlag).

Norbert Klugmann

# Doppelfehler

Ein Fall für den Sportreporter

Rowohlt

rororo thriller
Herausgegeben von Bernd Jost

Originalausgabe
Veröffentlicht im Rowohlt Taschenbuch Verlag GmbH,
Reinbek bei Hamburg, Juni 1996

Umschlagtypographie Walter Hellmann
(Illustration: Frank Nikol)
Redaktion Peter M. Hetzel
Satz Aldus (Linotronic 500)
Gesamtherstellung Clausen & Bosse, Leck
Printed in Germany
1090-ISBN 3 499 43228 5

# 1 Ein Unglück kommt selten allein oder: Die Elbe sehen und sterben

Sie hatten ihm die Höchststrafe verpaßt, und alle dachten, daß er nach dieser Blamage das nächste Flugzeug nehmen würde. Als ich Strindberg in der Hotelbar aufspürte, hatte er bereits mehr als null Komma acht Promille intus. Sein Pidgin-Deutsch wurde dadurch etwas gelenkiger, ich erfuhr die Geschichte seiner kurzen Affäre mit dem deutschen Top-Model.

«Ich liebe deutsche Frauleins.» Noch ein Bier, und ich mußte mir anhören, daß es schön war, bei deutschen Frauleins den Aufschlag ins Feld zu bringen. «Du kannst machen einen Doppelfehler, und sie halten immer noch still.» Zwischendurch schaute der Turnierdirektor vorbei. Er stellte einen Scheck aus, Strindberg wollte Bargeld. «Oder habt ihr kein Geld im Wilden Osten?» Die beiden brüllten sich an, vertrugen sich aber wieder, denn in dem Maße, wie der Schwede seinen Frust über die 0:6, 0:6-Schlappe verarbeitete, wurde er zugänglicher. «Ich liebe dieses Bier. Es ist schwarz wie... wie... wie ist deutsches Wort für ‹Schamhaar›?» Er lobte auch die fairen Dresdner Zuschauer, aber ich wurde den Verdacht nicht los, daß er keine Ahnung hatte, wo Sachsen lag. Strindberg war ein globaler Trottel, weltläufig und verblödet nach einem Jahrzehnt im Bermudadreieck zwischen Flughäfen, Hotels und Tennisplätzen. Anfang der neunziger Jahre hatte er einen Monat lang Platz 18 der Weltrangliste belegt. Danach ging es stetig abwärts. Verletzungen, unglückliche Niederlagen, Rauswurf aus dem schwedischen Davis-Cup-Team; und einige Nasen Kokain waren auch mit im Spiel. Er mußte bei großen Turnieren schon seit längerer Zeit die Qualifikation bestreiten; aber es reichte immer noch, um bei den Challenger-Turnieren und den kleinen ATP-Veranstaltungen als Nummer 1 oder 2 gesetzt zu werden. Deshalb waren die Zuschauer am Nachmittag auch so sauer gewesen, daß der Name mit dem größten Bekanntheitsgrad bereits in der ersten Runde sang- und klanglos ausgeschieden war.

«Solche Typen bringen mich ins Grab», vertraute mir der Turnierdirektor an, als Strindberg für kleine Jungs gegangen war. «Abzokkertypen. Holen sich die Antrittsprämie ab, verlieren ohne Gegenwehr und fahren nach Hause.» Danach bettelten zwei Teenies um Autogramme, und der Turnierdirektor erwähnte so oft meine Berufsbezeichnung, bis sie auch Strindberg mitkriegte. «Wo bleibt euer Fotograf?» fragte er und strich kokett seine blonde Mähne nach hinten.

«Wir im Wilden Osten fotografieren nur Sieger.»

Strindberg stutzte und lachte. Er war ein sympathischer Bursche. Mit seiner braunen Haut und den Grübchen machte er den Teenies die Knie weich, und nach 21 Uhr sagte jemand aus unserer Runde: «So, du Knäckebrot, jetzt zeige ich dir das Dresdner Nachtleben.»

Vom *Hilton* zogen wir über den Fluß in die Neustadt. Ich ahnte, daß uns ein Besäufnis bevorstand, und schlug mir den Magen voll. Mit einer ordentlichen Grundlage würde ich länger durchhalten. Schließlich war ich nicht mehr der Jüngste, der Höhepunkt meines Alkoholkonsums lag 15 Jahre zurück. Zum Essen tranken wir immer weiter Schwarzbier, und Strindberg sagte:

«Wunderbar. Ich kaufe die Brauerei. Was kostet der Laden?»

Die Kellnerin ließ sich ein Autogramm auf ihre Schürze kritzeln, und die Gesichter an den Nachbartischen zeigten, daß die Anwesenheit des prominenten Sportlers registriert wurde. Wir hatten schon zwei Wochen vor dem Starttag begonnen, das Turnier großzuschreiben. Wir einheimischen Kollegen bezeichneten Dresden zwar gerne als die Nummer 1 im Lande, beim Tennis hatten aber die Leipziger mit ihrem Grand-Prix-Turnier die Nase vorn – und hoch. Zwar war das nur ein Damenturnier, aber heutzutage traute sich ja niemand mehr, laut zu sagen, daß das Spielniveau der Tennis-Profiteusen unterhalb von Ranglistenplatz 8 dramatisch abnahm.

Um 23 Uhr 30 wechselten wir ins *Hollywood* hinüber, aber vorher verabschiedete sich Warsteiner vom *Elb-Boten*. «Das tu ich mir nicht an», sagte er und boxte mir zum Abschied in den Magen. Ab jetzt war ich der einzige Journalist in der Runde.

«Wacht auf, ihr müden Hunde!» rief Strindberg, schnappte sich eine magere Schönheit vom Barhocker und hottete schneller mit ihr los, als der Diskjockey geweckt werden konnte. Ich blieb an der Theke und schützte die Augen per Sonnenbrille gegen die Laserblitze. An einem Tisch entdeckte ich drei Spieler von Dynamo. Was sie in den Gläsern hatten, war garantiert kein Vitamindrink. Bollmann aus dem defensiven Mittelfeld tat per Blick, was ihm mit dem Fuß seit Wochen nicht gelang: Er überbrückte eine Entfernung von mehr als zwei Meter fünfzig und informierte seine Kumpel, daß ein Journalist im Raum war. «In meinem Blatt wird kein Sterbenswörtchen erscheinen!» rief ich ihnen vertraulich über acht Tische hinweg zu. Aber fünf Minuten später war der Tisch leer, den wir umgehend besetzten.

Die Vorstadtschönen hingen an Strindberg wie die Kletten, bei den langsamen Stücken fand auf der Tanzfläche viel beischlafvorbereitende Gymnastik statt. Doch der Schwede wollte lieber trinken, viel und dunkel, am liebsten Schwarzbier. «Mädchen!» sagte er verächtlich. «Immer nur Mädchen. Fassen sich überall gleich an. Oben haarig, in der Mitte weich, und unten schläfst du ein. Aber schwarzes Bier!» Er goß sich ein halbes Glas in die Kehle, daß es ihm aus beiden Mundwinkeln hinunterlief. «Schwarzes Bier törnt besser an als schwarze Frau. Ich kaufe die Brauerei.»

Dann knallten die Türen, Auftritt für Bergander, das hoffnungsvolle Nachwuchstalent, das den Schweden besiegt hatte. Bei mir stieg die Spannung, aber die beiden Spieler grüßten sich kollegial, und der Laden war groß genug, um sich nicht in die Quere zu kommen. Ich wunderte mich, daß Bergander um diese Zeit noch wach sein durfte. Der 18jährige stand bekanntermaßen unter der Knute seiner Mutter, die ihn zu jedem Turnier begleitete. Vielleicht hatte sich der Filius heimlich aus dem Hotelzimmer gestohlen.

Zwischendurch tauchte endlich Massimo auf. Er hatte seit meinem Anruf zwei Stunden gebraucht und war gerade noch schneller als die Knipserin von der *Depesche*. Sie baggerte Strindberg an, aber der hielt sich lieber am Glas fest.

Alles lief also darauf hinaus, daß wir gegen halb zwei ins *Ambudance* zogen. Garantiert unverbaubare Lage am Elbhang von Loschwitz, Gründerzeitfluidum außen und seit der Renovierung auch innen. Es nannte sich «Club» und war in den vier Monaten seit der Eröffnung zum ersten Puff am Ort aufgestiegen.

Zu diesem Zeitpunkt waren wir auf einen harten Kern von fünf abgeschmolzen. Strindberg und ein Bursche, der zum Turniertroß gehörte, ließen sich das Angebot vorführen. Als der Staatssekretär auf mich zusteuerte, sah ich gerade noch, wie Strindberg an der Seite einer großgewachsenen Hure mit viel Haar verschwand.

Der Staatssekretär bestellte Champagner. Ich hatte genug getrunken, aber Champagner konnte ich auch noch ablehnen, wenn ich tot sein würde.

«Sie verwechseln mich jetzt aber nicht zufällig mit dem Kollegen Ressortleiter vom Lokalen?»

Der Staatssekretär lachte, der Korken knallte. Mein Gönner gestand mir verschämt, daß er einem Kollegen aus dem Saarland das Dresdner Nachtleben zeigen würde. Plötzlich stand Schräge an unserem Tisch, seines Zeichens Chefarchäologe der Stadt oder des Landes. Er war peinlich berührt, hier Bekannte zu treffen. Wir zogen ihn in die Polster, er druckste herum, und ich fürchtete mich schon vor dem gewundenen Geständnis eines unaufschiebbaren sexuellen Notstands. Aber Schräge gestand nur, daß er einem Kollegen aus Dänemark das Dresdner Nachtleben zeigen würde.

«Wo steckt er denn, Ihr Herr Smørrebrød?» wollte der Staatssekretär wissen.

«Ja, im Fräulein Mona, nehme ich an», antwortete Schräge gschamig, und der Abend war gerettet.

«Meine Herren, ist Ihnen eigentlich klar, daß wir drei Hübschen in diesem Moment den Job des Anstandswauwaus ausüben?» Wir kicherten, wie es nur reife Männer jenseits des kultivierenden Einflusses von Frauen vermögen. Der Staatssekretär gab Anekdoten aus dem Innenministerium zum besten. Zehn Prozent von ihnen in einer Kolumne von mir hätten ausgereicht, um eine Regierungskrise auszulösen. Ich steuerte saftige Höhepunkte eines langen Sportreporterlebens bei. Meinen Gesprächspartnern stand das Wasser in den Augen. Bemüht komisch berichtete über zwei Kongresse in Übersee, aber das Ungeheuerlichste, was ihm widerfahren war, war der Sturz in eine ungesicherte Baugrube in Mexico City.

Zwischendurch suchte ich die Toiletten auf, die sauberer waren als die sauberste Ecke in meiner gesamten Wohnung. Das *Ambudance* war ein ungeheuer deutsches Freudenhaus. Ich wußte eigentlich nicht, warum ich mir die Hände waschen sollte, tat es aber trotzdem, denn schließlich hatte ich mich ja angefaßt. Das Licht an den Spiegeln war gnädig, dafür war ich den Betreibern aufrichtig dankbar. Meine stoppeligen Wangen sehnten sich danach, von Hedwig gestreichelt zu werden, und ich hoffte, daß der Schwede seinen Aufschlag zügig ins Feld bringen möge. Nach dem nächsten Glas würde ich gehen.

Um von den Toiletten in die Bar zu gelangen, muß man im *Ambudance* über einen Flur gehen. Ich hielt noch den Türdrücker des Waschraums in der Hand, als ich den Schrei hörte. Keiner von den Schreien, auf die man im Bordell gefaßt ist. Die Stimme voller Schmerz, aber auch Kraft, und der Schrei verstummte nicht. Ich blickte die Treppe hinauf und setzte, weil ich kein besonders ängstlicher Mensch bin, den Fuß auf die erste Stufe, als er mir entgegenstolperte. Er warf sich die Treppe hinunter, jeder Schritt hätte den endgültigen Sturz bedeuten können.

«Junge, um Himmels willen, was...?»

Gurgelnd vor Schmerz rannte er an mir vorbei, den Oberkörper hielt er unnatürlich nach vorn und rechts gebeugt. In diesem Moment betraten zwei Männer den Flur, neue Gäste, Strindberg rannte sie regelrecht nieder und stürzte nach draußen. Im Freien bekam ich ihn zu packen. Mein Griff ging an seinen rechten Arm, schreiend brach er in die Knie. Dann waren sie da, der Staatssekretär, Schräge, zwei Frauen aus der Bar. Strindberg wand sich am Boden, wir packten zu, bändigten den Tobenden. Was wir sahen, war nicht gut.

Der rechte Arm war bis zum Ellenbogen verbrannt. Die Haut warf Blasen, stellenweise war der Arm nur noch nacktes Fleisch.

«O Gott», sagte einer und wandte sich ab.

«Ich hole den Erste-Hilfe-Kasten», sagte eine der Frauen.

«Reicht nicht», sagte der Staatssekretär. «Er muß ins Krankenhaus.» Jemand lief los, um zu telefonieren.

«Nicht ins Krankenhaus!» Wir starrten Strindbergs Manager an, er wirkte nicht betrunken.

«Eine Decke!» rief ich der davoneilenden Barfrau hinterher. Strindberg lag auf dem Pflaster, er war nackt bis auf seine Boxershorts mit Micky-Maus-Figuren.

«Nicht ins Krankenhaus!» sagte der Manager.

«Was redest du?» blaffte ich ihn an. «Der Junge ist schwer verletzt.»

«Kein Krankenhaus. Nichts Öffentliches.»

Ich schob den Manager zur Seite, er wurde rabiat und stieß mich nach hinten, daß ich fast ins Straucheln kam.

«Der Skandal!» rief der Manager. «Das bringt ihn um.»

«Wenn wir ihn hier liegenlassen, bringt ihn das schneller um», konterte ich. «Wo bleibt der verdammte Krankenwagen?»

«It's okay», stieß Strindberg hervor. Selten hatten Wort und Bild in einem größeren Widerspruch gestanden.

Aus den Fenstern sahen uns Huren und Kunden zu, im Hausinneren rief eine Männerstimme kategorisch:

«Keine Presse! Auf keinen Fall Presse!»

«Okay», sagte ich, «wir packen ihn in meinen Wagen.»

Die Hand des Managers lag auf meinem Arm, und ich sagte:

«Privatklinik. Ganz in der Nähe. Sehr mondän. Sehr teuer. Und sehr, sehr privat. Mit einer hohen Mauer rings herum.»

Strindberg bestand darauf, aus eigener Kraft zum Corsa zu gehen. Als ich auf die Straße bog, kam uns der Krankenwagen entgegen.

Die Privatklinik lag nur einen Stadtteil weiter, *Weißer Hirsch*, ein Name, den man Auswärtigen immer erst erklären muß. Strindberg hing im Sitz. Er sprach nicht, wirkte vollkommen entrückt. Ich fuhr ganz gegen meine Gewohnheiten die Kurven weit aus, damit er es schön bequem hatte.

Einfahrt aufs Gelände und Dauerhupe. Sie waren nicht unbedingt auf nächtliche Notfälle eingerichtet, deshalb würde ihnen etwas Rambo-Zambo guttun. Ich sah, wie die Krankenschwester am Empfang gestört aufblickte und sich zum Eingang bequemte. Sie hatten es nicht gern, wenn man die 535-DM-Nacht ihrer Privatpatienten mit einer Hupe zerblökte.

«Dies ist nicht...» lautete der Beginn ihrer Abwimmeltaktik. Ich riß die Beifahrertür auf, und die Schwester wurde plötzlich sehr schnell. In weniger als fünf Minuten standen ein Chirurg und ein Hautspezialist bereit. Ich half dabei, Strindberg auf die fahrbare Trage zu bekommen. Währenddessen standen einige Spätheimkehrer im Foyer und sahen uns eingeschüchtert zu.

«Wo ist Hedwig?» fragte ich die Empfangsschwester, während der Fahrt Richtung OP. Und als sie mich begriffsstutzig anblickte: «Frau Doktor Averhoff.»

Die Frau Doktor, die ein Apartment im Hoteltrakt bewohnte, hatte das Haus am Abend verlassen, war aber noch nicht wieder zurückgekehrt.

Die Ärzte erwarteten uns vor dem OP, fragten mich nach dem Verlauf der Ereignisse ab, dann war ich entlassen. Die Schwester wollte mich wieder mit nach vorn nehmen, aber sie mußte natürlich allein gehen.

«Wir sehen das nicht so gern», sagte sie noch. Aber wenn mir solche Sätze etwas ausgemacht hätten, wäre ich nicht Journalist geworden. Ich zog mir einen Stuhl ans Fenster neben die Grünpflanze und starrte in die Nacht. Aber ich sah nur Strindbergs Arm. Woran hatte er sich so katastrophal verbrannt? Gut möglich, daß die Huren in dem teuren Laden Kerzen auf ihren Zimmern anzündeten. Aber der Arm hatte wie nach einem Napalmangriff ausgesehen. Ein Standbein der Klinik war die Schönheitschirurgie. Schönheit, Revitalisierung und Wellness. Pflaumenweiche Begriffe, die Massen von runzligen Geldsäcken ins Haus schwemmten. Danach waren sie weder schön noch revitalisiert, aber man wurde in dieser Klinik perfekt umhegt. Alles zielte darauf ab, Wohlbefinden zu erzeugen. Die Patienten hießen auch nicht Patienten, sondern Gäste. Ich hatte mehrmals den Umgangston miterlebt und wäre am liebsten spontan auf die nächste Liege geklettert, um mein Gesicht peelen oder die Region massieren zu lassen, wo in jungen Jahren meine Schultermuskeln gesessen hatten, bevor mir die Zeit dort Leichtstahlplatten eingezogen hatte. Diese Story war ein Glücksfall. Solche Gelegenheiten konnte man als Reporter nicht herbeimanipulieren, man konnte auf sie nur in vollkommener Demut warten. Mancher Kollege wartete ein ganzes Berufsleben darauf. Wenn ich Glück hatte, würde mir in der Klinik niemand von der Konkurrenz über den Weg laufen. Aber die Geschichte war leider erst ein Fall für die Ausgabe von morgen – Zeit genug für die Konkurrenz, um den Braten zu riechen.

Auf der Fensterbank lag eine Zeitung – unverzeihlicher Lapsus in dem aufgeräumten Haus, zumal sie nicht aus meinem Verlag stammte. Eine weitere Baufirma hatte Konkurs angemeldet, der durchgedrehte Astronaut weigerte sich immer noch, zur Erde zurückzukehren; und endlich eine Spur von dem verschollenen Bischof. Pilzsucher hatten die Leiche des Kirchenmanns in einer Schonung gefunden.

«Ein traumhafter Ausblick, nicht wahr?»

Ich zuckte zusammen, keine Ahnung, wie lange der Arzt schon hinter mir gestanden hatte.

«Wenn die Hamburger wüßten, daß ihr Blankenese nicht ganz so einmalig ist, wie sie glauben ...» Ich hatte den Blick auf die Elbe nicht registriert, ich war im Dienst.

Der Arzt teilte mir das Nötige mit.

«Er wird es überleben. Aber wir haben zwei Probleme. Er weigert sich, uns zu verraten, woran er sich verbrannt hat.»

«Aber verbrannt hat er sich?»

«Wieso? Ja, natürlich. Woher sonst sollte man sich...? Das zweite Problem ist, daß er nicht hierbleiben will. Wenigstens diese Nacht, so kurz sie noch sein mag. Könnten Sie nicht Ihr Glück bei ihm versuchen?»

«Ich kenne den Mann gar nicht, habe vielleicht ein Dutzend Sätze mit ihm gewechselt.»

Trotzdem probierte ich es. Strindberg saß in einem kleinen Behandlungsraum. Jedes Wort war sinnlos, entweder wollte er nach Hause oder zu einem Werbetermin für seinen Sponsor, jedenfalls mußte er angeblich die erste Maschine nach Frankfurt kriegen, es war jetzt fast vier Uhr.

«Wir lassen uns nur darauf ein, weil Sie so eine gute körperliche Konstitution haben», stellte der Arzt klar. Strindberg trug einen schneeweißen Verband bis zum Ellenbogen. In der Zwischenzeit hatte jemand seine Klamotten angeliefert, so daß mir der Anblick der Micky-Maus-Hose erspart blieb. Der Schwede bat mich, ihn ins Hotel zu fahren. Ich ließ mir vom Arzt noch einmal die Absolution erteilen und sagte:

«Also gut, packen wir's.»

Wir standen bereits am Wagen, aber ich drehte noch einmal ab, ging übers Gelände Richtung Elbe und rief Strindberg. Ich dachte mir, daß es ihm guttun würde, von seiner Malaise abgelenkt zu werden.

«Was sagen Sie dazu?» fragte ich und wies auf den vor uns liegenden Strom. Er sagte nichts. Ich ging zum Wagen zurück, drehte mich noch einmal zu dem Schweden um, und dann sah ich den Geländewagen kommen. Er war schnell und erstaunlich leise, die Scheinwerfer ausgeschaltet, ich hechtete zur Seite. Als nächstes hörte ich dieses furchtbar hohle Geräusch. Ein Körper war auf die Kühlerhaube geprallt, flog meterhoch in die Luft, und ich wunderte mich, daß er weder zappelte noch schrie. Der Körper flog auf mich zu, ich wollte nicht erschlagen werden und robbte zur Seite. Schwer schlug Strindberg neben mir auf, dann war der Wagen wieder da und rollte keine zwei Meter von mir entfernt über die Beine des Schweden. Der Wagen bremste, setzte zurück, und diesmal zerquetschte er den Brustkorb. Mit einem Sprung entkam ich den tödlichen Rädern. Der Wagen fuhr nach vorn über den Körper und nach hinten über den Körper, und ich schaffte es einfach nicht, den Kopf abzuwenden. Etwas in mir wollte es sehen, und meine Augen bekamen reichlich eingeschenkt. Strindbergs Brust war schon lange zerquetscht, aber der Wagen ließ nicht von ihm ab, die Reifen fraßen sich in diesen armseligen Körper hinein, sie wollten noch mehr, wollten seinen Hals, sein Gesicht. Knochen brachen, Säfte spritzten, und mit durchdrehenden Reifen schlitterte der Wagen vom Gelände herunter.

## 2 Ein Panzer am Fußende oder: Zwei Kegler unter sich

So ging es in meinen Alpträumen zu: Alle blickten auf mich herunter. Sie standen, ich lag auf der Erde. Und auf einmal war da dieses Gesicht, klug, schön, verschmitzt, selbstbewußt, Gott sei Dank mit einigen Falten. Das Gesicht hatte auch eine Hand, sie strich mir die Haare aus der Stirn, und das Gesicht sagte:

«Wenn man dich mal einen Abend allein läßt.»

Hedwig erzählte mir hinterher, sie habe dafür gesorgt, daß ich nicht in irgendein Bett gesteckt wurde, sondern ausdrücklich in ihres.

Ich war heil geblieben, hatte nur an der linken Hüfte und der linken Schulter Abschürfungen und einen Bluterguß von meinem Sprung, der mich aus der Reichweite des Wagens befördert hatte. Hedwig führte eine fremde Frau an mein Bett, und ich stöhnte:

«Keine mehr heute, Liebling. Es reicht». Hedwig, die mich auch wegen meines Humors liebte, schmunzelte. Die Fremde hatte einen jungen Mann dabei. Er besaß die Fähigkeit, sich unsichtbar machen zu können. Ich vergaß ihn, obwohl er am Fußende stehen blieb, zwischendurch immer wieder. Die Fremde eröffnete die Kampfhandlungen mit den Worten:

«Mein Name ist Panzer.»

«Glaub ich nicht.»

Natürlich konnte sie nicht lügen, denn sie war von der Polizei. Kriminalhauptkommissarin Mechthild Panzer. Sie nannte mir auch den Namen ihres Mitarbeiters, ich vergaß ihn sofort.

«Fühlen Sie sich stark genug, mir einige Fragen zu beantworten?»

Ich betete Namen, Beruf und Funktion herunter. Am Fußende wurde eifrig mitgeschrieben.

«Ich kenne Sie», sagte die Kommissarin und wurde auf einmal regelrecht verlegen. Es stellte sich heraus, daß sie Keglerin war und das nicht nur zwischen zwei Gläsern Bier. Sie war mit der Mannschaft von Pirna in der letzten Saison von der Kreis- in die Bezirksklasse aufgestiegen. Ich als ehemaliger deutscher Meister hob naturgemäß Kegeln häufiger ins Blatt als andere.

«Alle meine Kegelschwestern sind auf Ihre Zeitung umgestiegen», sagte die Kommissarin.

«Sind Sie bereit, mir das für meinen Chef schriftlich zu geben?» Das Fußende murmelte etwas von Paragliding und Indoor-Skating. Angeblich handelte es sich dabei um Sportarten, die bevorzugt von jungen Leuten ausgeübt würden. So hörte es sich auch an. Ich vertrat im Kollegenkreis schon lange die Meinung, daß – sollte eines Tages Popeln zur Wettkampfsportart aufsteigen – dies mit amerikanisiertem Namen geschehen würde, Nose Battle etwa. Ich witzelte also um mein Leben, denn ich hatte Angst vor dem, was auf mich zukam.

«Herr Strindberg ist tot», sagte die Kommissarin. Offizielle Bestätigung für einen Tatbestand, der mir bereits bekannt war. Ich schilderte die Stationen, die ich im Verlauf des Abends mit dem Tennisprofi durchlaufen hatte: die Sporthalle, aber dort hatte ich im Presseblock gesessen und nicht mit ihm geredet; dann die Hotelbar, das Restaurant in der Neustadt, die Diskothek und am Ende das Freudenhaus über der Elbe.

Die Kommissarin erfragte die Namen derjenigen, die diese Stationen mit durchlaufen hatten.

«Was soll das?» fragte ich. «Halten Sie die für verdächtig?»

«Bitte beantworten Sie einfach meine Frage.»

«Andere Informationen kriegen Sie von denen auch nicht. Besser als ich beobachtet keiner.»

«Sie sind sehr selbstbewußt.»

«Wenn man Minderwertigkeitsgefühle hat, wird man Lehrer, nicht Journalist.»

«Meine Freundin ist Lehrerin», sagte das Fußende verdutzt.

«Quod erat demonstrandum. Soll ich Ihnen das schnell buchstabieren?»

Die Kommissarin mußte kurzzeitig woandershin gucken. Danach

wurde es ernst. Ich schilderte unseren Aufenthalt im *Ambudance* bis zu dem Moment, als ich die Toilette aufgesucht hatte.

«Sie sind die ganze Zeit in der Bar geblieben?»

«Gute Frau, ich liege hier vor Ihnen im Bett meiner Geliebten.»

«Wollen Sie mir damit etwas andeuten?»

«Okay, ich habe in dem Bordell keinen Geschlechtsverkehr ausgeübt.»

«Und Herr Strindberg?»

«Wollte seinen Aufschlag ins Feld bringen.»

«Bitte?»

«Ich meine ja. Er hat. Beziehungsweise er wollte. Hoffentlich hat er noch.»

«Sie wissen nicht, mit wem er ...?»

«Sie war rothaarig, Locken bis zu den Schulterblättern. Langes Kleid, schwarz mit bunten Blumen.»

«Und dann ...»

«Dann habe ich die Toilette aufgesucht.» Ich merkte, wie unlogisch ich redete. «Als ich mir die Hände gewaschen habe, hat er geschrien.»

«Haben Sie ihn gesehen, als er schrie?»

«Nein. Ich sah ihn erst, als er die Treppe heruntertaumelte.» Ich schilderte ihr die Verletzung, die Weigerung seines Managers, in ein Krankenhaus zu fahren, den Transport in die Klinik, die Verarztung. Danach der Marsch mit Strindberg vor die Tür, der Blick über die Elbe, die Attacke des Wagens.

«Typ? Kennzeichen? Beschreibung der Insassen?»

«Geländewagen, wahrscheinlich ein Japaner, jedenfalls kein Mercedes.»

«Warum kein Mercedes?»

«Weil kein Mercedesfahrer so etwas fertigkriegen würde», sagte ich und lächelte Hedwig an.

Die Kommissarin dachte über meine letzte Bemerkung nach, und ich fuhr fort:

«Autofarbe: dunkel. Grau, graphit, schwarz oder jede andere dunkle Farbe. Kein weiß, kein gelb, kein helles rot. Kennzeichen: keins.»

«Bitte?»

«Kein Kennzeichen.»

«Sie haben es nicht erkannt.»

«Der Wagen hatte keins. Abgeschraubt. Hinten und vorne. Insassen: schleierhaft. Die Scheiben waren abgeklebt. Kennen Sie vielleicht. Das machen GTI-Fahrer.»

«Und die Frontscheibe?» fragte die Kommissarin. Sie kämpfte um jeden Punkt.

«Die war nicht verklebt. Aber ich habe nichts gesehen. Er hat ja gleich angegriffen. Und als er Strindberg erwischt hatte, habe ich auf dem Boden gelegen. Wenn Sie also Fragen zu den Reifenprofilen haben...»

Natürlich ersparte sie mir auch den Rest nicht, ich rechnete es ihr hoch an, daß sie auf unnötig ins Detail gehende Schilderungen verzichtete. Nur der Assistent fragte:

«Sie haben nur zwei Meter daneben gelegen oder noch weniger? Ja, Mann, da hört man doch die Knochen knacken.»

Irgendwie überlebte ich die beiden, ich lag sie einfach aus. Der Türknauf blieb warm, denn die abziehenden Beamten drückten ihn Dekker und Massimo in die Hand.

«Wow», sagte die Juniorin, «wenn ich nicht wüßte, daß Sie noch leben, würde ich sagen, Sie sind tot.» Ich erlaubte Massimo, seine Kamera auf mich zu richten, und die Juniorin aus dem Lokalen nahm ohne Umstände auf der Bettkante Platz, um ein fulminantes Interview zu starten. 30 Sekunden später stand sie eingeschnappt an der Tür. Ich hatte jede Auskunft verweigert und mich mit ihr für 11 Uhr verabredet.

Hedwig ließ die Kleider fallen und kroch zu mir unter die Decke. Die Frau wußte einfach, was Männer lieben. Und noch eins wußte sie: wo die Stelle lag, an der sie mich in den Schlaf kraulen konnte. Der Erfolg trat nach weniger als zwei Minuten ein.

## 3 Tamara Press & Pulitzer

Das erste, was mir beim Betreten der Redaktionsräume in die Arme fiel, war die Oldag. Wir prallten an der Großraumtür zusammen, aber sie erwischte mich nicht frontal, sonst wäre der Bumms weicher ausgefallen.

«Lassen Sie mich durch!» herrschte sie mich an, obwohl ich keinen Versuch unternommen hatte, sie aufzuhalten.

«Was gibt's denn?» rief ich der Davoneilenden hinterher.

«Ärger!» rief sie, ohne sich umzudrehen. «Das gibt großen Ärger.»

«Was hat sie denn?» fragte ich unseren Boten.

«Ärger.»

«Sag bloß. Und was hat sie sonst?»

«Sie sollten lieber fragen, was sie nicht mehr hat.»

«O nein.»

«O ja.»

«Hat er wieder zugeschlagen? Wieviel diesmal?»

«200 Mark. Ist ja auch leichtfertig. Ich sage immer, wer nicht hören will, muß eben fühlen.» Im Großraum wurde nicht gearbeitet, sie standen alle zusammen und ereiferten sich, was aber durch mein Auftauchen ein Ende fand.

«Hey, da ist er!» – «Noch alles dran? Laß doch mal sehen.» – «Komm, ich zerreiß dir das Hemd. Das kommt auf den Bildern besser.» – «Wehe, du reichst jetzt eine Kur ein. Ich kann meinen Urlaub nicht schon wieder verschieben.»

So waren sie, meine Kollegen. Ich liebte jeden von ihnen, auch den kleinsten und unscheinbarsten, woran in dieser Redaktion kein Mangel herrschte. Alle wollten von mir eine Liveschilderung hören, aber ich wollte wissen, wie der Diebstahl sich diesmal abgespielt hatte. Christine hob den Finger.

«Ich bin schuld. Ich habe ihr gesagt, daß ihre Tusche verlaufen war. Da ist sie natürlich gleich ab ins Klo. Und als sie zurückkommt, war das Portemonnaie weg. 200 Mark.»

«Und wo warst du?»

Christine sah mich verdutzt an.

«Willst du damit andeuten, ich ...?»

«Nonsens. Aber du hast doch bestimmt die Tasche gesehen.»

«Soll ich euer Tasche Hüter sein?» rief Asmussen aus dem Hintergrund.

Der Dieb, der seit zwei Wochen bei uns klaute, kriegte den Kanal einfach nicht voll. Mit der Oldag hatte er schon seinen vierten oder fünften Coup gelandet. Er ging seinen weiblichen Opfern jedesmal an die Handtasche und den männlichen ans Jackett oder die Schreibtischschublade.

«Ich finde das langsam unangenehm», sagte Christine. «Die Oldag ist so sauer, daß sie jetzt doch die Polizei informieren will.»

Nach den ersten beiden Vorfällen hatten wir uns gegenseitig zu erhöhter Achtsamkeit verdonnert. Keiner wollte die Polizei in der Redaktion sehen. Polizisten hatten die Angewohnheit, nebenbei auf dieses oder jenes Blatt Papier zu schauen. Einige von uns reagierten da sehr dünnhäutig. Ich verstand das gut, auch wenn mein Ressort damit am wenigsten Probleme hatte. Sie hatten der erzürnten Oldag den Volontär aus dem Lokalen hinterhergeschickt. Sie konnte das Bürschlein gut leiden, er sprach wohl die überproportional entwickelte mütterliche Seite bei ihr an.

«Ist ja auf die Dauer auch etwas schwach», sagte Christine. «Irgendein Aas klaut dir 200 Mark, und du kannst nichts dagegen machen.»

Dann entdeckte mich die Juniorin und schleppte mich in ihr Reich ab. Ich erzählte mein Trauma zum zweiten Mal, nachdem ich ihr anfangs angeboten hatte, Fragen und Antworten schriftlich zu formulieren. Aber sie ließ nicht mit sich handeln. Manchmal mochte ich den Nachwuchs nicht so gern, der mich an junge Tage erinnerte.

Dann trommelte ich meine Leute zusammen. Zapf war heute mit dem Tennisturnier dran, die anderen trieben sich im Haus herum.

«Habt ihr schon gelesen?» fragte Pulitzer. «Sie haben den Bischof gefunden. Natürlich tot. Habe ich ja gleich gesagt.»

«Bei einem Bischof ist das ja nicht das letzte Wort», entgegnete Besendahl. Ich ließ ihnen zwei Minuten Leine, sie brauchten das. Für uns Journalisten ist die tägliche Ration Bosheit lebenswichtig. Sonst verkümmern wir, und unser Fell verliert seinen seidigen Glanz.

Zum Schluß kam Tamara Press.

«Wenn dir die Tür zu schmal wird, sag Bescheid. Ich laß dann rechts und links 20 Zentimeter Wand rausklopfen.»

Tamara sah mich verächtlich an, schwieg aber entgegen ihrer sonstigen Gewohnheit. Die Frau wurde von Tag zu Tag dreieckiger. Als ich sie neben Pulitzer sitzen sah, wurde mir bewußt, welche Entwicklung die Frauen im Verlauf meines Lebens genommen hatten. Auf Hänflinge wie unseren Volontär warteten schwere Zeiten.

Natürlich waren alle scharf auf mein Abenteuer. Ich erzählte es zum dritten Mal.

«So war das also, und ich würde so ein Erlebnis nicht einmal meinem schlimmsten Feind wünschen.»

«Jammerschade», sagte Tamara. «Immer wenn es spannend wird,

dürfen wir nicht mitspielen, und die Kerle vom Lokalen führen sich auf wie die Cowboys.»

«Deshalb habe ich euch hergebeten.» Tamara rückte begeistert an den Tisch heran und mochte mich noch mehr als sonst.

«Für Verbrechen haben wir natürlich unsere Spitzenkräfte», fuhr ich fort. «Und wir achten streng die redaktionellen Zuständigkeiten. Aber in diesem speziellen Fall ist das Opfer nun mal ein Sportler. Und daher...»

«Keine langen Vorreden», sagte Tamara. «Und auch keine langen Vorspiele.» Pulitzer rückte ein Stück von ihr weg.

«Okay», sagte ich. «Es gibt zwei Punkte, an denen wir ansetzen können. Nummer eins ist das Vorleben von Strindberg. Nummer zwei ist die pikante Frage: Wer wußte, daß er sich zu diesem Zeitpunkt gerade dort aufhielt?»

«Warum sitzt du noch hier rum?» bellte Tamara den Volontär an.

«Was soll ich denn deiner Meinung nach sonst machen?»

«Biografien wälzen. Bei den Tennisverbänden anrufen. Unser Archiv abfragen. Und natürlich den Manager.»

Ich bremste Tamara und wunderte mich, wie leicht mir dies fiel. Es konnte nicht allein daran liegen, daß ich der Chef war. Ich war Zeuge gewesen, als sie auf der letzten Betriebsversammlung dem Herausgeber ihre Meinung über den Sinn und Unsinn von Dienstwagen mitgeteilt hatte.

«Pulitzer kümmert sich um die Archive», sagte ich und sah zu, wie er eifrig schrieb.

In seinen ersten Wochen hatte Pulitzer fünf Beschwerden auf die Chefredaktion und den Betriebsrat abgefeuert, weil er sich, wie er es formulierte, «nicht ausgebildet, sondern ausgenutzt» vorkam. Der Betriebsrat bewilligte sofort einen Gesprächstermin, und der diensthabende Kollege sagte am Telefon: «Wenn du schon auf dem Weg bist, bring uns doch gleich fünf Pfund Kaffee mit.»

Nun war Pulitzer kurz davor, den Sicherheitsrat der Vereinten Nationen anzurufen. Wer weiß, wie die Affäre ausgegangen wäre, wenn ihn nicht ein erfahrener Kollege zur Brust genommen hätte.

Viereinhalb Stunden hatte mich der sture Kerl gekostet.

Pulitzer erklärte beflissen, daß er sich lediglich die verschiedenen Ansprechpartner aufschreiben würde. Ich sorgte dafür, daß er den Manager wieder strich.

«Der gehört Vati», sagte Tamara und fügte häßlich lachend hinzu: «Du hast einen offenen Mund.» Den hatte ich in der Tat, weil ich drauf und dran gewesen war, die Worte «Der gehört Vati» auszubringen. Dann diskutierten wir, wie wir an die Ermittlungsergebnisse der Polizei gelangen könnten. Tamara bot an, die Informationen aus der Kommissarin herauszuprügeln. Pulitzer rückte noch ein Stück von ihr weg.

«Zapf hat den besten Draht», sagte Besendahl.

«Okay», sagte ich, «und wer geht in den Puff?» Wir starrten so lange Besendahl an, bis der sich umdrehte, um herauszufinden, wen wir seit einer Minute anstarrten.

«Ich bin ein alter Mann», sagte er dann.

«Du sollst dort nicht rammeln», stellte Tamara klar.

«Ich finde es gut, daß du das in dieser Deutlichkeit gesagt hast, Tamara», sagte ich.

«Ich bin für klare Verhältnisse. Immer gewesen», entgegnete der Muskelprotz selbstgefällig. Sie hatte eine Hantel neben dem Schreibtisch liegen. Bei dem Versuch, sie aufzuheben, waren Besendahl und ich gescheitert. Besendahl weigerte sich, aktiv zu werden.

«Das ist nicht meine Sportart. Die hat's bis 89 nicht gegeben.»

Aus leidvoller Erfahrung verzichteten wir auf die Kommentierung des Satzes. Lediglich Pulitzer murmelte:

«Du bist zu alt für den Job.»

Besendahl öffnete ein Auge, wandte sich an Tamara und sagte:

«Riecht es hier nach Clerasil, oder bilde ich mir das nur ein?»

## 4 Ein Manager auf der Flucht

Bevor ich in die Tennishalle fuhr, sprach ich mit Besendahl und Christine über die nächste Ausgabe. Wenn ich Besendahl etwas erklärte, hatte ich jedesmal das Gefühl, mich lächerlich zu machen. Der Mann war ein absoluter Profi, der ideale zweite Mann für jede Redaktion. Er machte bloß so absolut nichts aus sich her. Besendahl wollte nichts mehr werden außer 65. Hätte er zum Zeitpunkt des Verkaufs an die derzeitigen Eigentümer in einer brisanteren Redaktion als dem Sport gesessen, hätten sie ihn zweifellos hinausgeworfen.

Als ich die Halle betrat, wußte ich, daß wir keine Minute zu verlieren hatten. Gestern waren drei Plätze auf der Pressetribüne belegt gewesen: ich und die Konkurrenz aus der Stadt und Ende. Nicht einmal das Fernsehen übertrug unser Turnier. Heute war kein Platz mehr frei, ohne Frechheit und Charme hätte ich mich nicht einmal mehr neben Zapf aufs Stühlchen drücken können.

«Von wegen Provinz», begrüßte mich mein Kollege und schob seine bekleckerten Pappbecher Richtung Konkurrenz. Ich spendierte ihm einen Kaugummi, damit der Dunst aus seinem Mundraum bei mir nicht immer solche Fluchtimpulse auslöste.

Unten schlugen sich ein Lateinamerikaner und ein Schweizer von der Grundlinie den Ball zu. Sie hätten dabei auf einem Stuhl sitzen können, so variabel war ihr Spiel.

«Schlagen die sich ein oder ist das schon das Spiel?»

Aber Zapf interessierte sich nicht für Tennis:

«Da unten sitzt die *Bild-Zeitung*. Muß man aufpassen: leiht sich überall Kaffeegeld. Daneben die *Süddeutsche*. Der mit der Tonsur ist von der *Neuen Revue*. Oder war's *Quick*?»

«Die *Quick* gibt es seit Jahren nicht mehr.»

«Ist wahr? Ist ja ein Ding.» So war Zapf. Wenn in der Stadt der Pächter einer Kneipe wechselte, wußte er es eher als der alte Pächter. Er gab mir gleich noch eine Kostprobe:

«Und weißt du, wer für diesen Auftrieb verantwortlich ist? Strindberg. Und weißt du, was er gemacht hat? Ermorden hat er sich lassen. Was sagst du nun?»

«Spinnst du?» fragte der neben uns sitzende Kollege von der *Depesche*. Dann setzte er Zapf ins Bild. Er besaß immerhin so viel Anstand, sich glaubwürdig zu schämen. Ich zog Zapf dann aus der Reihe und bugsierte ihn in einen der Zugänge, wo zu dieser frühen Stunde nur wenig Besucherandrang herrschte. Heute war Mittwoch, der zweite Tag des Turniers. Sie hatten nicht mehr als ein 32er-Feld zusammengebracht und streckten die Veranstaltung mit einem Doppel-Wettbewerb und einem Junioren-Cup. Die Konkurrenz war zu groß. In dieser Woche fanden weltweit drei ATP-Turniere statt, alle weitaus besser dotiert.

Zapf begriff schnell und zog Richtung Polizeipräsidium ab, wo er eine Seilschaft von Profitrinkern anzapfen wollte. Ich warf einen kurzen Blick auf den Platz, es war ein erbärmliches Gehaue. Dann begann ich Witterung aufzunehmen und stromerte durch den Bauch der Halle. Der *Elb-Bote* war in Betriebsausflugsstärke vertreten. Warsteiner linste zu mir herüber. Die *Depesche* hatte – genau wie wir – ihren besten Mann geschickt.

«Da ist er!» – «Herr Köchlin, auf ein Wort!» – «Drängel nicht so, du Arsch.»

In Sekundenschnelle hatten wir Köchlin eingekesselt. 20 Fragen prasselten auf ihn ein. Zwei starke Lichter kamen von hinten, Kamerateams vom MDR und von SAT.1. Köchlin hatte wohl wenig geschlafen in der letzten Nacht, seine Gesichtshaut verriet eine aufblühende Neurodermitis. Die zweite Fragenwelle, Köchlin öffnete den Mund:

«Meine Damen und Herren!» Schwyzerdütsch. «Lassen Sie mich zuerst meiner tiefempfundenen Trauer über den Heimgang unseres allseits verehrten Lars Strindberg Ausdruck verleihen. Die Welt hat einen untadeligen Sportsmann verloren, seine Familie einen liebenswerten Sohn und Neffen und ich ganz persönlich meinen besten Freund.»

«Kommt noch was oder geht das so weiter?» bellte der Kollege hinter mir. Köchlin dachte wohl, ich hätte so geredet, denn er blickte mir waidwund ins Gesicht.

«Sie müssen ihn schärfer anpacken, den Hund», forderte ich den Fragensteller hinter mir auf. Der ließ sich das nicht zweimal sagen und rief:

«Keine Politikerphrasen. Wir verlangen von Ihnen, daß Sie...»

Die weiteren Worte hörte ich nicht mehr, weil ich auf dem Weg zu den Parkplätzen war.

Den Corsa fuhr ich noch keine vier Wochen, aber ich hatte bereits den Eindruck, als würde er mich wiedererkennen. Mir war der Abschied von meinem guten alten Diesel nicht leichtgefallen, der kürzlich im Dienst ausgebrannt war. Nach 1980 ist im Kraftfahrzeugbau doch die eine oder andere Verbesserung erzielt worden.

Ich mußte nur zwei Reihen abfahren, dann sah ich ihn schon. Ein todschicker burgunderroter Lancia. Ich ging auf Nummer Sicher und drehte noch eine Runde. Kein zweites Schweizer Kennzeichen.

«Los, mach, du Pinsel», murmelte ich. «Eine Frage noch. Höchstens zwei.»

Dann kam er mit hochroter Birne, die in der Halle noch von zarter

Blässe mit den roten neurodermitischen Inseln angekränkelt gewesen war. Schritt spornstreichs auf den Lancia zu, ich war sofort draußen und rief:

«Denen entkommen Sie nicht.» Er blieb überrascht stehen. «Da!» Er folgte meinem ausgestreckten Arm. Die Meute war 20 Meter entfernt. «Steigen Sie bei mir ein! Ich kenne mich in der Stadt aus. Ein Schweizer hängt die nie ab.»

Ich stieß die Beifahrertür auf, Köchlin sprang in meinen Wagen, Türen zu und ab.

## 5 Ein Schwanzlurch wird seziert

«Bastarde.»

«Ärgern Sie sich nicht. Diese Pressefritzen sind nicht das Schwarze unterm Fingernagel wert.»

Ich brauchte den Kopf nicht zu drehen, denn ich wußte, mit welchem Gesichtsausdruck er mich in diesem Moment bedachte. Im Rückspiegel sah es nicht gut aus, zwei Wagen hingen an uns dran. Ich fuhr über die Elbe Richtung Neustadt und dann nach Trachau. Den ersten Wagen verlor ich schon nach der zweiten Abbiegung, der Golf wurde richtig lästig. Möglicherweise saß Warsteiner am Steuer.

«Fahren Sie mich bitte ins Hotel», sagte Köchlin.

«Ich fahre ins Grüne.»

«Vom Regen in die Traufe», stöhnte er.

«Traufe hat mich noch niemand genannt», sagte ich amüsiert und schaltete das Radio an, weil ich jetzt nicht reden wollte. Dann intensivierte ich das Duell mit dem penetranten Golf.

«Raus!» rief ich 16 Minuten später und stieg aus, um demonstrativ ein- und auszuatmen. Köchlin begann die Begegnung mit der Dresdner Heide zögerlicher. Seitdem mich Hedwig an meinen freien Tagen in die Natur entführte, hatte ich schon manches Naherholungsgebiet kennengelernt.

«Ich höre, Herr Köchlin.»

«Herrgott, ich weiß nichts. Gar nichts. Was glauben Sie denn?»

«Ihrem . . . wie soll ich sagen? Schützling?»

«Freund trifft es gut.»

«Okay. Und ich bitte vorbeugend um Entschuldigung für alle Wunden, die ich jetzt aufreißen werde. Aber die Zeit drängt.»

«Machen Sie Ihre Probleme nicht zu meinen. Ich weiß gar nicht, warum ich mit Ihnen reden sollte.»

«Weil Sie keinen zweiten finden werden, mit dem sich so fair zusammenarbeiten läßt. Wenn Ihnen Ihr Freund am Herzen liegt, sollten Sie ihn nicht den Fledderern vorwerfen.»

«Und Fledderer sind immer die anderen, nicht wahr?»

«Wer haßt Strindberg?»

«Niemand natürlich. Das war ein Zufall, ein tragisches Versehen.»

«Herr Köchlin. Erst verbrennt er sich den halben Arm und weigert sich hartnäckig zu sagen, woran. Dann überfährt ihn ein Auto und zwar siebenmal. Ich habe mitgezählt. Glauben Sie im Ernst, beide Zwischenfälle sind ein tragisches Versehen?»

Vor uns hoppelte etwas über den Weg. Sein Name war in Hedwigs Naturkundeunterricht noch nicht vorgekommen. Seitdem ich aber wußte, daß in deutschen Wäldern keine Stinktiere vorkommen, bewegte ich mich hier viel ungezwungener.

«Herr Köchlin, bitte einen Anhaltspunkt. Oder zwei.» Er schwieg verstockt, der mistige Schweizer.

«Gab es Geldprobleme?»

«Es gibt immer Geldprobleme. Keine Probleme haben Sie nur dann, wenn Sie obdachlos sind. Oder tot.» Er merkte wohl, was er gerade gesagt hatte, und kratzte sich im Gesicht.

«Dann muß ich wohl präziser werden. Hatte er Schulden?»

«Nein. Das heißt, er hat sich im letzten Jahr ein großes Mietshaus gekauft, als Altersvorsorge.»

«Wo?»

«In Berlin.»

«Hypothekenschulden sind Ehrenschulden. Und weiter?»

«Nichts Dramatisches. Alles bleibt im Rahmen. Er fährt Mercedes, macht dreimal im Jahr Urlaub.»

«Wo versteuert er?»

«Wo wohl? In Monaco.»

«Seit wann sind Sie sein Manager?»

«Seit vier Jahren. Als ich Lars kennenlernte, begann gerade sein Abstieg.»

«Was Sie vor vier Jahren nicht wissen konnten.»

«Aber gefühlt habe ich es. Sie spüren das, ob in den Jungs noch das ganz große Feuer brennt.»

«Ein Tennisprofi mit so einer Vergangenheit ist Multimillionär. Richtig? Sehen Sie mich nicht so an. Mich interessiert doch nicht, wie viele Steuern er hinterzogen hat.»

«Das kann man nicht wissen. Sie gehören einem moralischen Volk an.»

«Stimmt. Wenn wir nicht gerade die Welt am deutschen Wesen genesen lassen, sind wir moralisch. Also Multimillionär.» Er rang sich ein Nicken ab. «Hat er sich mal verspekuliert? In Deutschland gab es die Ära der Bauherrenmodelle.»

«Weiß ich. Hat mehr als einen meiner Mandanten erwischt. Aber da war nichts. Nichts Existenzbedrohendes. Die Schiffsbeteiligung hat er verschmerzen können.»

Strindberg hatte in alles investiert, was Gewinn versprach: Schiffe, Immobilien, Firmen, die neu an der Börse eingeführt wurden, sogar eine zehnjährige schwedische Tennishoffnung hatte er alimentiert – vergeblich. Der Teenie war nach einem durchgebrochenen Blinddarm nie wieder auf den Damm gekommen.

«Sind irgendwelche Behörden hinter ihm her? Wegen der Steuern? Wegen zu schnellen Autofahrens? Alimente?»

«Gott bewahre. Davor hatte ich immer am meisten Angst.»

«War ein Rammler vor dem Herrn, was?»

«Könnten Sie bitte aufhören, die Vergangenheitsform zu benutzen? Das finde ich vollkommen desillusionierend.»

«Pardon. Also keine Alimente. Womit wir beim Sex wären. Wie sah es ... sieht es damit aus?»

«Ich habe nicht unterm Bett gelegen.» Köchlin war noch nicht das, was ich mir unter einem idealen Gesprächspartner vorstellte. Aber er hatte angebissen und wurde von Minute zu Minute weicher. «Er war einmal verheiratet. Vor meiner Zeit. Von 17 bis 20.»

«So jung? Und ganz ohne Kind?»

«Es war wohl Liebe. Das gibt's, Herr Redaktor, das gibt's.»

«Aber das gab sich.»

«Schnelle Scheidung. Danach hat er auf die Kacke gehauen. Sagt man nicht so? Models, Musikerinnen, sogar eine Friseuse.»

«Der Bordellbesuch war also kein ... Ausrutscher.»

«Er hat gesagt, daß er das braucht.»

«Wie fanden Sie das?»

«Ich habe dazu keine Meinung zu haben.»

«Soweit für die Mikrofone. Und privat?»

«Er war ein Schwanzlurch, ein ordinärer. Und es ist immer schlimmer geworden. Zum Schluß hat er nicht mal mehr die Tür zugemacht.»

«Oha. Erzähl doch mal.»

Er warf mir einen indignierten Blick zu.

«Hat sich mal eine in ihn verliebt? Eine von den Flüchtigen? Keine Erpressung? Wie amateurhaft sie auch gewesen sein mag? Gut, was bleibt uns noch?»

«Die Konkurrenten.»

«Wie meinen Sie das?»

«Lars hat Streit gehabt. Massiv.»

«Mit wem?»

«Mit der Nummer 1.»

«Wie interessant.»

«Sie haben sich geprügelt. In einer Disko. Genauer gesagt hinter der Disko.»

«Geprügelt wegen was?»

«Er hat's mir nie verraten.»

Es wäre die Headline meines Lebens gewesen: «Nummer 1 der Tennis-Weltrangliste ein Meuchelmörder.» Aber die Nummer 1 spielte in dieser Woche in den Vereinigten Staaten. Weiter konnte man kaum vom Tatort entfernt sein.

«Wie oft war er in seinem Leben in Dresden?»

«Keinmal.»

«Hatte er Feinde in Deutschland? Es kann auch etwas Banales sein. Ein Fan, der kein Autogramm gekriegt hat. Ein Veranstalter, den er geprellt hat.»

«Lars hat nie einen Veranstalter geprellt.»

«Nie in der ersten Runde verloren und nur die Antrittsprämie abgezockt?»

«Antrittsprämie? Was ist denn das?»

«Und hier? In Dresden?»

Köchlin verschwand in der Schonung. Ich entspannte mich erst, als ich das Rieseln hörte. Er kehrte fast tänzelnd zurück.

«Das hat ja was, so in der freien Natur.»

«Die Antrittsprämie.»

«Wie? Ach so. Ja, sehr wenig.»

«Aber eine Antrittsprämie?»

«Herrgott ja. Wenn Ihnen das aufgedrängt wird.»

«Wer hat es Ihnen denn aufgedrängt? Ich weiß zufällig, daß das Geld auf keinen Fall durch den Etat abgedeckt gewesen sein kann.»

«Das ist nun wirklich nicht meine Sorge.»

«Aber man macht sich so seine Gedanken.»

«Da war eine Frau. Ihr war sehr daran gelegen, Lars zu treffen, persönlich, meine ich. Am liebsten hätte sie ihm einen dieser Riesenschecks überreicht. Diese Bilder, die Sie immer in der Zeitung sehen. Allen fällt nur dieser Riesenscheck ein, phantasielos.»

«Warum diese Geheimnistuerei, wenn die Dame Geld ausgibt? Tue Gutes und rede darüber.»

«Das hat mit dem Hauptsponsor oder einer einflußreichen Firma zu tun. Die lassen andere Namen nicht zu.»

«Ich verstehe Sie richtig? Der Hauptsponsor stellt das Turnier auf die Beine, und eine zweite Firma sponsert den Star der Veranstaltung? Ja, warum eigentlich nicht?»

«Das würden Sie nicht fragen, wenn Sie das Gesicht der Dame gesehen hätten, als man ihr sagte, daß sie keine Chance hat, auf die Plakate zu kommen. Oder ins Fernsehen.»

«Name. Adresse.»

«Weiß ich nicht. Aber die Dame sah aus, als würde sie sich von Menschenfleisch ernähren.»

«Sie müssen doch den Scheck haben. Oder beschäftigen Sie einen Assistenten, der die niederen Dinge für Sie erledigt?»

«Ist doch albern, Ihre Unterstellung. Gesetzt den Fall, Lars ist getötet worden, dann war das ein Irrer, ein krankes Hirn.»

«So einer, der John Lennon umbringt, wie? Aber dafür ist Ihr Freund denn doch nicht bekannt genug.»

«Vielleicht kommt morgen ein Bekennerschreiben.»

«Wie sahen die weiteren Pläne aus? Das nächste Turnier zum Beispiel.»

«Monte Carlo.»

«Na, immerhin.»

«Aber er muß in die Qualifikation.»

«Wie ging ... geht es ihm persönlich? Ist er zufrieden gewesen? Oder trauert er der Vergangenheit nach?»

«In den ersten beiden Jahren unserer Zusammenarbeit war es schlimm. Und immer waren die anderen schuld.»

«Wie kann ein anderer schuld sein, wenn er den Ball nicht übers Netz kriegt?»

«Das sagen Sie. Und ich. Aber die Stars ... Selbstkritik ist das, was sie zuletzt lernen. Wenn überhaupt. Sie glauben nicht, wie viele Egozentriker auf dieser Szene herumlaufen.»

«Wovon soll's auch kommen? Wenn ich im Jahr 20 Turniere spiele, in 20 Ländern, und von jedem Land sehe ich nur die Tennisplätze und die Straße zwischen Flugplatz und Hotel, da muß man ja blöd von werden. Oder bleiben.»

«Die sind verdammt einsam. Sie verdienen sich eine goldene Nase, aber sie zahlen auch einen hohen Preis.»

«Nun sagen Sie bloß, die Spieler tun Ihnen leid.»

«Sie werfen ja nicht mal eben sechs oder zehn Jahre ihres Lebens weg. Sondern sie lassen ihre Jugend aus. Die besten Jahre. Das kann man nicht bis zum 30. Geburtstag verschieben und dann nachträglich leben.»

«Das haben Sie schön gesagt. Ich werde darüber nachdenken.»

«Aber bevor Sie's vergessen haben.»

«Sie halten nicht viel von Journalisten, was?»

«Die meisten sind nichts wert. Unsere Unterhaltung ist das Substantiellste, was ich in den letzten Jahren mit Reportern erlebt habe.»

Er lachte unfroh, kratzte sich im Gesicht. Ich sah mir das an und fragte:

«Ist Ihnen schon mal der Gedanke gekommen, daß Sie für dieses Metier zu sensibel sind?»

«Jeden Tag einmal. Aber als Sensibelchen verdienen Sie nur einen Bruchteil von dem, was ich einstecke.» Dann erzählte er mir unaufgefordert, wen er sonst noch managte. Es waren bekannte Namen darunter: zweimal Tennis, männlich und weiblich, ein Rennfahrer aus der Formel 3 mit Talent für die Formel 1, eine junge Golferin. Das fand ich mutig, denn wenn es eine Disziplin gab, für die sich kein Schwein interessiert, dann war es Damengolf.

Wir hatten den Rückweg eingeschlagen. Plötzlich sagte Köchlin:

«Und Sie? Fühlen Sie sich wohl hier?»

«Warum nicht?»

«Weil Dresden weit weg vom Schuß liegt.»

«Das können Sie aber nur sagen, weil Ihr Freund zufällig nicht erschossen worden ist.» Ein harter Konter, aber das liebte ich an meinem Beruf: Das Thema waren immer die anderen. Ohne mich wären sie nicht auf der Welt gewesen. Der Medienwelt.

## 6 Wenn Nutten schwören

Ich setzte Köchlin am *Hilton* ab. Im Foyer warteten die Geier.

«Unkollegial!» rief mir Warsteiner vom *Elb-Boten* zu.

«Aber wirkungsvoll», rief ich zurück, wir drohten uns freundlich mit erhobenen Fäusten. Allerdings konnten wir nicht auf unsere Brüderschaft trinken, denn er durfte nicht den Anschluß verpassen. Köchlin war bereits hoffnungslos eingekeilt.

Auf dem Weg zum Bordell fuhr ich in der Redaktion vorbei. Diesmal stieß ich mit der Oldag eine Tür früher zusammen.

«Warum fragen Sie mich nicht einfach, ob ich mich mit Ihnen verabreden will?» rief ich ihr hinterher. Christine hatte sie überredet, einstweilen nicht zur Polizei zu gehen. Der Chef vom Dienst hatte eine spontane Rede gehalten, in der er alle zu absoluter Wachsamkeit gegenüber Dieben ermahnt hatte. Ich kannte seine Vergangenheit. Hätte man «Diebe» durch «Republikflüchtlinge» ersetzt, wäre klargeworden, warum er sich in dieser Frage zuständig fühlte.

Besendahl saß in meinem Büro. Als ich hereinkam, schoß er in die Höhe. Ich drückte ihn in den Stuhl zurück und machte, daß ich wieder rauskam, damit er sich entspannte.

«Christine, frag nach, wo die Stühle bleiben.»

«Sind bestellt.»

«Die lügen. Frag noch einmal nach. Oder besser: frag gleich im Beschaffungsamt.»

«Die Weber soll gesagt haben, 500 Mark pro Stuhl sind nicht drin.»

«Steck der Weber, daß die *Depesche* den großen Stuhl-Report vorbereitet.» Christine lief rot an und fragte verschämt:

«Wie soll das denn gehen? Wollen die etwa auf allen Klos...?»

«Bezähme deine Phantasie. Ich rede von echten Stühlen. Eine Doppelseite in der *Depesche*. Mit Fotos. Die tollen Geräte in der *Depesche* und im *Elb-Boten* und dagegen dann unsere Klippschul-Stühle. Diese Blamage.»

Die letzten Worte, die ich von meiner Sekretärin hörte, lauteten: «Ist das auch bestimmt wahr oder ...?»

Aber da war ich schon draußen.

Pulitzers Platz war leer. Ich nutzte die Gelegenheit und sah mich ein wenig um. Es war immer gut zu wissen, womit sich die Auszubildenden beschäftigten. Rechts oben der Schmierblock. «Strindberg! Recherche wg. Dramatiker gleichen Namens. Heiße Spur?» Ich zerriß den Zettel.

Dann brüllte Christine durch alle Räume. Sie hatte Zapf am Apparat, er telefonierte vom Präsidium aus. Seine Kontakte mußten blendend sein.

«Zapf für Erde. Wenn du noch mal so richtig auf Frauen willst, laß sofort die Hosen fallen. Die Polizei hat irgendwas gegen die *Ambudance*-Leute.»

«Woher hatte Strindberg die Verletzungen?»

«Kerze.»

«Dann müssen sie ihn aber betäubt und seinen Arm reingehalten haben.»

«Die Nutte beschwört's.»

«Nutten gibt's da nicht. Nur Damen.»

«Die Dame mit dem nuttigen Beruf hat der Polizei gesagt, wo es passiert ist. Nein, Chef, sie hat dabei nicht zwischen ihre damenhaften Beine gedeutet. Der Bösewicht soll ein Kerzenleuchter sein. Sechs Kerzen oder sieben. Sechs wäre natürlich passender, wenn man bedenkt, wo sie ...»

«Zapf!»

«Strindberg hat 2,9 Promille gehabt. Was sagst du nun?»

«Und sein Aufschlag?»

«Hat er ins Feld gebracht. Beim ersten Versuch. Ich habe auch Informationen über die Länge des ...»

«Wir arbeiten nicht bei den *St. Pauli-Nachrichten*.»

«Die Länge des Akts. Die ... Dame sagt, daß der Kunde kein Vorspiel wünschte, sondern gleich ...»

«Und dabei ist er abgerutscht oder wie?»

«Auf dem Rückweg von der Toilette ins Straucheln gekommen. Die Dame hat sofort löschen wollen, aber er ist raus aus dem Zimmer.»

«Das Auto.»

«Das hat die Polizei noch nicht gefunden. Kannst du auch unangenehme Wahrheiten vertragen?»

«Natürlich nicht. Erzähl schon.»

«Die Polizei sagt, wenn alle Autobeschreibungen so wären wie deine, dann würden nach jedem Unfall nur Panzer und Tretroller rausfallen.»

«Sie haben die Reifenprofile.»

«Von einem gepflasterten Innenhof. Und sie suchen einen Mörder.»

«Was denn sonst? Einen Bierdeckelsammler?»

«Mörder ja. Aber Mörder von wem?»

«Zapf, du spinnst doch. Mich will keiner umbringen.»

«Ist ja gut. Ich glaub dir ja.» Aber er sagte es so süffisant, es regte mich einfach auf. Mühsam brachte ich ihn wieder aufs Gleis. Die Polizei wußte noch nichts oder ließ jedenfalls nichts raus. Sie nahmen Strindbergs Leben unter die Lupe, auf Köchlin warteten lange Gespräche, die bestimmt nicht in so lauschiger Umgebung stattfinden würden wie der Plausch mit mir. Ich beorderte Zapf zurück in die Redaktion und fragte Christine:

«Wo steckt eigentlich Tamara?»

Christine wußte es nicht, aber ich war trotzdem sicher, daß sie nicht blaumachte. Man konnte gegen Tamara sagen, was man wollte: daß sie permanent Männer einschüchterte beispielsweise oder daß ihre abgelegten Geliebten verdächtig oft den Wohnort wechselten. Aber Tamara war fleißig und ihre Recherchen überdurchschnittlich. Sie knickte unter Zeitdruck nicht ein, mußte den Streß auch nicht mit Alkohol betäuben wie Zapf. Und man konnte sich mit ihr als Mann gefahrlos in die dunkelsten Plattenbauviertel trauen. Denn man war sicher vor Überfällen.

Ich hatte schon die Türklinke in der Hand, als das Fax zu spucken begann.

*Dresden muß anständig bleiben!*

*Mörder dürfen bei uns keine Chance haben. Wir fordern die sofortige Aufklärung des Mordfalls Strindberg.*

*Heute abend 19 Uhr 30 Versammlung in der Gaststätte ‹Pulvermanns Turm›. Gast: Marian Panowsky*

Das alles unter dem Briefkopf der Aufrechten, einer Partei, die bisher nicht als Sachwalterin des Sports in Erscheinung getreten war.

«Panowsky, Panowsky. Ist das unser Panowsky? Bist du mal so lieb», sagte ich und reichte Christine das Fax hinüber. Ich hätte es lieber geworfen. Aber das klappte bei diesem lausigen Thermopapier nie.

«Und wenn es der Boxer ist?» rief sie mir hinterher. Ich fand es langsam lästig, daß mich immer in dem Augenblick etwas bremste, in dem ich die Klinke der Tür in der Hand hielt.

«Wenn diese Partei unseren Panowsky auf die Bühne kriegt, ist einer von uns dabei.»

## 7 Kein Spaß im Freudenhaus

Freudenhäuser gehören zu den Institutionen auf Erden, die Tageslicht überhaupt nicht vertragen. Das war nicht nur eine spießige Lebensweisheit, sondern deckte sich mit meiner Lebenserfahrung. Dieser späte Vormittag zerschmetterte mir mein Vorurteil. Es begann damit, daß zwei Lieferwagen vor dem Nebeneingang standen. Aus dem einen wurden Champagnerkisten geladen, aus dem zweiten Holzkisten mit Muscheln, Fischen und Hummern. Edler ging es auch nicht am Lieferanteneingang überdurchschnittlicher Hotels zu.

Ich griff mir eine Kiste aus dem Wagen und betrat mit ihr das Gebäude. Man landete in der Küche, von dort ging es durch einen Flur Richtung Kellertreppe. Den Spaß gönnte ich mir.

Im *Ambudance* hätte ich gern die nächste weltpolitische Krise ausgesessen. Die Kellerräume waren mit den feinsten Spezereien bestückt. Ich entdeckte nur Hochpreisprodukte in Flaschen, Gläsern und Dosen. Im Kühlraum hingen Fasanen, in einem zweiten Raum lagerten beste Stücke vom Rind, in geruchssicherer Entfernung war die Abteilung für Meeresgetier.

Über eine zweite Treppe erreichte ich wieder das Erdgeschoß und stand gleich in dem Flur, von dem die Gästetoilette und der Eingang in die Bar abgingen. «Komm schon, komm schon», wisperten die Treppenstufen.

Auf dem Flur im ersten Stock versanken meine Schuhe in hochflorigem Velours. Die Räume trugen keine ordinären Nummern und waren auch nicht nach Körperteilen unterschieden, wie ich es in einem Bordell in Großbritannien erlebt hatte. Hier hießen die Räume «Pan», «Helena» und «Zeus». Vier oder fünf Räume auf der einen Seite, entsprechend viele auf der anderen. Ich hatte keine Ahnung, in welchem Raum das Drama passiert war. Deshalb öffnete ich die erstbeste Tür.

Ich befand mich im Morgenland, Polster und Kissen auf dem Fußboden, Teppiche selbst an den Wänden. Keine Auslegware, die man in den Baumärkten auf der grünen Wiese kaufen konnte. Ohne mich weiter umzusehen, unterstellte ich den Betreibern, daß sie jeden Raum in einer anderen Phantasie möbliert hatten.

«O Gott, noch ein Schreibhengst.»

Sie trug einen Kittel aus Satin. Sie war nicht geschminkt, schlank, aber nicht mager und über 30. Sie war keine geborene Deutsche, aber ich bekam nicht heraus, in welche Himmelsrichtung ihr leichter Dialekt wies.

«Woran erkennen Sie Journalisten?» fragte ich, bevor die Kommunikation auf die Verlassen-Sie-bitte-auf-der-Stelle-das-Haus-Ebene abrutschen konnte.

«In meinem Beruf kriegen Sie einen Riecher dafür.»

«Wollen Sie behaupten, daß Kollegen von mir zu Ihren Kunden gehören?» Ihr Gesicht sagte «ja». Ich kündigte an, daß heute noch ein Fotograf von uns vorbeikommen würde, und bat sie dann, mir das Strindberg-Zimmer zu zeigen. Sie sträubte sich keine Sekunde, offenbar hatte sich das Haus für eine offensive Informationspolitik entschieden. Das war eine kluge Entscheidung, es war die einzig mögliche.

Strindberg war von der Gelockten mit den roten Haaren ins Schwanenzimmer abgeschleppt worden. Schwäne auf allen Polstern und auf der Vitrine, die Lampen in Schwanenform, alle Lampen, die hohen Bettpfosten waren Schwanenhälse, die Topfpflanze wuchs in einem dickbäuchigen Schwanenleib, unterm Bett ein Nachttopf als Schwan.

«Das König-Ludwig-Zimmer», sagte die Frau, deren Namen ich nicht kannte.

«Wie heißt die Kollegin, die den Tennisspieler bedient hat?»

«Elisabeth. Nächste Woche arbeitet sie drüben in der Hölle. Dann heißt sie Eva.»

«Kann ich sie sprechen?»

«Sie ist in die Stadt gefahren.»

«Wann kommt sie wieder?»

Schulterzucken, dann war die Rede von einem alten Vater, der auf Pflege angewiesen sei, danach von Resturlaub, den Elisabeth/Eva möglicherweise zu nehmen gewillt war.

«Machen wir's kurz: Elisabeth steht nicht auf Schreibhengste.» Sie widersprach mir nicht. «Hat sie der Polizei Fragen beantwortet?» Das wußte sie nicht. Ich war ziemlich gut darin, Leute, die mauern, zum Reden zu bringen. Aber erfahrene Huren spielten in derselben Liga wie ich. Sie sagten genau das, was sie wollten, und danach war Zapfenstreich. Ich konnte genausogut gleich gehen. Als ich den Türgriff in der Hand hielt, kam doch noch eine Idee:

«Der Kerzenleuchter, wo ist der eigentlich abgeblieben?» Sie hob überrascht den Kopf:

«Ich weiß gar nicht. Die Polizei hat ihn mitgenommen. Vielleicht.»

Auf dem Weg zur Treppe hörte ich ein Geräusch. Es war nicht die Hure, die stand vor der Tür des Schwanenzimmers. Es war ein Mann, den ich spontan für einen Klempner hielt, aber in Gegenwart einer Frau brachte ich es nicht fertig, einen Männerwitz zum Thema «im Freudenhaus Rohre verlegen» abzulassen. Der Mann bemerkte mich, blickte zur anderen Seite, wo wie festgewachsen die Hure stand. Dann verschwand er wieder in dem Raum.

## 8 Ballyhoo um Bergander oder: Die Entführung am Ende der Tage

Ergebnislose Besuche wie im *Ambudance* verhagelten zuverlässig meine Stimmung. Vielleicht sollte ich bei Hedwig vorfahren und mich trösten lassen. Aber ich schwamm im Autostrom zur Redaktion zurück. Das Telefon piepte an der roten Ampel. Tamara.

«Hallöchen, einziger Mann, vor dem ich Angst habe. Bergander ist auf dem Platz. Hat Maltshugin im ersten Satz 6 : 2 abgeledert. Der ist immerhin die Nummer 48 auf der Welt. Würde ich mir an deiner Stelle ansehen.»

«Und zweitens?»

«Zweitens habe ich was für dich.»

«Du sollst mich nicht immer so erschrecken.»

«Stichwort Strindberg. Soll ich dir verraten, wo der vierte Gang sitzt?»

Bergander war wirklich eine Augenweide. Flink auf den Beinen, nutzte er jede Möglichkeit, ans Netz zu stürmen. Er bereitete seine Angriffe mit klugen Bällen vor, trieb den Russen weit nach hinten und nach außen. Wenn der Russe sich nicht manchmal mit seinen guten Passierschlägen gerettet hätte, wäre er von Bergander in 50 Minuten besiegt worden. So dauerte es 40 Minuten länger, und sie waren für die Zuschauer keine vertane Zeit, denn der Russe wehrte sich. Das siebte Spiel im zweiten Satz dauerte allein 18 Minuten, es ging über neunmal Gleichstand. Am Ende tobte die Halle. Maltshugin gewann das Spiel, aber Bergander den Satz und damit das Match. Ich wurde Zeuge, wie das Turnier seinen ersten Helden zeugte. Zuerst fiel der Sieger seiner Frau Mama um den langen Hals, dann schlug er einen Ball ins Publikum, und als alle dachten, daß es damit sein Bewenden habe, entdeckte Bergander das Mädchen im Rollstuhl und schenkte ihm seinen Schläger.

«Was ist das denn?» fragte ich Tamara und tippte auf ihre Wange.

«Ich lasse mich eben so gern rühren», schluchzte das Muskelpaket und wischte mit dem Handrücken die Träne ab. Ich winkte Massimo heran:

«Du bist ab sofort der Hoffotograf von Bergander. Laß ihn nicht aus den Augen. Verfolge ihn überall hin. Achte darauf, wie sein Verhältnis zur Mutter ist.»

«Und wenn es so ist, wie wir alle befürchten?»

«Dann erbrichst du dich diskret und fotografierst weiter. Weshalb stehst du hier noch herum?»

Nach dem Ballyhoo um Bergander brach die Spannung in der Halle zwangsläufig zusammen. Tamara brannte darauf, ihre Neuigkeiten loszuwerden:

«Du darfst mir gratulieren.»

«Erst die Leistung, dann das Lob.»

«Strindberg hatte eine große Sache vor.»

«Ich weiß. Er wollte sterben.»

«Ach was. Er hat eine Entführung geplant.»

Ich stieß einen Pfiff aus, den meine Mitarbeiter gern hörten, denn er bewies ihnen, daß ich Feuer gefangen hatte.

«Eine Entführung, sieh mal an. Und wer sollte entführt werden? Ein Spieler aus den Top Ten?«

«Strindberg selbst.» Tamara waidete sich an meiner Verblüffung. «Er wollte seine eigene Entführung inszenieren. Und weißt du, warum? Um in die Schlagzeilen zu kommen und dadurch seinen Marktwert, zu steigern. Pfiffige Idee, oder?»

«Tamara, woher weißt du das? Und wer weiß es sonst noch?»

«Ein Vögelchen hat es mir ins Ohr geflüstert. Und ich weiß nicht, wer es sonst noch weiß.»

Sie hatte sich an Kuss herangemacht, den verrückten Argentinier. Kuss, der verhinderte Weltklassespieler, der Mann mit dem sagenhaften Ballgefühl, so gut wie McEnroe, nur daß McEnroe keinen Hobbys wie Drachenfliegen, Tiefseetauchen und Eisspeedway nachgegangen war. Kuss hatte sich in den letzten Jahren alle Knochen gebrochen. Er hatte als Bruder Leichtfuß sein sagenhaftes Talent verschleudert. Aber er war darüber nicht verbittert, sondern hatte sich zum unentbehrlichen Anhängsel vieler Turniere entwickelt. Manche sagten, seine ständige gute Laune sei auf den letzten Tauchunfall zurückzuführen, bei dem er sich wichtige Hirnfunktionen angeschlagen haben sollte. Vielleicht war das nur eine gut ausgedachte Legende, jedenfalls paßte sie zu Kuss.

«Er ist ein ganz Lieber», berichtete Tamara. «Kuss hat es von einem Freund, und der hat es von ...»

«Stopp. Das ist einmal zuviel um die Ecke gedacht.» Aber ihre Geschichte hatte was, sie hatte sogar verdammt viel. Tamara berichtete in gebotener Kürze:

Strindberg im Abendrot einer langen Karriere. Nur noch Chancen bei kleinen Turnieren, die Mühle der Qualifikation bei allen wichtigen Terminen. Und auch bei den kleinen Veranstaltungen immer weniger Geld, weil sein Ruhm aufgebraucht war. Es gibt zwei Möglichkeiten, noch einmal groß rauszukommen: Aufstieg auf der Rangliste – aussichtslos, das hatte Strindberg, das hatten auch seine Berater klar erkannt. Zweite Möglichkeit: den Marktwert auf andere Weise zu steigern. Es hatte da mal die Affäre mit einer echten Prinzessin von und unter Hohenzollern gegeben; aus dieser Zeit rührte die Idee, das Umfeld des Tenniszirkus zu nutzen. Eine spektakuläre Verbindung mit einer Frau – Heirat oder jedenfalls Liaison. Strindberg hatte alles flachgelegt, was nicht schnell genug fliehen konnte. Dann die neue Idee: Einzug in die Headlines per Entführung. Vor einem Jahr galt ein seit 20 Jahren abgehalfterter Schlagersänger zwei Tage als vermißt und beim Skifahren in einen Gletscher gestürzt. Nach einer Sauftour war er zwar wieder aufgetaucht, aber diese zwei Tage in den Schlagzeilen der Medien hatten gereicht, um den Burschen bis auf Platz 2 der britischen Hitparade zu pushen. Angeblich war diese Episode der Zündfunke für Strindberg. Er wollte seine Entführung inszenieren, einige Tage verschwunden bleiben, Lösegeldforderungen lancieren sowie eine dramatische Übergabe; und danach mit der Hilfe von Freunden vor 50 Mikrofone treten und mit schwacher Stimme die unmenschliche Tortur der letzten Tage schildern.

«Und das alles weiß dieser Clown Kiss?» Tamara nickte, sie war high. «Du glaubst im Ernst, Strindberg ist so blöd und plappert in aller Öffentlichkeit über seinen Plan?»

«Nicht in aller Öffentlichkeit, sondern gegenüber einem engen Vertrauten.»

«Wenn es dieser Kuss weiß, dann wissen es zwanzig andere auch.»

«Aber vielleicht die Polizei nicht.»

«Okay, was haben wir also? Ein qualifiziertes Gerücht, daß Strindberg an einem Plan gebastelt hat, um seinen Marktwert zu erhöhen.» Mir kam die Idee abgeschmackt, aber plausibel vor. So war die Marktwirtschaft, sie schmiß Waren und Menschen in den großen Suppentopf, und im Profisport lernte man die Spielregeln dreimal so schnell wie in der realen Welt.

«Wir haben eine Plaudertasche, die von dem Plan gehört hat. Von wem hat sie es gehört?»

«Von einem Freund. Er ist Manager bei einer Ausstatterfirma. Bevor du fragst: Er ist nicht in Dresden.»

«Warum sollte er auch, wenn er bei einer wichtigen Firma ist?»

«Hey, Chef, Kopf hoch. Die Zukunft gehört uns. In fünf Jahren kommen wir gleich hinter den Grand-Slams und hinter den neun großen Turnieren.»

«Dein Wort in Gottes Ohr – falls Gott Tennis spielt.» Um mich aus der Provinzdepression zu reißen, die mich einmal pro Monat zu unterjochen drohte, stellte ich mir das Daviscup-Endspiel zwischen «Himmel» und «Hölle» vor. Ein aufschlagstarker Mephisto, der den wütenden Petrus mit gefühlvollen Stoppbällen zu höllischen Flüchen provozierte – das besaß Charme und das Zeug für eine Glosse von 50 Zeilen. Tamara spürte wohl, daß es mir besser ging und fuhr fort:

«Dieser Ausstatter wiederum hat einen Freund. Reist durch die Welt und verkauft Katamarane.»

«Zum Segeln?»

«Als Fähre. Supermodern, pfeilschnell. In Hamburg soll er vor kurzem ein paar von den Dingern losgeschlagen haben. Und in der nächsten Zeit wollte er sich verschärft um den Osten kümmern.»

«Und was will er dem Osten verkaufen? Die Zeit mit den Bananen ist ja nun vorbei.»

«Katamarane.»

Das hielt ich für einen verwegenen Gedanken. Die Dresdner waren auf einiges stolz, aber am stolzesten waren sie wohl auf ihre Raddampfer.

«Wenn der den Dresdnern einen Katamaran verkauft, stellen wir ihn im Blatt als Genie des Jahres vor. Aber was hat das ganze mit...?»

«Dieser Typ ist ein guter Freund von Strindberg. Und Kuss hat läuten gehört, daß die beiden festgestellt haben, daß sie zur selben Zeit in Dresden sein werden.»

«Wo hat er das läuten hören?»

«In Toulouse. Beim Turnier vor zwei oder drei Wochen. Kuss hat zufällig neben ihnen gesessen.»

«Haben sie...?»

«Über die Entführung geredet? Nein. Kuss sagt nur, daß die beiden zur selben Zeit in Dresden sein wollten.»

Es war nicht die Spur, bei der man sich vor Begeisterung am Bauch kratzt, aber weil wir sonst nichts hatten, konnten wir es uns nicht leisten, die Spur zu ignorieren.

Daß eine getürkte Entführung nicht mit einem Mord zur Deckung zu bringen war, mußte ich Tamara nicht erklären. Möglich schien mir immerhin, daß Strindberg und seine Helfershelfer sich entschieden hatten, die Entführung im *Ambudance* über die Bühne gehen zu lassen. Nach allem, was ich über Strindbergs Sexualleben erfahren hatte, würde er sich nicht geniert haben, als Bordellbesucher durch die Medien zu geistern. Was die Verbrennungen mit der Entführung zu tun hatten, war mir allerdings völlig unklar.

«Da», sagte Tamara und riß an meinem Arm, «da unten, Kuss.» Ein großgewachsener Kerl, der die Schultern hängen ließ, trug einen Trainingsanzug und fettige lange Haare durch die Halle. Mit seinen Badelatschen wirkte er, als würde er sich in seinem Hotelzimmer aufhalten. Kuss kam an einem Rücken vorbei, ich verfolgte Kuss, kehrte aber zum Rücken zurück. Der Turnierdirektor unterhielt sich mit einer Frau. Nein, sie monologisierte, und er hörte zu. Mir fiel gleich ihr Namensschild auf, denn es war um 90 Grad verrutscht und stand senkrecht auf dem Revers ihrer schnieken Kostümjacke. Ich schnappte mir das Fernglas. Der Name lautete Spring, der Vorname war mit «S» abgekürzt.

«Kennst du die?» fragte ich Tamara. Fehlanzeige. Ich suchte nach Kuss, der in der Zwischenzeit abgetaucht war. Auf dem Platz schlug sich die nächste Paarung ein, ein amerikanischer Serve-and-Volley-Spezialist und ein Japaner, der als Laufwunder angekündigt worden war. Als ich zu Frau Spring zurückblickte, stand eine zweite Frau bei den beiden. Oder eigentlich auch nicht, denn sie hielt zwei Meter Abstand und verringerte ihn nicht. Die zweite Frau sprach mit dem Turnierdirektor, auch hier war er wieder Zuhörer. Kurios, wie demonstrativ sie die erste Frau ignorierte.

«Kennst du die zweite?»

«Das ist doch die Rottluff.»

«Aha. Vielen Dank, Tamara.»

«Das ist die Pressechefin aus Meißen. Von der Manufaktur. Porzellan.»

«Ja doch, Herrgott, ich habe verstanden.» Tamara und ich hatten ein Problem, es war fast unser einziges. Sie konnte sich nicht vorstellen, daß Dresden und seine Umgebung weltweit noch nicht den Bekanntheitsgrad von New York oder Paris besaßen. Das machte sie einerseits zu einer glühenden Lokalpatriotin, andererseits etwas schwierig, weil sie jedem, der weniger Leute kannte als sie, diese Tatsache unter die Nase reiben mußte – wenn nötig zehnmal pro Tag. Bei mir hatte sie's in den ersten Wochen meines Hierseins zwanzigmal pro Tag versucht. Daraufhin hatte ich mich mit ihr gründlich ausgesprochen. Der Hagelschlag hatte unser Verhältnis bereinigt, seitdem galten wir als fast ideales Gespann.

«Die ist aber sauer», sagte Tamara verdutzt. «Ist sonst gar nicht ihre Art.»

«Woher kennst du sie denn? Aus dem Boxring?»

«Ich kenne sie nur beruflich.»

«Und was hat sie mit Sport zu tun?»

«Die? Gar nichts. Was soll Meißen mit Sport...? Die sind so berühmt, die brauchen keine Werbung.»

Sie waren sogar weltberühmt, und das seit 250 Jahren. Aber ob das schon reichte, um keine Werbung nötig zu haben? Tamara berichtete von ihren Anfangsjahren im Lokalen und von einem «knuddeligen» Fotografen, dem sie einige Zeit nach Meißen hinterhergefahren war, um ihn dort unzüchtig zu berühren. Die beiden Städte lagen 25 Kilometer entfernt, ich hatte Meißen ursprünglich für einen Vorort gehalten, das sagte ich aber nicht mehr laut und unter Zeugen, denn der Vertrieb hatte mir per Hauspost Kopien einiger Abo-Kündigungen geschickt und die für die Kündigungen verantwortlichen Artikel mit Leuchtstift markiert. Drei von vier hatten mein Kürzel getragen.

«Guck, jetzt kriegt er auch mal den Mund auf», sagte Tamara. Mich ärgerte es, wenn ich Augenzeuge einer Auseinandersetzung wurde, von der ich kein Wort mitbekam.

«Sekunde», sagte ich und drückte mich aus der Reihe. Der Schiedsrichter kletterte auf sein Stühlchen und bat die Zuschauer, ihre Plätze einzunehmen. Als ich aus der Reihe rutschte, hatte ich plötzlich so ein Gefühl. Ich drehte mich noch einmal um – und sah direkt in ein Fernglas. Es saß auf den Augen von Warsteiner, er winkte mir mit der freien Hand freundlich zu. Ich lehnte mich in die Bankreihe zurück und rief:

«Wenn ich herauskriege, daß du von den Lippen ablesen kannst, drehe ich dir was ab.»

## 9 Das Duell der Manufakturen

«...aber doch nicht auf unsere Kosten», lauteten die ersten Worte, die ich verstand.

«Hallihallo», sagte ich und stellte mich in den Luftraum, den die Frau aus Meißen gelassen hatte. Sie sah mich an wie etwas, das ein anderer ausgespuckt hat.

«Nicht schlecht, der Hecht», plapperte ich und sang das Loblied von Berganders Sieg. Ich hörte einfach so lange nicht auf zu reden, bis einer der anderen etwas sagte. So einfach war das. Frau Spring rang sich ein «Sehr talentiert, der junge Mann» ab. Schon stellte ich mich bei den Damen vor, denn der Turnierdirektor hatte offensichtlich nicht vor, die Dreckarbeit bürgerlicher Höflichkeit zu übernehmen. Während der Stuhlschiedsrichter zum zweiten Mal um Ruhe bat, wies ich zur Pressetribüne hinauf und sagte zu Frau Rottluff:

«Meine Kollegin meinte gerade, es wäre doch mal etwas anderes, wenn Ihr Haus sich entschließen würde, Sportveranstaltungen zu unterstützen. Fechten wäre keine schlechte Idee. Allein schon wegen der zwei Schwerter.» Der Scherz war weder unanständig noch frauen- oder sportfeindlich, also hätte ruhig eine der drei Figuren ein Lebenszeichen von sich geben können. Lachend hechelte ich die Rottluff an. Sollte sie flüchten oder endlich das topgeschminkte Maul aufreißen.

«Nun», sagte sie dann tatsächlich, «wir fühlen durchaus eine Verpflichtung zur Förderung des Sports, besonders in der Region, besonders beim Gedanken an die gesundheitlichen ...»

«Mein Reden. Sie haben's doch wirklich dicke.» Hätte der Turnierdirektor einen Spaten dabeigehabt, hätte er jetzt begonnen, einen Tunnel zu graben, durch den er sich dann empfohlen hätte. Die Rottluff vereiste, ich fragte den Turnierdirektor:

«Haben Sie noch nie bei ihr angeklopft? So schön das Geld des Hauptsponsors ist, der Scheck aus Meißen würde das ganze doch erst richtig adeln. Diese Pharmafirmen haben ja viel Geld, aber auch wenig Image.»

«Nun ja ...» sagte er händeringend, und Frau Spring sagte.

«Er hat genug Geld. Er braucht keine Schecks.»

«Ist das wahr?» fragte ich freudestrahlend. Dieser mit den Händen greifbare Haß zwischen den Frauen war wie eine Vorlage. Man mußte sie nur über das Netz schmettern.

«Mein Gott, Geld genug kann man nie haben», stammelte der Turnierdirektor.

«Geld ist nicht alles», sagte die Rottluff kategorisch. «Man muß sich auch der Tradition bewußt sein, in die einen die Geschichte gestellt hat.»

Das klang sehr nach Sonntagsrede. Aber ich hatte ja noch einige Steine in der Tasche, die ich in den Teich werfen konnte.

«Ich wollte schon lange eine Geschichte darüber machen», log ich dem Turnierdirektor ins Gesicht. «Was uns eine Woche Tennis kostet – alle Gesichter, alle Posten. In Mark und Pfennig. Da freut sich der Sponsor.»

«Vergessen Sie nicht, mich zu befragen», sagte S. Spring. «Ich kann Ihnen einiges erzählen.»

«Das ist doch...» blies sich die Rottluff auf. Sie war wohl etwas laut geworden, ich drehte mich um und blickte 4000 Menschen ins Gesicht.

«Zum letzten Mal», sagte der Stuhlschiedsrichter mit strenger Stimme und blickte in unsere Richtung. Da kamen auch schon zwei Ordner. Beide mußten in ihrer Kindheit aus großer Höhe auf den Boden gesprungen sein. Dabei war ihnen das gesamte Gehirn in die Oberarme gerutscht. Aber solche Kleiderschränke waren in Dresden überflüssig, denn es gab keinen einzigen Topstar zu beschützen. Und den einzigen Prominenten konnten sie sich in einigen Tagen als Sarg auf die meterbreiten Schultern laden. Wir gelobten mimisch Besserung, die Ordner wollten uns wenigstens durch Kreuzen der Arme vor der Brust einschüchtern. Dann erkannten sie den Turnierdirektor, der ja ihr Brötchengeber war, und gerieten ins Wanken. Wir zogen uns in die Katakomben zurück, Frau Spring empfahl sich.

«Nun sagen Sie schon», forderte ich die Rottluff auf, «was hat Ihre Freundin gemeint?»

«Freundin? Ich höre ja wohl schlecht.»

«Pardon, dann eben Kollegin.»

«Das möchte sie vielleicht gern. Aber das schafft sie nicht. Nie.» Mit einem erneut ausgebrachten «nie» ging auch sie zürnend durch die kurze Gasse mit den Glasvitrinen ab.

«Meine Güte», sagte ich zum Turnierdirektor, «Sie haben's auch nicht leicht.»

«Da macht man was mit», sagte er leise. «Lieber mit fünf ausgebufften Managern verhandeln als mit diesen... Furien.» Ich zog ihn in die Lobby. «Der Anlaß war im Grunde minimal. Unser Etat steht in diesem Jahr auf ganz wackligen Beinen.»

«So? Davon wußte ich gar nichts.»

«Pharma-Hoyer, der Hauptsponsor, hat die versprochene Aufstokkung im letzten Moment zurückgenommen.»

Ich hatte gelesen, daß die Mutter von Hoyer sich beim Kauf einiger

Töchter gehörig verhoben hatte und jetzt durch ein tiefes Tal ging. Allerdings wußte ich das nicht aus unserem Wirtschaftsteil. «Wir waren schockiert. Uns laufen die Kosten davon. Und die Banausen vom Fernsehen...»

«Verstehe. Das Turnier ist einfach zu unwichtig.»

«Noch!»

«Selbstredend. Bitte fahren Sie fort.»

«Die drei, vier Kleinsponsoren machen den Kohl nicht fett. Im Grunde zahlen Sie bei denen noch drauf. Rücken ein paar Peanuts raus und verlangen dafür genausoviel Streicheleinheiten und Logo-Fläche wie die Großen. Weltfremd.»

Die Bandenwerbung in der Halle zeugte wirklich nicht gerade von Weltläufigkeit. Der Hauptsponsor warb für sein Rheuma-Gel, ein großes Autohaus tat sich wichtig; und was nicht vermietet war, hatten sie dem Wiederaufbau-Komitee für die Frauenkirche spendiert, weil leere Flächen so peinlich wirkten. Auch in den Vitrinen hielt sich der Glanz in Grenzen: Schmuck von heimischen Juwelieren, natürlich Uhren aus Glashütte und Porzellan aus Meißen, Rotkäppchen-Sekt, Informationen vom US-Halbleiter-Hersteller AMD zu superschnellen Mikroprozessoren, eine Kunstgalerie und die unvermeidliche Frauenkirche. Der VIP-Bereich hätte wegen Unterfüllung genausogut geschlossen werden können. Ich rechnete erst für die beiden letzten Turniertage mit größerem Zulauf.

«Wie sah er denn nun aus, der reiche Onkel aus Amerika?» fragte ich den Turnierdirektor.

«Wie Frau Spring.» Er fand kein Erkennen in meinen Zügen und sagte: «Fabarius.»

«Kenne ich nur als Porzellanfirma.»

«Frau Spring von der Porzellanfirma Fabarius.»

In Sekundenbruchteilen bauten in meinem Kopf hurtige Neuronenzwerge den Rohbau des Verständnishauses zusammen.

«Fabarius hat mit einem Scheck gewinkt», fuhr der Turnierdirektor fort. «Sie waren scharf auf Strindberg. ‹Wir schenken Dresden einen Weltstar›.»

«Wie nett.»

«Fand ich auch. Frau Rottluff allerdings nicht. Am nächsten Tag standen die Meißener auf der Matte.»

«Ich verstehe das richtig? Die weltberühmte Porzellanmanufaktur aus Meißen hat etwas dagegen, daß ein Laden wie Fabarius ein kleines Tennisturnier sponsert?»

«Richtig. Frau Rottluff ist sehr massiv geworden. Und nicht nur sie.»

«Wer denn noch? Ihr Chef?»

«Das ginge ja noch. Nein, Gottvater.»

«Der Ministerpräsident hat sich für ... nein gegen ...»

«Ich hab's auch erst nicht begriffen. Aber dann haben sie mir die neue Kollektion von Fabarius vorgeführt. Danach war es mir klar.»

«Aber Mann, Fabarius stellt Klobecken her. Und Kacheln für die Küche. Die reichen doch nicht an Meißen heran.»

«Mit dem neuen Service schon eher.»

Und das war's. Offenbar wollte Fabarius Geschirr auf den Markt bringen, das Ähnlichkeit mit den klassischen Meißener Mustern aufwies. Einige Fachleute warfen Fabarius plumpe Abkupferei vor, die Meißener Juristen hatten rechtliche Schritte empfohlen. In der solchermaßen aufgeheizten Lage hatte die hohe Politik an das landsmannschaftliche Bewußtsein des Turnierveranstalters appelliert. Eindringlich appelliert, sehr eindringlich.

«Im Grunde haben sie uns verboten, eine Mark von Fabarius zu nehmen», sagte der Turnierdirektor trübe.

«Und Sie haben als guter Sachse gehorcht.»

«Ich will hier ja noch mal was veranstalten. Nicht nur Tennis. Dem Golf gehört die Zukunft.»

«Haben Sie nicht die ersten Kämpfe von Panowsky gemacht?»

«Als er noch ein kleines Licht war. Jetzt kennt der Herr seine alten Freunde ja nicht mehr.»

Eine junge Frau stürzte sich auf den Direktor und entführte ihn in sein Büro. Ich sah mir den Schaukasten mit dem Meißener Porzellan an. Der Kasten war von Fabarius.

Als ich die Halle verließ, beging der Amerikaner gerade einen Doppelfehler und verlor damit den ersten Satz.

# 10 Honeymoon mit Hedwig

«Wenn ich jeden Tag mit dir frühstücken müßte, wäre ich nach acht Wochen tot.»

Hedwig blieb das Sonnenblumenbrötchen im Hals stecken:

«Du machst mir Komplimente, die ich noch nie im Leben gehört habe.»

«Weil du die falschen Männer gekannt hast.» Ich beugte mich nach vorn und küßte sie auf die Wange. Aber die Wange war langweilig, deshalb konzentrierte ich mich auf ihren Hals. Hedwig kaute weiter, was ich noch reizender fand. Ich küßte mir die Gefühle von der Seele und kehrte dann zu den Zeitungen zurück. Solange ich am Frühstückstisch nur eine Zeitung gelesen hatte, waren mir meine früheren Liebsten stets gram gewesen. Erst seitdem ich mit nicht weniger als vier Blättern raschelte, betrachteten sie das ganze nicht mehr als lieblose Tat, sondern als Teil meiner täglichen verantwortungsvollen Arbeit als Grundpfeiler der parlamentarischen Demokratie.

«Manchmal macht es keinen Spaß mehr.»

«Was ist denn, mein Lieber?»

«Sechsmal pro Woche der beste sein, das nagt an der Motivation», sagte ich und ließ die *Depesche* auf den Boden fallen. Sie landete auf dem *Elb-Boten,* der dort schon längere Zeit lag. Die Konkurrenz hatte natürlich ebenfalls mit Strindberg aufgemacht. «Tod eines Spielers» und «Der letzte Tie-Break. Mord vor der Klinik». Alle waren groß in den Fall eingestiegen, am größten natürlich Warsteiner vom *Elb-Boten.* Aber sie waren nicht weiter als wir. Am meisten lagen wir in den Anekdoten auseinander, die wir über Strindbergs Leben herausgekriegt hatten. Die überregionalen Blätter berichteten ebenfalls über den Mord, die *Bild-Zeitung* mit einer mittelschweren Headline auf Seite eins und einer Story auf der letzten Seite. Aber bei allen Blättern hatte ich nicht das Gefühl, als würden sie die Geschichte allzu hoch hängen. Vielleicht, weil wir in Dresden zu weit weg vom Schuß lagen. Wahrscheinlich aber deshalb, weil Strindberg einfach eine Nummer zu klein war.

Ich schaute Hedwig dabei zu, wie sie einen Sonnenblumenkern nach dem anderen von der Oberseite des Brötchens abpulte.

«Hebst du die Zeitungen auch nachher wieder vom Boden auf?» fragte Hedwig und schenkte mir ein strahlendes Lächeln.

«Ich mache sauber. Ganz sicher.»

«Ich erinnere mich dunkel an ein Versprechen. Manchmal kommt es mir so vor, als hättest du es inzwischen vergessen.»

«Was willst du? Ist der Tisch reizend gedeckt oder nicht? Kriegst du jeden Morgen deine Lieblingsbrötchen zum Abnagen oder nicht? Und hier, die Blumen.»

«Was waren es gleich noch mal? Tulpen? Man erkennt sie gar nicht mehr.»

«Okay, okay», sagte ich, hob den Deckel des Eimers und warf die Blumen in die Mülltüte. Leider war keine Tüte drin. Hedwig reichte mir die Vase, sie folgte den Blumen nach.

«Du bist immer so praktisch», sagte ich und schmuste mit meiner liebsten Hals-Nasen-Ohren-Ärztin.

«Warum nimmst du dir keine Putzfrau?»

«Die sind so anspruchsvoll heutzutage. Laufen immer gleich zum Menschenrechtsausschuß und beschweren sich über die Arbeitsbedingungen.»

Ich hatte eine Abneigung gegen fremde Leute in meiner Wohnung. Ich fand ja auch alles überschaubar. In einem Raum das Bett, im anderen der Herd, im dritten die Toilette. Und eines Tages würde ich auch mein Wohnzimmer wiederfinden.

«Mit dir kann man nur ins Bett gehen und sonst nichts», sagte Hedwig. «Jedenfalls in deiner Wohnung.»

«Haben wir gestern nicht schön miteinander ferngesehen?»

«Ja, die Sportkanäle.»

«Sobald es einen Hals-Nasen-Ohren-Kanal gibt, sind wir dabei.»

Hedwig war die einzige Frau, die jedesmal lachte, wenn auch ich meine letzte Bemerkung für witzig hielt.

«Wann hast du endlich Zeit?» fragte Hedwig. Ich ging sofort aufrechter, aber das kaschierte auch nicht die Fadenscheinigkeit meines Unterhemds.

«Sobald wie möglich», säuselte ich und raubte ihr einen Kuß. Hedwig wohnte jetzt seit zehn Wochen in Dresden, seitdem wollte sie mich neu einkleiden. Mir gingen langsam die Ausreden aus. Ich hatte ihr natürlich angeboten, zu mir zu ziehen, wir waren aber irgendwie davon abgekommen. Sie hatten Hedwig in der Klinik das Apartment regelrecht aufgedrängt. Dabei hatte sie von Anfang an klargemacht, daß sie den Job als vorübergehend betrachten würde. Hedwig verbrachte seit zehn Wochen ihre Freizeit mit der Suche nach einer Praxis, in die sie einsteigen könnte. Sie beschränkte sich dabei nicht auf Dresden, sie ging auch klaglos über die Dörfer und in die Nachbarstädte und vergrößerte den Radius immer weiter.

«Du hast unruhig geschlafen heute nacht», sagte Hedwig. «Ich konnte gar nicht so schnell schmusen, wie sie sachlich wurde. «Die Nacht vor der Klinik macht dir zu schaffen, nicht wahr?»

«Es ist, als würde die Zeit stillstehen. Alles ist so akut, als würde es immer noch neben mir ablaufen. Die durchdrehenden Reifen, dieser gemeine, stumpfe Schlag, mit dem es Strindberg erwischt hat. Und dann flog er durch die Luft und flog und flog.» Hedwigs Hand lag auf meinem Arm, das war gut. Aber die Erinnerung war stärker, die Erinnerung, die keine war, denn nichts alterte, kein Eindruck wurde gnädig überlagert durch den Tag und seine aktuellen Bilder. Ich stand vor dem schlierigen Fenster, das genauso dreckig wie die gesamte Wohnung war.

«Ich bin wirklich ein harter Bursche. Gut, gut, sag's nicht, wenn du da bist, bin ich natürlich weich wie Butter. Aber wenn du weg bist... Menschenskind, ich habe Unfälle gesehen, so was siehst du bei deinen Operationen nicht. Damals, als sie Lienen den Oberschenkel der Länge nach aufgeschlitzt haben. Und als der Finne in Hinterzarten von der Schanze gefallen ist. Und dann das größte Schlachtfeld, die Straße.»

«Du mußt mir das nicht erzählen, wenn es dich so quält.»

«Ich habe das immer im Griff gehabt. Auch wenn Tote im Spiel waren. Aber das gestern, nein vorgestern, das werde ich nicht los. Das darf man keinem Menschen antun. Ich will, daß alles aufgeklärt wird. Eher werde ich das nicht los. Kannst du das nachvollziehen? Natürlich geht's um Gerechtigkeit. Aber ich will, daß die merken, daß sie mit mir nicht alles machen können.»

«Keine Rache?»

«Keine Rache. Für solche Gefühle bin ich 20 Jahre zu alt. Ich will, daß alles aufgeklärt wird. Ich will das dem Burschen sagen, der das getan hat. Ich sag ihm das, er hört zu, und dann ist es gut. Aber erst dann. Keine Sekunde früher.»

# 11 Drei Promis geben den Löffel ab

Rumpel hatte Pförtnerdienst. Rumpel war die Erfüllung unserer Behindertenquote. Weil seine Malaisen für drei normale Behinderte ausgereicht hätten, dachte der Verlag wohl, Rumpel würde reichen. Rumpel besaß viele positive Eigenschaften: Er war nur bei Leuten rechthaberisch, die er nicht kannte; und er war boshaft.

«Morgen Rumpel, die Bayern werden maximal Dritter. Mein Angebot steht.»

Rumpel war Bayern-Anhänger, weil er bei sich Ähnlichkeit mit deren Manager Hoeness entdeckt haben wollte. Er regte sich auch wunschgemäß auf, schmähte meine Borussen, nannte sie verächtlich «Diese Behinderten» und erhöhte dann den Wetteinsatz. Wir lagen mittlerweile bei 16000 Mark und ein paar Zerquetschten. Rumpel führte genau Buch, er hatte die Liste in seinem Kabuff hängen. Sie hing dort zwischen dem Bayern-Trikot mit der Nummer 18 und dem Stück Draht, das Rumpel gerahmt und hinter Glas aufbewahrte. Der Draht stammte aus dem alten Rasenmäher von Zapf, er hatte ihn Rumpel mit den Worten überreicht: «Das ist der Faden aus Thomas Helmers Kopfwunde. Acht Stiche! Halte ihn in Ehren.»

Beim Lokalen standen alle Türen offen. Ich schaute kurz hinein und sprach mich mit dem Ressortleiter über die weitere Behandlung des Strindberg-Themas ab. Er gab sich kumpelhaft, aber ich nahm ihm seine Freundlichkeit nicht ab. Es wäre ihm lieber gewesen, wenn wir uns aus dem Fall herausgehalten hätten. Ich warf ihm daher einen Knochen hin:

«Du bist die Nummer 1. Wir unternehmen nichts ohne euch. Und wenn unsere Informanten nichts mehr hergeben, sind wir raus aus dem Spiel. Okay so?»

Die Frage war gemein, denn er konnte nicht nein sagen, ohne sein Gesicht zu verlieren. Also sagte er: «Aber ja, aber ja», und ich hatte wieder einen Tag Ruhe.

Vorn im Lokalen saßen Hornung und die Neue. Sie hieß wie eine Schauspielerin, aber es war nicht die Monroe.

«Da waren's drei», sagte Hornung und glättete seinen Klobrillenbart.

«Noch ist nichts bewiesen», sagte die Neue.

«Der letzte war der Bischof», sagte Hornung. «Der zweite war der Minister. Davor kam der Showstar. Und mich würd's nicht wundern, wenn morgen wieder einer in der Suppe liegt.»

«Noch ist nichts bewiesen», entgegnete die Neue. Ich stand am Tisch und lächelte sie auffordernd an. «Er sagt, das hängt zusammen», sagte die Neue, und Hornung sagte:

«Drei Selbstmorde. Drei Prominente. In nicht einmal einem halben Jahr. Ist doch logisch, daß das zusammenhängt. Außerdem muß ich jetzt los. Im Landesmuseum ist eingebrochen worden, schon zum zweiten Mal. War nett, mit euch zu plaudern.»

Ich ritt hinüber in mein Reich. Christine telefonierte mit zwei Apparaten gleichzeitig. Besendahl saß nicht auf meinem Stuhl. Ich hatte alle drei Fälle natürlich am Rande mitbekommen, zuletzt den Bischof, der tot auf dem Acker oder im Wald gelegen hatte. Im Januar oder Dezember war der Umweltminister eines Bundeslandes gegen einen Brückenpfeiler gefahren, und einige Kollegen hatten sich mächtig zusammenreißen müssen, um nichts Anzügliches über den Kampf für die Umwelt und den Tod im stinkenden Kraftfahrzeug zu schreiben. Er befand sich bereits auf der Autobahn, als sein Fahrer zum Dienst erschienen war. Außerdem wurde ein Abschiedsbrief gefunden. Wenn ich mich richtig erinnerte, ging es um Überforderung und Depressionen. Aber ich schaltete traditionell ab, wenn es um Depression ging. Der Showmaster war ein Kleiderständer aus dem Privatfernsehen mit falschen Zähnen und Toupet. Am Anfang war es niemandem aufgefallen, daß er fehlte, denn sein Nachfolger sah genauso aus wie er. Dann wurde er eines Morgens am Strand von Ibiza gefunden, er hatte bereits drei Tage im Wasser gelegen und sah auf den Polizeifotos besser aus als im Fernsehstudio. Einen Abschiedsbrief hatte er nicht hinterlassen. Das fand ich einleuchtend, denn er war nicht Showmaster geworden, weil er schreiben konnte. Angeblich hatte er eine Yacht samt Bar und Gespielinnen gemietet, um zwei Tage und Nächte seinen Schniedel rotglühend zu wetzen. Ob er beim Versuch, ihn abzulöschen, über Bord gefallen war, wurde nie geklärt. Doch berichteten die Gespielinnen übereinstimmend, daß er ihnen verzweifelt vorgekommen war. Mir fiel auf die Schnelle kein weiterer Freitod eines Prominenten ein, schon gar nicht drei in so kurzem Abstand. Es war reiner Zufall, daß ich im Verlauf des Vormittags telefonisch in Hamburg landete. Ich ließ mich weiterverbinden, tauschte mit dem Kollegen vom *stern* Klatsch und ein, zwei persönliche Bemerkungen aus und wurde dann endlich meine Frage los. Erstaunen am anderen Ende.

«Für den Bischof bin ich dir aufrichtig dankbar», sagte er. «Das hat sich noch nicht bis zu uns herumgesprochen. Ich habe gar nicht gewußt, daß es in eurer Ecke Bischöfe gibt.»

«Wächst in deinem Garten keine Quecke?»

Kirchenfeindliche Scherze unter Atheisten kamen selten gut. Am besten ging es mit Juden und Altkatholiken, weil bei denen der Sarkasmus noch vor der humanistischen Bildung kam.

«Wir haben damals natürlich berichtet», fuhr der Hamburger fort. «Ich bin zufällig mit der Kollegin ... äh ...»

«Wir nennen es ‹dummdidumm›.»

«So hört es sich bei uns nicht an, aber meinetwegen. Die waren beide nicht krank. Kein Krebs, kein anderes Geschwür. Daran erinnere ich mich genau, weil man ja auf so was zuerst kommt.»

«Und seelische Krankheiten?»

«Depressionen, meinst du? Nein, mir nicht bekannt. Auch keine Geldschulden. Nicht mal Beziehungsprobleme. Der Minister war wohl nicht gerade glücklich verheiratet, aber irgendwelche Dramen oder Damen sind nicht bekannt. Und der Showfuzzi hatte überhaupt keine Beziehung, der hat seine Frauen nicht am Gesicht erkannt, sondern an der Mu ...»

«Ich glaube, ich weiß, was du mir andeuten willst. Und nun die Tausendmarkfrage: die persönlichen Beziehungen der beiden.»

«Die sind sich nie begegnet. Wir haben uns auch in Richtung Scientology umgehört. Fehlanzeige.»

«Schade, eigentlich.»

Er wollte mich dann nach dem Bischof ausfragen. Weil mir der Name der Neuen nicht einfiel, verwies ich ihn an Hornung.

«Und du?» fragte er zum Abschied, «willst du deine wilde Zeit wirklich in Dresden ausklingen lassen?»

«Frag mich was Leichteres. Frag mich nach Zeit und Raum, Quantensprüngen und schwarzen Löchern, aber doch nicht so was.»

Ende des Telefonats, Beginn der sachbezogenen Arbeit. Zapf steckte bereits wieder bei der Polizei, Tamara war beim Tennis. Sie hatte eine schöne Geschichte über Berganders gestrigen Sieg geschrieben. Ich hatte alles über den Mord geschrieben, Besendahl hatte den gesamten Regionalsport bewältigt und dazu die Agenturmeldungen über die Top-Acts zusammengestrichen. Ich ging gleich rüber und stattete ihm den Dank des Arbeitskollektivs ab. Ich konnte nicht einschätzen, wie lustig er meine Wortwahl fand. Jedenfalls berührte es den alten Recken angenehm, daß jemand seine Leistung würdigte.

«Ich hoffe, der Junior ist dir fleißig zur Hand gegangen», sagte ich nebenbei.

«Wieso? Hat der nicht Urlaub?»

Ich telefonierte von Besendahls Apparat aus. Der Archivleiter war dran.

«Ich hier. Sag mal, gibt's bei euch Ecken, wo man festkleben kann oder reinfallen und keiner hört einen, wenn man um Hilfe ruft?»

Zwei Minuten später hatte ich Pulitzer am Kanthaken, nicht ohne vorher 30 lange Sekunden zu beobachten, was er da am Tisch trieb. Ich wollte mir später nicht nachsagen lassen, ihn im Affekt erschlagen zu haben. Pulitzer wehrte sich nicht gegen die Hand um seinen Hals, das regte mich zusätzlich auf. Schlapp wie ein gerade geborenes Kätzchen, wartete er auf seine Hinrichtung. Bevor ich etwas sagen konnte, sagte Pulitzer etwas:

«Ich habe die ganze Zeit gearbeitet.»

«Zu meiner Zeit nannte man das Popeln und nicht arbeiten.»

«Aber ich...» Und er ratterte seine Lesefrüchte herunter. Sie waren von erschütternder Belanglosigkeit. Wie alle Anfänger konnte Pulitzer nicht zwischen «wichtig» und «papierkorbwürdig» unterscheiden. Zwar hatte er pfundweise Material über Strindberg ausgegraben, aber er hatte es nicht gewichtet.

«Hast du wenigstens mit der ATP telefoniert? Oder mit dem schwedischen Verband? Was ist mit dem Burschen, mit dem er zwei Jahre Doppel gespielt hat? Und warum kennst du keinen schwedischen Journalisten?»

Pulitzer bot mir seine Kündigung an, aber ich rief höhnisch:

«Du bist doch gar nicht satisfaktionsfähig.»

«Bin ich doch. Sie können meine Freundin fragen! Ich entbinde sie von der Schweigepflicht.»

«Ich denke, ihr habt euch getrennt.»

«Aber das weiß sie noch nicht. Es soll eine Überraschung sein.»

Ich spielte mit dem Gedanken, Tamara und Pulitzer eine Nacht im Fahrstuhl einzusperren und seine Reste am nächsten Tag an die Tauben zu verfüttern. Aber dann fiel mir doch noch etwas anderes ein. Ich legte dem darob Erstarrenden einen Arm um die Schulter und sagte:

«Sag mal, mein Junge, warst du eigentlich schon mal im Puff?»

Ich hatte gewußt, daß man rot werden kann, auch dunkelrot. Pulitzer lief schwarzrot an. Er murmelte etwas von «Privatsphäre» und wurde richtig pampig, aber ich bekam heraus, daß er vom *Ambudance* zum ersten Mal in Zusammenhang mit dem Strindberg-Mord gehört hatte. Das gefiel mir gut, sehr gut sogar. Und je zufriedener ich grinste, desto ängstlicher blickte mich der Junior von der Seite an.

## 12 Frau Spring und die Tassen im Schrank

Im Vergleich zur Lage vor fünf Jahren war die Hotelsituation in Dresden sehr ermutigend. Es wurde jedes Jahr besser, aber in der Spitze war es immer noch mager. Das hatte den Vorteil, daß man höchstens drei Anrufe tätigen mußte, und man spürte den gesuchten Kandidaten auf, vorausgesetzt, es handelte sich bei ihm um eine Person, deren Spesenkonto noch die 200-Mark-Grenze überschreiten durfte. In meinem Haus galten 110 Mark als höchstes der Gefühle, am liebsten hätte die Buchhaltung uns ausgemusterte Biwakzelte der Nationalen Volksarmee zur Verfügung gestellt.

Frau Dr. Spring weilte zur Zeit im oder am hoteleigenen Swimmingpool des *Maritim*. Ich hinterließ die Bitte um Rückruf und fuhr los.

Ich fand sie im Fitneßraum, wo sie versuchte, eine Maschine mit Gewichten kaputtzumachen. Heute erschien sie mir älter als gestern, bei mir eine normale Erfahrung. Trotzdem war sie nicht älter als 35. Die Haare trug sie hochgebunden. Fast noch lieber als Hedwig beim Sonnenblumenkern-Knabbern zuzusehen, löste ich Hedwigs hochgesteckte Haare.

Ich sagte meinen Spruch auf, aber Frau Dr. Spring stieß obszöne Geräusche aus. Dann bat sie mich, sie jetzt nicht anzusprechen und traktierte weiter die Maschine. Ich setzte mich versuchsweise auf ein Schwestermodell, hakte meine Arme unter und zog.

«Sagen Sie», fragte ich einen vorübergehenden Jüngling, «wie hört es sich eigentlich an, wenn die Sehnen reißen?» Als er anfing, ernsthaft über meine Frage nachzudenken, bekam ich Angst vor den Spätfolgen körperlicher Ertüchtigung. Ich floh aus dem Maschinentrakt, fünf Minuten später erschien Frau Dr. Spring. Sie trug nun einen dünnen Bademantel, so weiß wie Papier, und im Gesicht unverhüllte Neugier. Kurz vor 12 Uhr hatte die Bar noch nicht geöffnet. Wir brachten einen Kellner dazu, uns auf der Terrasse zu bedienen. Frau Dr. Spring wollte über das Canaletto-Panorama plaudern, ich nicht. Das einzige, was mich zur Zeit außer dem Strindberg-Mord interessierte, war die Tatsache, warum diese Frau nach ihrem Training nicht stärker schwitzte.

«Wird Zeit, daß unsere Leser endlich lernen, wie man Fabarius buchstabiert. Nennen Sie mich doch Silvia.»

«Viel lieber als Erna.» Als ich sah, wie sie stutzte, zog ich das Diktiergerät aus der Tasche und stellte es auf den Tisch. Jetzt hatten wir es schön authentisch, mit zwei Batterien hätte der kleine Kasten sogar funktioniert.

Der Turnierdirektor hatte nicht gelogen. Fabarius wollte ins Sport-Sponsoring einsteigen und hatte Dresden gewählt, um den geographisch so dicht gelegenen Konkurrenten Meißen zu ärgern.

«Haben Sie kein Verständnis dafür, daß Ihre Konkurrenzfirma sich keine Laus in den Pelz setzen will?»

«Gilt hier die Marktwirtschaft oder ist das Kommunismus hier?»

«Im Kommunismus würden wir jetzt nicht auf der Terrasse sitzen, sondern ...»

«Im Straflager!»

«Sondern im Hotelfoyer.»

Silvia erregte sich aus Leibeskräften, sprach von Monopolen und Unterdrückung und mehrmals von Frau Rottluff. Die Geschichte hörte sich ziemlich spannend an, war aber nicht mein Thema.

«Bei welchen Gelegenheiten haben Sie Herrn Strindberg persönlich getroffen?»

Dreimal: einmal zum Kennenlernen in Basel, ein Gespräch, das der Manager Köchlin vermittelt hatte; einmal in Dresden bei der Überreichung des Schecks; und einmal an dem Tag, an dem er das Spiel gegen Bergander verlor.

«Was sollte die Scheckübergabe, wenn keine Presse dabei war?» Sie dampfte vor Wut. «Ich kann mich an keine Einladung erinnern? Hatten Sie unsere Adresse nicht?»

Und dann platzte es aus ihr heraus wie der Eiter aus dem Pickel:

«Das war Sabotage! Alle weg! Keine angekommen. Ich habe mich erkundigt. Das war die ... die ... Oh, bin ich wütend.»

Sie hatten Einladungen verschickt, die Einladungen waren nie angekommen, keine einzige. Sie wartete mit Riesenscheck und Strindberg auf dem Platz am Ende hatte ein herumstreunender Tourist alle fotografieren müssen und war seinen Film dann für 100 Mark losgeworden.

«Wie hat Strindberg auf die Panne reagiert? Hat er Ihnen Vorwürfe gemacht?»

«Er blieb ganz cool.»

«Er hat das Geld also quasi privat gekriegt.»

«Warum denn? Wenn kein Schwein davon erfährt?»

«Sie hatten doch den Film von dem Touristen.»

Sie machte eine erstaunlich ordinäre Handbewegung, und ich wußte jetzt, was sie von knipsenden Amateuren hielt.

«Strindberg hat das Geld also nicht bekommen?»

«Nein.»

«Wie fand er das?»

«Er hielt es erst für einen Scherz.»

«Und danach?»

«Danach nicht mehr.»

«Wie hat er reagiert?»

«Er hat gesagt, jetzt müßte ich zur Strafe mit ihm ins Bett gehen.»

«Igitt.»

«Meinen Sie?» Und wieder hatte ich etwas über den unbekannten Planeten Frau dazugelernt.

«Sie sind Ihr Geld also nicht losgeworden?»

Sie lächelte, breit und immer breiter. Sie mußte 48 Zähne im Mund haben.

«Wir geben das Geld aus. Wenn es mit dem alten Star nicht klappt, dann nehmen wir eben den neuen.»

«Bergander.»

«Das ist überhaupt eine viel bessere Idee. Ich war von Anfang an dafür. Wir repräsentieren als Firma die Zukunft, warum sollen wir uns dann im Sponsoring alte Säcke ans Bein hängen?»

«Aber wenn es niemand erfährt ...?»

«Jetzt ist das Fernsehen da. Jetzt sind 20 Fotografen in der Halle. Jetzt unterdrückt uns keiner mehr.»

«So gesehen hat Ihnen Strindberg ja noch einen letzten Gefallen getan.»

Sie griff zum Diktiergerät, stellte aus, was nie angeschaltet gewesen war, und sagte dann:

«Das dürfen Sie aber so nicht schreiben – auch wenn es stimmt.»

Sie wollten künftig Bergander unterstützen, eine Viertelmillion im Jahr, fest zugesagt für zwei Jahre mit Option auf Verlängerung.

«Dann können Sie Ihren Scheck ja doch noch benutzen.» Sie freute sich. «Und wann soll die Heirat offiziell bekanntgemacht werden?»

«Morgen.»

«In der Tennishalle sicherlich.»

«Sicherlich nicht.»

«Ach nein? Wo denn sonst?»

«In Meißen.»

## 13 Teures Porzellan und billige Argumente

Eine Autofahrt nach Meißen konnte sehr entspannend sein, aber nur zwischen Mitternacht und vier Uhr morgens. In den restlichen 20 Stunden des Tages war die Straße dicht. Wenn man großes Pech hatte, wurde man auf einer Strecke von drei Straßenbahnen überholt und von den Rücklichtern ausgelacht. An einer roten Ampel notierte ich mir als Glossenthema «Pressespur – eigene Fahrbahn für Medienfahrzeuge fordern».

Vor der Manufaktur und in der Ausstellungshalle summte es von Besuchern. Ich mußte sehen, wo ich mit meinem Wagen abblieb, und landete hinter einer dunkelgrauen Limousine. Zur Not hätte ich den Corsa in ihrem Kofferraum abstellen können. Der Bolide hatte mehr Antennen am Heck als ein Amateurfunker auf dem Dach. Ein Regierungswagen, er hatte sich also wie wir Normalsterblichen auf dem Landweg herbemüht. Unsere gewählten Könige reisten sonst für ihr Leben gern per Hubschrauber. Ein Politiker mit Flugangst hätte in diesem Bundesland keine Karrierechance gehabt. Der Wagen wunderte mich nicht besonders, die Manufaktur gehörte zu 100 Prozent dem Land. Vielleicht holten sie gerade einen Sack Geld ab.

Der Pförtner küßte meinen Presseausweis nicht, aber er wurde doch höflicher. Ich war auch nicht sicher, wie seine Mundpartie auf den Kontakt mit der Schwarte reagiert hätte. Wenn ich auf sensiblen Quadratmetern parkte, drückte ich das speckige Dokument einfach von innen gegen die Windschutzscheibe, und es blieb haften.

«Ich möchte zur Pressestelle, Frau Rottluff.»

«Die ist da nicht.»

«Dann zur PR.»

«Da ist die auch nicht.»

«Ich gebe Ihnen zwei Mark, und Sie sagen mir, wo sie ist. Einverstanden?»

Das ging natürlich gegen seine Ehre, besonders wenn ein Dritter danebenstand und mithörte.

«Wir haben hier eine Frau Rottluff, die ist die Assistentin des Geschäftsführers. Wollen Sie zu der?»

Ich war darauf gefaßt gewesen, in einer Porzellanfabrik auf Schritt und Tritt Porzellan über den Weg zu laufen. Sie ließen mir Zeit, einige Vitrinen durchzumustern. Kavaliere, Affen und Götter, stimmiger hatte ich die einzelnen Schritte der Evolution lange nicht dargestellt gesehen.

«Da drin ist wichtiger Besuch», verriet mir die Sekretärin, in deren Reich ich mir die Beine in den Bauch stand.

«Ist Ihre Kantine ordentlich?» Sie schwieg verdutzt und studierte mit mir die Speisekarte für diese Woche. «Sie essen hoffentlich auf ordentlichem Porzellan. Oder etwa nicht?» Ihr Besucher-Raster paßte offensichtlich nicht auf mich. Ich wollte ihr gerade einen Essensbon abschnacken, da wurde die Tür geöffnet, und ich stand dem Staatssekretär gegenüber. Wir begrüßten uns mit aufrichtiger Freude, denn ich mochte den Kerl wirklich und unterstellte ihm ähnliche Sympathien für mich. Die Assistentin Rottluff, die noch mitten im Dialogteil ihrer Zusammenkunft steckte, verstummte verdutzt.

«Wir müssen uns unbedingt bald wieder treffen», sagte der Staatssekretär.

«Wie wär's mit heute abend?»

Wir einigten uns auf morgen, seine Sekretärin wollte meine Sekretärin anrufen. An diese Umständlichkeit würde ich mich bis zur Pensionierung nicht mehr gewöhnen.

Abgang Staatssekretär, die Rottluff nahm an mir Maß und fragte:

«Waren wir verabredet?»

«Haben Sie das etwa vergessen? 12 Uhr 30. Zweimal Quarkkeulchen, und ich kriege Ihre Rosinen.»

Die Kantine repräsentierte den Chic der späten sechziger Jahre. Dafür waren die Kartoffeln nicht zu fest und nicht zu mehlig. Um uns herum klapperten 150 Messer und 150 Gabeln. Ich liebte diese Massenspeisungen, weil ich bei ihnen keine Angst vor Servietten zu haben brauchte, die so vornehm gestärkt waren, daß man sie erst weichschlagen mußte, bevor man sie zum Mund führen konnte. Die Assistentin Rottluff hatte sich nach der ersten Überraschung an ihre trainierten Gastgeberpflichten erinnert. Allerdings rückte sie keine Rosine heraus, nicht eine einzige. Ich fragte sie gleich nach ihrer Lieblingsfeindin aus, die Assistentin kaute energischer und bestätigte, was ich bereits wußte. Sie begriff allerdings nicht, wie man sich darüber wundern konnte, daß sich die politische Ebene in so einen Konflikt einschaltete.

«Das ist sogar deren Pflicht. Dafür müßte jeder Steuerzahler Verständnis haben. Wir stellen mühsam genug die ostdeutsche Wirtschaft auf eigene Beine, und dann kommen Überflieger aus dem Westen und besetzen unsere ureigenen Felder. So nicht, Frau Spring. So nicht.»

«Ihnen geht's doch top. Bei den Preisen, die Sie nehmen.»

Sie blickte mich angewidert an und sagte:

«Wie ich diese billigen Argumente verachte.»

«Teures Porzellan, billige Argumente. Faktisch drücken Sie doch mit Ihrer Hausmacht einen unliebsamen Konkurrenten an die Wand.»

«Wie hieß gleich noch mal die Zeitung, von der Sie kommen?»

Ich nannte ihr den Namen und die Durchwahl der Anzeigenabteilung. Aber so hatte sie es natürlich nicht gemeint, das gefiel mir auch besser so. Für sie.

«Warum steigen Sie eigentlich nicht in die Sportförderung ein?»

«Unser Haus ist nicht dafür bekannt, das zu tun, was alle tun.»

«Es sind aber erste Adressen dabei. Mercedes, Porsche, Volvo, große Uhrenfirmen und die besten Biersorten.»

Sie blickte versonnen auf ihren Quark, schrak dann hoch:

«Pardon, was haben Sie gerade gesagt?»

«Ihnen geht etwas im Kopf herum, und das ist meilenweit von meinem Thema entfernt.» Sie wollte das erst leugnen, aber ich sagte:

«Es hat etwas mit dem Besuch des Herrn aus Dresden zu tun.» Treffer. «Es ging um Geld.» Daneben. «Es hat etwas mit der Zukunft Ihres Hauses zu tun.» Volltreffer, geradezu versenkt. Aber ich kriegte nichts aus ihr heraus. Langsam wurde ich sauer. Sie spürte es und fing an, von Tennis zu reden, von Strindberg und darüber, daß der Turnierdirektor ein fleißiger Mann sei. Aber jetzt interessierte ich mich nicht für Tennis. Wir verstanden uns einfach nicht, obwohl es keiner darauf angelegt hatte, den anderen zu ärgern. Sie kam dann auf den goldenen Gedanken, eine halbe Flasche sächsischen Wein zu spendieren. Auf die Idee wäre ich lieber selbst gekommen, möglicherweise wies mein Gesichtsausdruck darauf hin. Ein Kollege wollte meine Tischpartnerin ansprechen, sah mein Gesicht und empfahl sich.

«Ich glaube, ich gehe dann mal.»

«Es tut mir leid, wenn Sie...»

«Halt! Reden Sie nicht weiter. Alles, was hier gerade schiefgelaufen ist, nehme ich auf meine Kappe. Das ist allein mein Knoten, okay?»

Ich stand schon an der Tür, als sie meinen Namen rief. 150 Köpfe und meiner drehten sich. Die Rottluff hielt ihr Messer in die Höhe und rief:

«Bei Knoten nicht fummeln, sondern mittendurch schlagen.»

Ich begriff gar nicht, was ich an dieser patenten Person früher nicht gemocht hatte.

## 14 Der Deckhengst des Monats

Die Rückfahrt bestand aus einem kompakten Stau, der sich langsam nach Süden bewegte. Zwei vertane Stunden. Früher hatte ich solche Sackgassen ohne Probleme weggesteckt. Aber ich wurde mit zunehmendem Alter nicht milder, sondern unduldsamer. Das ängstigte mich, denn ich hatte mir geschworen, einige meiner unsozialsten Eigenschaften abzubauen – Hedwig zuliebe. Sie hatte Anrecht auf einen Top-Mann, nicht nur vom Aussehen her. Ich durfte nicht nachlässig werden, Hedwig war meine letzte Chance. Wenn ich sie verprellen würde, konnte ich mir nur noch meine Nackenrolle unter den Arm klemmen und Richtung Müllkippe marschieren.

Das Telefon piepte.

«Zapf für Imperator.» Diesmal rief er nicht aus dem Präsidium an, im Hintergrund hörte ich die schwachsinnigen Geräusch-Chips von Spielautomaten. «Sieht so aus, als wollten sie doch Strindberg erwischen und nicht dich. Die Polizei hat sich mit dem Geschäftsführer vom Puff unterhalten.»

«Warum reden sie nicht endlich mit der Hure, mit der Strindberg zusammen war?»

«Würden sie gern, aber sie kommen nicht ran.»

«Dann sollen sie nach ihr fahnden.»

«Das tun sie. Und nun die Überraschung: Strindberg war nicht aus Zufall im Puff.»

«Natürlich nicht. Er war da, weil er mal wieder so richtig...»

«Nicht nur. Er hatte auch einen geschäftlichen Termin.»

«Mit einem Herrenmagazin als Deckhengst des Monats.»

«Hat dir schon mal jemand erzählt, was in der Zusammenarbeit mit dir das Hauptproblem ist?»

«Zu Wort zu kommen, weiß ich doch. Nun red endlich weiter.»

«Also Strindberg war in der Nacht nicht nur mit der Nutte auf dem Zimmer. Der Geschäftsführer, er heißt Box wie die Box, hat angegeben, daß er mit Strindberg über eine finanzielle Angelegenheit sprechen wollte.»

«Wahrscheinlich ein Rabatt für Serienrammler.»

«Es hörte sich seriöser an. Aber Genaues habe ich noch nicht rausgekriegt.»

«Wissen die Nasen von den anderen Blättern schon Bescheid?»

«Ich würde sagen, nein. Aber das ist eine Frage der Zeit.»

Ich wollte auf kürzestem Weg zum Freudenhaus fahren. Aber dann rief Christine an und berichtete von der Schlägerei.

Als ich in die Redaktion hetzte, stand Besendahl schon wieder auf eigenen Beinen. Es wäre auch schwierig gewesen, umzufallen, denn ich zählte elf Leute, die erregt aufeinander einsprachen. Ich zog Christine und Besendahl in mein Büro und ließ mir berichten.

Besendahl hatte die Neue aus dem Lokalen beim Klauen erwischt, an seinem Schreibtisch. Er hatte sie beschimpft, sie hatte alles abgestritten, Kollegen waren dazugekommen, in Sekundenschnelle hatte sich die Affäre hochgeschaukelt.

«Als ich dazukam, lag er auf dem Stuhl und kriegte keine Luft mehr», sagte Christine.

«Alles übertrieben», knurrte Besendahl. «Das war kein Schwächeanfall.»

Natürlich war es ein Schwächeanfall, er sah ja jetzt noch käsig aus.

«Ich habe mich nur so über die Pohl geärgert», sagte Besendahl. Sie hieß also doch nicht wie eine Schauspielerin, sondern Pohl.

«Hat sie was zugegeben?» fragte ich Christine.

«Nein. Sie sagt, sie hat bloß etwas gesucht. Den Duden.»

«Den Rechtschreibduden», sagte Besendahl. «In der Sportredaktion. Das war ja noch nie da.»

«Vermißt du denn Geld?» fragte ich den alten Kollegen. Er schüttelte den Kopf. «Aber nur, weil ich noch rechtzeitig dazugekommen bin.»

«Du läßt ja wohl hoffentlich kein Geld im Schreibtisch liegen.»

«Im Schreibtisch nicht», sagte er so leise, daß ich nachfragen mußte. Es stellte sich dann heraus, daß Besendahls Jacke über dem Stuhl gehangen hatte, mit 85 Mark lose in der Tasche.

«Mancher kapiert es nie», murmelte ich. Besendahl stand jetzt am Fenster, blickte auf die Hauptstraße, beobachtete eine Handvoll Touristen beim Studium des Stadtplans. Und dann sagte er:

«Sie will mich ausspionieren.»

In Besendahls Büro wehrte sich die Kollegin Pohl immer noch gegen die Vorwürfe:

«Ein Duden. Wenn ich's doch sage.»

Mir lagen einige spannungslösende Bemerkungen auf der Zunge. Aber die Stimmung war so geladen, daß ich mich lieber verkrümeln wollte. Solche redaktionellen Wetterlagen waren wie Durchfall. Mit Papier und Zeit würden sie vergehen.

«... und die Lexika sind auch Scheiße hier», rief nebenan die Pohl. Ich trat neben Besendahl ans Fenster und sagte: «Wenn was ist, will ich es als erster erfahren. Haben wir uns verstanden?» Ich entschloß mich, sein Geräusch als Zustimmung zu werten.

Immerhin standen nicht alle Kollegen lamentierend in meinem

Ressort herum. Im Lokalen saß Heidelbach mit einem Layouter am Schirm.

«U-Bahn geschenkt! Dresden freut sich.»

«Tolle Headline», sagte ich hämisch. «Da denkt doch jeder, daß Dresden eine U-Bahn geschenkt kriegt.» Vier Augen blickten mich an. «Da müßt ihr noch mal drüber nachdenken, Kollegen», feuerte ich sie an. Dann sagte Heidelbach mit einer Betonung, wie man sie gegenüber Bettlägrigen verwendet: «Genau so ist das auch gemeint.»

Ich blickte den Layouter an. Er war Betriebsrat und über jeden Verdacht erhaben, Humor zu besitzen. «Bitte ein Stichwort», sagte ich, «ich bin in Eile.» Heidelbach drückte mir den Ausdruck in die Hand.

*«Canaletto, Dix und jetzt die U-Bahn – Kurland in Geberlaune. Eine Stadt rätselt».*

## 15 Liebeslust GmbH & Co KG

Diesmal wünschte ich rote Ampeln und Staus herbei, aber es war, als würde mir eine unsichtbare Polizeieskorte die Fahrbahn freihalten. Als ich das *Ambudance* erreichte, war ich mit dem Artikel noch nicht viel weiter gekommen.

«Die Geschichte könnte aus einem Märchen stammen. Eines Tages steht ein Wohltäter vor den Toren der Stadt und überreicht ihr ein großzügiges Geschenk. Aber anders als im Märchen zieht er danach nicht von dannen. Er bleibt, und aus seinem unerschöpflich scheinenden Füllhorn schüttet er eine Gabe nach der anderen über die Bürger aus.»

Unverkennbar Heidelbach. Keiner bei uns schrieb längere Sätze als er. Allerdings schrieb auch keiner vor dem Artikel eine erste Fassung, die er dann wehmütig durchlas, ausdruckte und mit einer Geste löschte, als würde er den Stecker der lebenserhaltenden Herz-Lungen-Maschine ziehen. Ich hatte Heidelbach schon länger im Verdacht, daß er heimlich Lyrik verfaßte.

Heute betrat ich das *Ambudance* durch den Haupteingang, dessen Türen offenstanden. In der Bar saßen vier Frauen und kein Mann. Das war auch besser so, weil er den Aufenthalt dort nervlich gar nicht verkraftet hätte. Alle vier waren zweifellos Prostituierte, aber nicht von der billigen Art, die jede Phantasie zerbröselt. Diese vier besaßen Klasse, wer sich von ihnen animieren ließ, mußte sich dabei nicht pausenlos in Erinnerung rufen, was ihn trotz allem vom Wildschwein unterschied. Meister Box empfing zum Vorstellungstermin. Ich wäre dabei zu gern Mäuschen gewesen, war ihm aber aufrichtig dankbar, als er zu mir sagte:

«Ich glaube, ich kann Sie zwischen zwei Damen einschieben.» So verquast wie die Sprache war der ganze Kerl: vom Typ her ehemaliges Mitglied eines Versicherungs-Strukturvertriebs; er trug dieselben Klamotten wie Leute im Fernsehen, wenn sie auf seriös machen; seine Zähne waren so ebenmäßig, daß man ihm spontan einen Stuhl hineinschlagen wollte; aber seine Manieren waren auch nicht schlechter als die von Sportjournalisten.

«Schön, daß wir uns einmal kennenlernen», sagte er.

Zwei Minuten suhlten wir uns in gegenseitigen Respektsbekundungen. Er las mein Blatt und auch meine Artikel und vermißte lediglich eine «Herrenseite» mit Fitneß, Mode, Kosmetik und Anlagetips.

«Strindberg», sagte ich, nachdem uns eine Schöne Kaffee serviert und ich ein Glas Champagner abgelehnt hatte. Box trank auch keinen.

«Tragisch, tragisch», sagte Box.

«Mir ist zugetragen worden, daß Sie mit Strindberg an dem tragischen Abend verabredet waren.»

«Da ich das bisher nur der Polizei gesagt habe, nehme ich an, daß dort Ihr Informant sitzt. Sie also auch. Ja, es trifft zu, wir waren verabredet. Allerdings drei Stunden früher, und Herr Strindberg war augenscheinlich nicht mehr in der Form für ein Gespräch.»

«Das ist ja interessant. Was haben Sie denn mit einem Tennisspieler zu bereden?»

«Nun, meine Interessen sind weiter gefächert, als Sie vielleicht annehmen.»

«Herr Box, mir ist klar, daß Sie sich in Ihrer Freizeit mit Atomphysik und Linguistik beschäftigen.»

«Und Sie? Was lesen Sie so, wenn ich fragen darf?»

«Das Bertelsmann-Volkslexikon in einem Band, da schlage ich heimlich unter Atomphysik und Linguistik nach.»

Er lachte. Das klappte immer: Piß dir vor ihren Augen ans eigene Bein, und schon ist das Wir-Gefühl hergestellt, das ihnen die Mäuler einen Zentimeter weiter öffnet, als sie vorhatten.

«Darf ich davon ausgehen, daß alles unter uns bleibt, was wir jetzt bereden?»

«Wollen Sie mich umbringen?»

«Kann ich davon ausgehen, daß Sie in Ihrer Zeitung darauf verzichten, mein Haus mit der tragischen Gewalttat in Verbindung zu bringen?»

«Hören Sie! Ich habe nicht mal das Haus, auf dessen Grundstück Strindberg ermordet wurde, mit dem Mord in Verbindung gebracht. Was grinsen Sie so?»

«Ich mußte nur gerade daran denken, daß ich auch nicht gegen den Arbeitgeber meiner Lebensgefährtin anschreiben würde.»

Da war er, der günstige Moment, ihm die ebenmäßigen Zähne schiefzuschlagen. Aber ich unterstellte ihm zu seinen Gunsten, daß er damals die Schlagzeilen «Schweinebande kidnappt Tankstelle» studiert hatte, die Hedwigs und mein Kennenlernen in ganz Deutschland und darüber hinaus verursacht hatte.

Ich machte ihm ein Friedensangebot:

«Ich rede Ihnen nicht in Ihren Job hinein und Sie mir nicht in meinen. Können wir uns darauf einigen?»

«Haben Sie Betriebswirtschaft studiert?»

«So sehe ich hoffentlich nicht aus.»

«Dann – pardon – könnten Sie meinen Job keinen Tag ausüben.

Aber damit Sie sehen, daß ich nichts zu verbergen habe, will ich Ihnen als vertrauensstiftendes Zeichen den Grund von Strindbergs Besuch nennen. Der Grund ist die Liebeslust GmbH & Co KG.»

«Klingt wie eine neue Geschlechtskrankheit.»

«Hat auch viel mit Lust zu tun, aber gar nichts mit Leid. Strindberg wollte in den ersten Bordell-Fonds einsteigen.»

Ungehemmt gierte er nach einem Zeichen der Überraschung. «Die Liebeslust GmbH & Co KG ist ein polnisch-deutsch-tschechisches Joint-venture von absoluter Seriosität.»

«Bitte auf deutsch.»

«Liebeslust bietet Vergnügungsetablissements von der Einrichtung über die Standortberatung bis zur Beachtung regionaler Besonderheiten. Finanzierung immer eingeschlossen.»

«Also der Puff aus dem Katalog.»

Da hatte ich aber was gesagt. Box sang mir das Hohelied von Liebeslust: ein Konzept zur Errichtung von Luxusfreudenhäusern, unterteilt in drei Qualitätskategorien: Smart, Luxus und Ekstase. Dem Betreiber wurde dann ein komplettes Bordell vor die Nase gesetzt, er mußte sich lediglich um den Betrieb kümmern. Die Sache lief auf Franchise-Basis, die Betreiber gaben einen Teil ihrer Selbständigkeit an die Liebeslust-Zentrale ab, trugen nach außen hin jedoch die Verantwortung. Liebeslust beschaffte vor allem das für den Betrieb nötige Kapital. Es war so, als würde mir die Bank nicht nur die Hypothek verkaufen, sondern auch das Haus errichten. Die Liebeslust-Abteilung ‹Glückstaler› sammelte europaweit Geld bei Besserverdienenden ein: Ärzten, Anwälten, Handwerksmeistern und allen Neureichen, die Geld an der Steuer vorbeibewegen wollten.

«Und damit stehen wir erst am Anfang», tönte er. «Die Zukunft gehört uns. Sind doch praktisch alles Entwicklungsländer, die Ostzone hier, Polen und die Tschechei.»

«Tschechien.»

«Oder so.»

«Aber die haben doch ihre eigenen Freudenhäuser.»

«Ja, aber was für welche? Waren Sie mal drin? Also ich könnte da nicht, so dreckig ist das da. Und ich kann sonst überall. Da können Sie fragen, wen Sie wollen. Das sieht alles aus wie die Koje vom Fernfahrer. Nee, nee, was denen fehlt, ist Stil. Und den liefern wir ihnen.»

«Mädchen inklusive?»

Seine Äuglein wurden flink, als er den Raum absuchte. Aber dort hatte sich niemand versteckt.

«Das kann ich offiziell nicht bestätigen», sagte er und klang jetzt haargenau so windelweich wie ein Politiker. «Aber sollen wir diese Nobelläden etwa mit Landpomeranzen bestücken?»

«Okay. Und da wollte Strindberg sein Geld investieren?»

«Darauf antworte ich in aller Bescheidenheit mit Ja.»

«Wieviel?»

«Eine Viertelmillion. Wenn Sie das drucken, gibt's eine Gegendarstellung.»

«Wußte sein Manager davon?»

«Weiß ich nicht. Ist mir auch egal. Lars brauchte keine Amme.»

«Lars, oha. So intim waren Sie miteinander?»

«Ach wissen Sie, bei manchen Leuten springt der Funke eben schnell über.»

«Was wollten Sie an dem Abend genau besprechen?»

«Eigentlich gar nichts mehr. War ja alles besprochen. Er mußte nur noch die Verträge unterschreiben.»

«Wer hat die Verträge ausgehandelt?»

«Die hat die beste Anwaltskanzlei des Landes entworfen. Die berät sogar die Regierung.»

Für diese Information hätte ich ihn küssen können, aber nur auf die Wange.

«Sie haben Strindberg an dem Abend gesehen?»

«Natürlich. Aber Lars hatte etwas zuviel getrunken.»

«Macht doch nichts, wenn die Verträge so lupenrein waren.»

«Ich habe meine Grundsätze, Herr.»

Ich nannte ihm sicherheitshalber noch einmal meinen Namen, aber er hatte wirklich nur «Herr» sagen wollen.

«Ich habe vorgeschlagen, daß wir uns am nächsten Morgen treffen. Zum zweiten Frühstück. Aber daraus ist dann ja nichts mehr geworden. Tragisch. Wollen Sie mich gar nicht nach der Rendite fragen?»

«Lassen Sie mich raten: Die Rendite ist zweistellig.»

«Begreifen Sie denn nicht, wie bahnbrechend dieser Ansatz ist? Wir holen die Befriedigung eines menschlichen...»

«Ja wohl eher männlichen.»

«...eines menschlichen Grundbedürfnisses aus der Schmuddelecke heraus, im übrigen auch aus der kriminellen Ecke. Liebeslust, das ist der Mercedes unter den Bordellen. Das Niveau wird ähnlich hoch liegen wie das meines Hauses.»

Eines erfuhr ich allerdings nicht: wann er Strindberg in seinem Büro getroffen hatte. Ich hoffte, daß mir eine der Bardamen weiterhelfen könnte, aber angeblich hatte Strindberg den Weg gekannt und war allein ins Büro gekommen. Danach bat ich Box, mir den Weg zu seiner Angestellten Elisabeth beziehungsweise Eva zu zeigen. Angeblich war sie gestern abgereist. Ziel: die ungarische Provinz, wo der sterbende Vater nach dem schönen Kind verlangte.

«Glaubt Ihnen die Polizei diese Geschichte eigentlich?»

«Aber ja, weil sie wahr ist.»

Die Adresse des zeitlich so optimal sterbenden Vaters kannte er leider, leider nicht. Box erzählte mir noch einmal von Strindbergs Sturz in den Kerzenleuchter. Der zumindest war nicht nach Ungarn mitgefahren, sondern stand angeblich wieder in Elisabeths Schwanenzimmer. Box erwies sich als hieb- und schußfest. Hätte er irgendeine

Insignie des Zuhälters an sich gehabt: ein Goldkettchen, das um zwei Knöpfe zu weit geöffnete Hemd oder einen Pitbull unter dem Schreibtisch – ich hätte die Gelegenheit genutzt und ihn verdächtigt. Aber er war so durch und durch Geschäftsmann, und mir wollte kein noch so fadenscheiniger Grund einfallen, warum er siebenmal mit dem Auto über Strindberg fahren sollte.

«Was für ein Auto fahren Sie, wenn ich fragen darf?»

«Sie dürfen, Sie dürfen. Einen Jaguar vier Punkt zwo. Bin sehr zufrieden damit. Und Sie?»

Immerhin war er so nett, sich nicht vor Lachen zu verschlucken. Er lobte sogar die Wahl eines Kleinwagens wegen seiner «Wendigkeit in der Stadt». Ich befragte Box dann zu seiner Meinung über Strindberg. Er hatte ihn nur einmal zuvor getroffen – bei einem Wohltätigkeitsturnier in München zugunsten einer seltenen Krankheit, deren Namen er vergessen hatte.

«Das heißt, Strindberg war vorher noch nie im *Ambudance*?»

«Nicht daß ich wüßte. Aber er hätte es mir bestimmt erzählt. Nein, jetzt fällt mir wieder ein, er hat gesagt, daß er sich darauf freut, Dresden kennenzulernen.»

«Drüben beim Tennisturnier geistert ein Gerücht durch die Reihen. Es lautet stark gekürzt so, daß Strindberg den Plan hatte, seine eigene Entführung zu inszenieren.»

«Ist nicht wahr.»

«Das Gerücht besagt weiter, daß er sich möglicherweise Ihr... Haus als Schauplatz ausgesucht hat.» Hinter meinem für solche Gelegenheiten ausgesucht schläfrigen Blick belauerte ich Box wie ein Luchs. Aber alles, was ich bemerkte, war Überraschung. Er hatte auch sofort die richtigen Worte zur Hand: «Wenn das der Fall gewesen sein sollte, wäre mir das äußerst unangenehm, das können Sie mir glauben. Solche Vorfälle bleiben erfahrungsgemäß lange im Gedächtnis der Öffentlichkeit hängen. Dabei haben wir soviel Positives zu bieten.» Eigentlich hätte ich ihn nicht mit diesem Betroffenheitsgerede davonkommen lassen dürfen. Aber durch meinen Kopf fuhr ein schwarzer Geländewagen ohne Licht, und ich hörte den Aufprall eines Körpers. Es paßte einfach nicht zusammen. Entführung schön und gut, und möglicherweise konnte man beim Versuch, die Entführung spektakulär zu gestalten, sogar besoffen in einen Kerzenleuchter fallen. Aber dann wurde man hinterher nicht ermordet.

«Ihre äh . . . Damen, die kommen doch von weit her.» Ja, das hörte er gern, der eitle Geck, wenn man ihm Weltläufigkeit unterstellte. «Hat eine von ihnen vielleicht schon mal Kontakt mit Strindberg gehabt?»

«Nicht daß ich wüßte.»

«Elisabeth auch nicht? Nicht, wäre auch zu schön gewesen. Elisabeth ist nicht zufällig vorbestraft?»

«Wie meinen Sie das?»

«Räubert sie vielleicht gern die Brieftaschen ihrer Kunden aus? Oder hebt sie mit deren Scheckkarten ein paar Hunderter mehr ab, als ausgemacht war?»

Box war regelrecht schockiert.

«Herr, mein Haus lebt von seinem Ruf, und unser Ruf ist Qualität. Wir sind in dem Moment mausetot, wenn daran ein Zweifel aufkommen sollte.»

«Das ist bei uns in der Presse beinahe umgekehrt.»

«Wissen Sie», sagte er und lehnte sich weit nach vorn über den Schreibtisch, «vögeln kann man überall. Aber bei uns verhält sich das wie . . . wie essen zu speisen.»

Ich hatte genug und verabschiedete mich. Auf dem Weg nach draußen schaute ich kurz in die Bar. Die vier Frauen sahen noch genauso lecker aus. Und alle blickten mich an, als wäre ich auf der Suche nach dem Lieferanteneingang.

## 16 Eine U-Bahn als Geschenk

Vor dem Innenministerium an der Elbe ging wieder ein Hubschrauber nieder. Zwei dicke Limousinen warteten darauf, dicke Politiker zum nächsten Termin chauffieren zu dürfen. Ich kam auf meinem kurzen Fußmarsch von der Redaktion an ihnen vorbei und war dankbar, daß die Leibwächter nicht jedesmal alle Augenzeugen der Landungen und Starts füsilierten. Sie waren auch noch nicht auf die Idee gekommen, eine Kapelle spielen zu lassen. Der Hubschrauber spuckte zwei Kerle aus, die gebückt zu den Wagen eilten. Sie würden 20 Kilometer brauchen, um ihre Frisuren zu richten. Ich hing dem Gedanken nach, wie falsch man leben mußte, um auf dem Landweg nicht mehr zurechtzukommen.

«Zum Staatssekretär», sagte ich aus Versehen und hatte dann damit zu tun, dem Pförtner klarzumachen, daß ich keineswegs zu einem der Staatssekretäre vordringen wollte.

Er saß an einem modernen Schreibtisch und studierte alte Folianten.

«Aparte Kombination», sagte ich zur Begrüßung.

«Bedien dich», sagte er, ohne hochzuschauen. Der Staatssekretär hieß Schlund, aber er hatte bis zum Alter von 34 keinen Frieden mit diesem Namen geschlossen. Seine Freunde vermieden tunlichst die Erwähnung des Namens.

Der Mann, den ich nicht Schlund nannte, war Referent im Innenministerium, zuständig unter anderem für den Sportstättenbau. Wir hatten uns gleich nach meinem Dienstantritt in Dresden getroffen. Er ließ sich bei der Eröffnung eines Bowling-Centers pflichtgemäß von seinem Minister besiegen; und als der sich daraufhin angeberisch als ehemaliger Vereinsspieler outete, hatte ich mein geliehenes, aber furchtbar drückendes Paar Turnschuhe ausgezogen und auf Strümpfen den Minister herausgefordert. Als Preis war mir nichts Besseres eingefallen als Freibier für alle. Der Minister trug seine Niederlage äußerlich mit Würde; aber weil es keine banale Niederlage war, sondern ein Schlachtfest, auf dem er das Schwein abgegeben hatte, wurde mir später vom Staatssekretär hinterbracht, wie hilflose Referenten seine Wut hatten ausbaden müssen.

Ich schnappte mir einen Folianten.

«Sieh dich vor. Die Dinger lassen sie sonst nicht aus der Bibliothek.»

«Das ist ja von Siebzehnhundertschlagmichtot. War da der Sport überhaupt schon erfunden?»

Eine Frau mit enorm ausladendem Becken trug weitere Bücher herein. Als sie mich sah, stutzte sie. Ich hatte ihr die Bücher längst abgenommen, als sie immer noch mit sich rang, ob sie sie mir wohl überlassen könnte.

«Johann Melchior Steinbrück. Was du alles liest.»

«Hat dir schon mal jemand gesagt, daß die Luft knistert, wenn du von Neugier gepackt wirst?»

«Hat aber den Vorteil, daß mir die Leute ihre Geheimnisse gleich freiwillig erzählen. Ist auch viel kräftesparender für beide Seiten.»

«Ich bin wirklich sehr in Zeitdruck. Kabinettsvorlage. Eigentlich ist es gar keine richtige Vorlage.»

«Vielen Dank für diese Sachinformation.»

Ich mußte geschlagene 14 Minuten warten, bevor er mit dem Lesen aufhörte. Er schlug mit lautem Knall das Buch zu und sagte:

«Kurland.»

«Das ist doch der Wohltäter. Und wegen dem liest du alte Bücher?»

«Kurland ist durchgedreht, und hier im Haus drehen sich alle mit.»

Ich zog den Artikel über das U-Bahn-Geschenk aus der Tasche. Der Staatssekretär las und sagte: «Viel zu harmlos. Hier werden die Wände wackeln. Sie werden zu Hunderten bei uns einfallen, da stinken deine 15 oder 20 Reporter, die wegen dem Tennismörder hier sind, total ab dagegen.»

Das Telefon klingelte, er nahm ab.

«Nein, noch nicht. Ja, natürlich. Ja, darauf bin ich eingestellt.» Ende des Telefonats. «Waren wir nicht verabredet? Vergiß es, ich komme hier nicht weg.»

«Wenn du mir einen Kaffee spendierst, höre ich zu, wie du deine Pein herausschreist.»

Und so geschah es. Zwischendurch schaute ein Gesicht herein, das ich von irgendwoher kannte. Es mußte der Vorsitzende eines Vereins sein. Aber er zog sich gleich wieder zurück, es war eindeutig, daß er dies wegen mir tat.

«Das meiste weißt du ja schon», behauptete der Staatssekretär.

«Ich weiß lediglich, daß dieser Kurland vor Geld stinkt.»

«Daraus folgt alles weitere.»

«Er ist... ja, wann ist er eigentlich aufgetaucht? Das ist doch keiner von den Haien, die gleich nach 1989 über den Osten hergefallen sind.»

«Vor einem guten Jahr stand er auf der Matte. Als Einstandsgeschenk hat er in New York den Canaletto ersteigert.»

Ganz Dresden hatte ins Taschentuch geweint, als Kurland dem Bürgermeister das unbekannte Werk von Canaletto überreicht hatte. Elbfischer beim Netzeauswerfen mit reichlich Dresden-Panorama im Hintergrund. Kurland nahm Quartier in einem heruntergekommenen Gut in der Sächsischen Schweiz unweit von Königstein. Während der Laden restauriert wurde, hauste er in der alten Scheune auf dem Grundstück. Die Kollegen von der Umlandredaktion hatten beeindruckt von der Anspruchslosigkeit des Mannes berichtet. Im Gerätehaus wirkte Kurlands «Büro für Sonderaufgaben», ein rätselhaft

Ding, denn niemand begriff, was genau dort eigentlich getrieben wurde. Kurland sprach von «Kultivierung des Umgangs», «Aufbruch in die Gegenwart» und «Ölwechsel in den Herzen». Er mußte massenhaft Geld besitzen, denn die 15 Angestellten wurden angeblich fürstlich entlohnt. Aber sie produzierten nichts: keine Gebrauchsgüter, keine Luxuswaren, keine Kunstgegenstände, selbst für seine Beratertätigkeiten, die sich bald mehrten, verlangte Kurland nachgewiesenermaßen keinen Pfennig.

Zwischendurch schenkte er der Stadt ein zweites Bild, ein Gemälde von Otto Dix, ohne Bezug zu Dresden. Aber er hatte das Bild den Berliner Museen vor der Nase weggesteigert und sagte bei der Überreichung im Rathaus:

«Ohne Häme, aber den Hauptstädtern tut es mal ganz gut, wenn sie sehen, daß auch für Berlin die Bäume nicht in den Himmel wachsen.»

Das war Kurlands endgültiger Durchbruch in der Stadt. Sie ernannten ihn nicht zum Ehrenbürger, weil das etwas schnell gewesen wäre, aber der Mann rief in einem Vierteljahr zwei Stiftungen ins Leben, die zur Gründung des ersten Kurland-Fan-Clubs führten. Einmal ging es um preiswerten Wohnraum für mittellose Senioren in der von Sanierung und Mieterhöhungen gebeutelten Neustadt. Kurz danach gründete er die G.E.N.I.U.S.-Stiftung, die sich zum Ziel setzte, den jeweils vierten Kindern großer und bedürftiger Familien eine überdurchschnittliche Ausbildung zu spendieren. Die Medien jubelten, auch mein Blatt. Wir waren trotzdem mißtrauisch und begannen zu recherchieren. Es schien, als hätte Kurland erst im Alter von Ende 20 zu leben begonnen. Er war jetzt Ende 30, und gesichert schien: aufgewachsen als Sohn kleiner Leute erst in Norddeutschland, dann in Brasilien. Danach Weltenbummlerphase sowie Ausbildung auf einer Werft in Schanghai. Danach vier Jahre zur See gefahren, einige esoterisch und metaphysisch inspirierte Monate in Tibet, Rückkehr nach Europa, Aufbau eines kleinen Handelsimperiums in Hamburg, Wohlstand innerhalb von zwei Jahren, Übersiedlung nach Dresden. Warum gerade hierhin? Angeblich, weil die Ururgroßeltern aus Sachsen stammten.

«In meiner Redaktion hat jemand hochgerechnet», sagte ich. «Dieser Kurland hat seit seinem Erscheinen wenigstens 18 Millionen Mark ausgegeben. Für Menschen und Kultur in Dresden und Sachsen. In keinem einzigen Fall konnte ihm bis heute Bereicherung nachgewiesen werden. Oder daß er mit der Wurst nach dem Schinken geworfen hat.»

«Wir sehen das ähnlich», sagte der Staatssekretär. «Wir haben alle Datenbanken in Deutschland abgefragt. Der Mann ist nirgendwo auffällig geworden. Soweit wir wissen, auch nicht unter anderem Namen.»

«Schon erstaunlich, wie die politische Klasse bei uns kommuniziert.»

«Wenn es einem guten Zweck dient. Wir haben nämlich absolut keine Lust, uns zu blamieren.»

«Seit wann denn das nicht?»

Wir lachten uns die oberen Luftwege frei und spülten mit Kaffee nach. Plötzlich blickte mich der Staatssekretär entrückt an. Ich kannte diesen Blick, auf mich wirkte er stets so, als würde er gleich rülpsen. Aber ich wußte, daß er diesen Ausdruck für staatsmännisch hielt. Und dann sagte er:

«Kurland will Dresden eine U-Bahn schenken.»

Ich ließ die Neuigkeit auf mich wirken und sagte:

«Klingt wie nicht von dieser Welt.»

«Du bleibst so ruhig. Ist dir klar, um welche Summen es hier geht?»

«Natürlich nicht. Ich könnte dir aber sagen, was es kostet, eine Doppelkegelbahn zu mieten.»

«700 Millionen.»

«Du mußt deutlicher reden. Weißt du, was ich eben verstanden habe? 700 Millionen.»

«Der Bürgermeister war letzte Woche draußen auf seinem Anwesen.»

«Ach, so weit ist es schon? Er läßt die Politiker antreten?»

«Sei nicht ungerecht. Für so ein Geschenk könnte er auch verlangen, daß wir alle den nackten Hintern aus dem Fenster halten. Jedenfalls ist dem BM die Sache zu heiß. Er hat die Landesregierung eingeschaltet. Seit einer Woche sichten wir.»

«Was sichtet ihr?»

«Das Gerücht.»

«Willst du behaupten, es gibt in der Stadt ein Gerücht, von dem ich nichts weiß? Dann würde ich nämlich sehr sauer werden. Sag, daß es nicht wahr ist.»

«Du darfst aber nicht lachen.»
«Wie lange nicht?»
«So lange, bis ich dir das Gerücht erzählt habe.»
«Darf ich drüber schreiben?»
«Das hat Kurland noch nicht entschieden. Er bittet euch lediglich um...»
«‹Euch›? Wissen etwa noch mehr davon?»
«Du bist damit doch gar nicht befaßt. Du bist doch vom Sport.»
«Und das sagt mir ein Freund.»
«Na, ist doch wahr. Du tust ja so, als ob du das Mädchen für alles bist.»
«Es existiert also bereits ein Stillhalteabkommen, richtig?»
«Richtig. Davon wissen nur die Chefredakteure aller Dresdner Tageszeitungen sowie der Bürgermeister und ein kleiner Kreis von Leuten in der Landesregierung. Ein winziger Kreis. Du dürftest es gar nicht wissen. Die Polizei weiß auch nichts.»
«Mann, du machst mich rasend. Spuck's endlich aus.»
«Böttger hat damals entgegen allen anderslautenden Meldungen doch Gold hergestellt.»
Ich stand auf, trat ans Fenster. Der Staatssekretär hatte während seiner Arbeitszeit die Gnade des Canaletto-Blicks. Die westliche Seite der Elbe präsentierte alles, was Dresden einst groß gemacht hatte: Brühlsche Terrasse, Hofkirche, Schloß, Zwinger, Oper. Und das, was Dresden wieder großmachen würde: die Baukräne.
«Siehst du», erklang es hinter mir, «du glaubst mir nicht.»
«Liest du deshalb die alten Bücher?»
«Nicht nur ich. Alle, die eingeweiht sind, tun nichts anderes, als zu recherchieren.»
«Habt ihr schon die Zeit gefunden, einen wirklichen Experten zu befragen: einen Chemiker zum Beispiel?»
«Wozu sollte das gut sein? Wenn irgend jemand es für möglich halten sollte, wäre es wohl in den letzten 280 Jahren irgend jemand geglückt, Gold herzustellen. Künstlich herzustellen. Da das nicht geschah, werden es die Wissenschaftler für ausgeschlossen halten. So funktionieren die. Zeige mir Gott, und ich glaube an seine Existenz. Aber keine Sekunde vorher.»
«Aber Mann, Freund! Gold! Gold, aus billigen Metallen zusammengerührt!»

«Und Kurland weiß, wie es funktioniert.»

«Du meinst, das ist die Quelle seines Reichtums?»

«So würde alles plausibel werden, was wir uns bisher nicht erklären konnten. Ein Mann verfügt über riesiges Vermögen und kann oder will nicht erklären, woher es kommt.»

«Böttger hat also Gold hergestellt. Woher weiß Kurland das?»

«Darüber will er mit euch sprechen.»

Ich drehte mich um, vielleicht konnte ich den Staatssekretär dabei erwischen, wie er heimlich den Rest seiner Tagesration Brandy verputzte.

«Morgen früh. Kurland hat eingeladen. Dann will er erzählen.»

«Sag mir, daß hier irgendwo eine versteckte Kamera sitzt. Die neue Serie des Lokalfernsehens: ‹Dresdner Geistesgrößen kurz vor dem Schreikrampf›.»

«Bist du dabei?»

«Ich gehöre ja nicht zum inneren Kreis der Auserwählten.»

«Ich habe dem Minister gesagt: Entweder ist er dabei, oder wir müssen ihn in Schutzhaft nehmen.»

«Und was hat er gesagt, der lausige Bowlingspieler?»

«Er hat gesagt: ‹Schutzhaft würde mir gut gefallen.› Und dann hat er zugestimmt. Morgen in Kurlands Festung. Sieben Uhr.»

«Der Mann ist wahnsinnig.»

«Die Chancen, daß er das nicht ist, stehen ziemlich gut.»

## 17 Pulitzer muß in den Puff

Auf dem Rückweg zwang ich mich, das Gehörte zu verdrängen. Ich war ein Kind des ausgehenden 20. Jahrhunderts. Ich verehrte die Naturwissenschaften, ich schätzte die Segnungen der modernen Medizin, ich fand sogar Argumente für die Genforschung. Ich war vor 22 Jahren aus der Kirche ausgetreten, und wenn auf den Partys jüngerer Kollegen die Themen Wiedergeburt, Außerirdische und Astrologie auf den Tisch kamen, durften alle einen Blick auf meinen schönen Rücken werfen. Für einen wie mich war es unglaublich, was mir der Staatssekretär erzählt hatte. Ich durfte nicht daran denken, ich durfte nicht daran denken.

Den Rest des hellen Tages verbrachte ich damit, den Ressortleiter Sport zu mimen. Es wurde Zeit, mal wieder einen scharfen Blick auf den Regionalsport zu werfen. In den niederen Klassen arbeiteten wir mit einer Kohorte freier Mitarbeiter. Wir waren Besendahl alle zu großem Dank verpflichtet, daß er die Autoren betreute. Zapf hatte den Texten mehrere Alkoholrückfälle zu verdanken; Tamara hatte zwei der schlimmsten Kandidaten in die Redaktion geladen und ihnen dort je ein Buch mit dem Titel «Sag es treffender» überreicht, was beide aber nicht angenommen hatten. Pulitzer hatte die Texte in der Art von Deutschlehrern mit roter Farbe redigiert und an die Autoren zurückgeschickt. Ich verbrachte den folgenden Tag am Telefon, während mir Christine ein Stück Kuchen nach dem anderen als Nervennahrung unterschob.

Am frühen Nachmittag empfing ich eine Delegation von vier Vereinsrepräsentanten aus dem Raum Freital. Sie spielten mit dem Gedanken, ihre vier Fußballvereine zu fusionieren und peilten den Durchmarsch in die Erste Bundesliga an, für den sie sich maximal fünf Jahre Zeit gaben. Da ich bei keinem eine Alkoholfahne oder entlarvenden Pfefferminz roch, gab ich den Helden eine halbe Stunde. Massimo fotografierte, ich versprach ihnen einen Dreispalter Anfang kommender Woche. Danach stand wieder die Mutter mit der Tochter auf der Matte. Die Kleine war sächsische Jugendmeisterin im Voltigieren, was auch ihre Mutter einst gewesen war. Seit Wochen drängte die Mutter auf ein großes Porträt des Kindes. «Vielleicht wird die Sportart dann endlich professionell», sagte sie bei jedem Besuch, «wenigstens halb professionell.» Ich fand dieses Ausmaß an Realitätsverleugnung so ärgerlich, daß ich auf stur geschaltet hatte. Dabei war die Kleine wirklich niedlich, und auch die Mutter sah nicht so aus, als wenn sie in ihrer Laufbahn einmal zu oft vom Pferd gefallen wäre.

Danach ging es um Schach. Darin waren die Dresdner führend, ich setzte Zapf darauf an. Er war einst – was man ihm nicht ansah – ein passabler Jugendspieler gewesen und hatte gegen Karpow in einer Simultanveranstaltung ein Unentschieden erreicht.

Als die Sehnsucht zu groß wurde, rief ich Hedwig an. Mittlerweile wurde ich anstandslos durchgestellt, das war nicht immer so gewesen.

«Wem hast du gerade in die Nasenlöcher geschaut, mein Ein und Alles?»

«Dreimal darfst du raten. Aber du wirst es nicht herauskriegen.»

Ich nannte also der Form halber drei Namen, weil ich wußte, wie sehr sich Hedwig darüber freute, wenn sie Ratespiele veranstalten konnte.

«Ach was, ganz falsch, kalt, eiskalt. Es ist Phil Diamond.»

«Der Sänger? Seit wann verpflanzt ihr Gehirne?»

Aber Diamond wollte kein Gehirn, sondern neue Haare und dafür Falten und Tränensäcke zurücklassen.

«Mein armer Schatz», sagte ich, «jeder Job hat Schattenseiten.»

Diamond war im Schutz eines falschen Namens und einer Sonnenbrille in seinem echten Bentley vor der Klinik vorgefahren und hatte die König-August-Suite bezogen. Wenn ich mich richtig erinnerte, würde ihn der Spaß 2200 Mark pro Tag kosten. Falls er Diät leben wollte, kamen noch einige Mark dazu. Diamond war ein Star des deutschen Schlagers. Er sah aus, als wäre er in einem Labor aus den übelsten Einzelheiten der übelsten Stars zusammengemixt worden. Es begann oben mit einem Ballonkopf, Minipli-Locken, Pausbacken, Schwabbelkinn und endete unten mit Beinen, die so aussahen, als würden 20 Zentimeter fehlen. Dazwischen saß Diamonds treuester Freund, sein Korsett. Der Kerl wäre selbst als Stummfilmstar schwer erträglich gewesen. Aber er mußte ja auch noch singen. Es verging keine Woche, in der er sich nicht in eine Mitklatschsendung drängte. Ich begegnete ihm häufig beim Zappen, und jetzt mußte sich Hedwig mit ihm herumärgern. Sie führte keine Operationen durch, sie war für alle vorbereitenden Untersuchungen im Hals-Nasen-Ohren-Bereich zuständig.

«Hast du den Kerl etwa angefaßt? Tu's nicht. Ich müßte immer daran denken, wenn du mich streichelst. Zum Beispiel heute abend. Ich bin auch bestimmt vor Mitternacht zu Hause.»

Danach fuhr ich in die Tennishalle. Im vorletzten Spiel des Tages spielte ein Norweger gegen einen Haitianer. Das Turnier konnte wirklich nur besser werden. Tamara langweilte sich tödlich, sie durfte ihre Siebensachen zusammenpacken. Auf den Rängen sorgten ein paar Schulklassen für Stimmung. Sie saßen ihre Freikarten ab, mit denen der Veranstalter die Lücken auffüllen wollte. Die wenigen Kollegen von außerhalb fragten mich nach Adressen für die Abendgestaltung aus, ich kam mir wie ein alter Dresdner Hase vor. Von Zapf wußte ich, daß sie sich alle bei der Kriminalpolizei nach dem Stand der Ermittlungen erkundigt hatten. Das fand ich rührend. Gegen unseren Heimvorteil würden sie nicht ankommen.

Ich blieb vor Ort, bis sich die beiden Spieler auf einen Sieger geeinigt hatten. Gegen Ende wurde es noch interessant, denn dem Mann aus Haiti glückten kurz nacheinander zwei unerreichbare Stoppbälle. Das Publikum feuerte ihn an, er ließ sich mitreißen und versuchte in der Folgezeit, nur noch mit Stoppbällen Punkte zu machen. Das gelang ihm fast zu hundert Prozent, er war wohl selbst am meisten überrascht und entschuldigte sich bei dem Norweger für jeden Punkt. Die Kollegin von der *Depesche* folgte dem Haiti-Mann bis in die Kabine, während ich mich noch mit Warsteiner vom *Elb-Boten* über den Mord unterhielt. Er war ähnlich vorgegangen wie ich, nur daß er sich um das *Ambudance* wenig zu kümmern schien. Dafür verfolgte er Strindbergs Manager.

«Dieser Köchlin ist nicht halb so harmlos, wie er uns glauben machen will. Wenn einer drei oder vier Jahre einen Spieler coacht, dann fallen da so viele Informationen ab, er muß einfach was wissen. Möglich, daß er die Bedeutung seines Wissens nicht erkennt. Aber er hat's im Kopf. Und ich hole es ihm da raus.»

«Falls er mit dir redet.»

Warsteiner sah mich etwas zu lange an, bevor er reagierte. «Er wird reden. Sie reden alle. Man muß es nur richtig anpacken.»

Zu Hause sprang ich unter die Dusche und kam vor dem offenen Kleiderschrank zu der Erkenntnis, daß ich nichts Ordentliches anzuziehen hatte. Außerdem fand ich alles zu jugendlich. Hedwig hatte mich gelehrt, daß man mit Kombinationen einiges kaschieren könnte. Ich kombinierte also und eilte zum Telefon.

«Heidelbach? Ich hier. Sag mal, wollt ihr diese U-Bahn-Headline etwa ins Blatt nehmen?»

«Wie kommst du darauf? Das war nur ein Spiel, ein geistreiches Spiel.»

Ich sagte ihm, daß ich ihm das nicht abnehmen würde. Er erwiderte, daß er sich das schon gedacht habe. Ich bohrte, so was hielt ein Schöngeist wie Heidelbach nicht lange aus. Am Ende gestand er mir, daß er sich auf den «Tag X» vorbereiten wollte.

«Wir kommen mit einem Sonderblatt raus.»

«Wann?»

«Wenn die Sache hieb- und stichfest ist.»

«Und woher weißt du davon?»

Heidelbach begann leise zu singen: «Nie sollst du mich befragen.»

Ich war so nachdenklich, daß ich abzuwaschen begann. Es war ungeheuer, wie viele Informationen kursierten, aber nie in Zeitungen oder ins Fernsehen fanden. Aus meiner Zeit in Bonn wußte ich, welchen Schatz die dortigen Journalisten mit sich herumschleppten. Im nachhinein fand ich es noch erstaunlicher, daß diese Spielregeln von allen beachtet wurden.

Der Abwasch tat meiner Kombination nicht gut. Ich setzte mich an die Heizung, um Hemd und Hose zu trocknen. Die Wärme fällte mich wie einen Baum, ich mußte binnen Sekunden eingeschlafen sein. Das passierte mir selten, normalerweise lief mein Motor auf Hochtouren, das Einschlafen war fast jede Nacht eine hohe Hürde für mich. Im Hof wurden Flaschen ab- oder aufgeladen. Ein Weinhändler hatte die Räume der ehemaligen Tischlerei gemietet und schnell einen treuen Kunden gewonnen. Ich war gerade dabei, mich an sächsischen Wein zu gewöhnen. Der Trick dabei war: Man durfte zwischendurch keinen anderen trinken, dann ging es besser.

Noch halb betäubt von der Wärme, schaute ich den Minuten beim Vergehen zu. Seitdem ich Hedwig lieben durfte, gelang mir manchmal sogar schon das Stillsitzen. Wenn sie gewußt hätte, wieviel sie mir bedeutete, hätte sie noch heute nacht die Stadt verlassen und wäre nie zurückgekehrt. Ich rappelte mich hoch und betupfte mich mit einem meiner Duftwässer. Beide gehörten Hedwig.

«Todschick siehst du aus.»

«Meinen Sie wirklich?» sagte Pulitzer und schaute verzagt an sich herunter. Natürlich sah er aus wie ein Abiturient, vor allem sein Gesicht, aber vielleicht war das eine optimale Voraussetzung. Ich klopfte dem Novizen aufmunternd auf die Schultern, der dadurch beinahe zu Fall kam. Ein verrotteter Kombi fuhr vor, wir waren komplett.

«Ihr habt euch aber feingemacht», sagte Schräge, der wieder wirkte, als wäre er einem Film aus den späten sechziger Jahren entsprungen. Aber Cord kam ja gerade wieder in Mode. Wenn Schräge noch ein paar Monate durchhielt, würde er die Speerspitze männlichen Modebewußtseins darstellen.

Wir begannen den Abend im Restaurant mit einem viergängigen Menü. Dazu erst ein Bier gegen den Durst und danach roten Wein von der Ahr. Ich erklärte Pulitzer, der sich weigerte, sein Jackett auszuziehen, noch einmal seinen Auftrag.

«Wir spachteln jetzt also und wechseln dann rüber in die Bar. Dort nehmen wir zwei Erwachsenen noch einen Abschiedsschluck und lassen dich dann allein.» Ich sah, wie Pulitzer schluckte. «Dann beginnt dein Teil des Jobs. Halt die Augen offen, rede mit den Leuten und mit den Damen, vor allem mit den Damen.»

«Ich muß aber nicht...»

«Nein, Pulitzer, wenn du nicht willst, mußt du nicht.»

«Es wäre aber authentischer», mischte sich Schräge ein. Ich baute Pulitzer mühevoll wieder auf. Er mußte es bringen, ich hatte sonst niemanden. Zapf wäre hier schon am ersten Abend in Eimern von Schampus untergegangen; Besendahl war viel zu dröge, um in dieser Umgebung Informationen zu baggern; Tamara würde Feuer legen. Und ich hatte es ja geschafft, in kurzer Zeit so bekannt wie ein bunter Hund zu werden.

«Ich kann gehen, wenn ich will», vergewisserte sich Pulitzer. Langsam sah ich schwarz. So frech der Kerl sich sonst gab, diese Atmosphäre war nicht seine Welt.

Das Essen war sehr ordentlich, vor allem heiß. Ich hatte in Dresden schon andere Sachen erlebt. Der Höhepunkt für mich war wieder das Dessert. Ich sah den Tag voraus, an dem ich beginnen würde, die Menüs von hinten nach vorn zu essen. Schräge berichtete über die Ausgrabungen auf dem Alten Markt, wo sie Dresdens Kindertage ans Tageslicht holten. Um Pulitzer einzubeziehen, fragte ich ihn nach seiner Schulzeit aus. Mir fiel kein anderes Thema ein, über das man sich mit einem 20jährigen unterhalten konnte. Zum Abschluß überredete uns der Kellner zu einer Premiere: sächsischem Grappa. An den würde ich mich eher gewöhnen als an den heimischen Wein.

Restaurant und Bar waren so sauber getrennt, daß jemand, der nur essen wollte, dies tun konnte, ohne der Sünde in den Ausschnitt zu blicken.

Es war relativ früh, die Bar noch nicht besonders frequentiert. Pulitzer machte einen langen Hals, ich glaubte, eine der Frauen wiederzuerkennen, die sich bei Box vorgestellt hatten.

«Sie könnten wenigstens schwarze Kleider tragen», sagte Schräge. «Wenn man sich vorstellt, was hier vor zwei Tagen begonnen hat.»

«Oder schwarze Präser tragen», rief Pulitzer dazwischen.

«Das werden die nie tun», sagte ich. «Damit würden sie ja zugeben, daß der Mord mit ihrem Laden zu tun hat.»

«Vielleicht hat er ja was mit der Klinik zu tun», sagte Pulitzer.

«Junge, es konnte kein Mensch ahnen, daß Strindberg in der Klinik sein würde.» Das war zwar gelogen, aber Pulitzer fehlten die Intimkenntnisse, um mir widersprechen zu können.

«Die Obduktion müßte doch auch langsam stattgefunden haben», sagte Schräge.

«Tod durch mehrfachen Schädelbruch, irreparable Verletzungen beider Lungenflügel sowie plattgefahrenes Herz.»

«Klingt irgendwie unwissenschaftlich.»

«Also wenn jemals bei einem Mord die Todesursache sicher war...»

«Todsicher», sagte Pulitzer.

«Geh du lieber an die Bar und knüpfe Gespräche an», forderte ich ihn auf. «Hast du deinen Personalausweis dabei?»

«Wozu?» fragte Pulitzer perplex, während sich Schräge vor Lachen verschluckte und keckernd hervorstieß:

«Piff, Paff, Puff – Pulitzer muß druff.»

«Das überlebt er nicht», behauptete ich, als wir zusahen, welche Mühe es dem Volontär allein schon bereitete, auf einen Barhocker zu klettern.

Wir tranken uns behutsam vorwärts.

«Weißt du», sagte ich, «wenn er nur nicht so geschrien hätte. Ich kriege sein Schreien einfach nicht aus dem Kopf.»

«Verstehe ich gut», sagte Schräge, «zumal man annimmt, daß sie in diesem Haus nur aus einem einzigen Grund schreien.»

«Dafür dürften die Zimmer zu gut isoliert sein. Wäre doch peinlich, wenn du hier unten zum Essen Lustschreie von oben serviert kriegst.»

«Man hört's aber.»

«Was hört man?» fragte ich abgelenkt, denn ich sah, wie eine Frau auf meinen Agenten zusteuerte. Sie war sehr jung, keine vordergründige Schönheit, mehr ein «Typ». Ich wußte, daß sie das Personal in Freudenhäusern nicht nach einem einzigen Schönheitsideal besetzen, sondern nach den diversen Vorlieben der Kunden: Mondäne, Nuttige, Schulmädchen, Mütterliche. Die, von der Pulitzer gerade angesprochen wurde, sah aus, als hätte sie Humor. Sie konnte nicht wissen, daß sie haargenau diese Eigenschaft in der nächsten Zukunft dringend benötigen würde.

«Was hast du gesagt?»

«Du hast mich gefragt, was man hört, und ich habe gesagt, daß man es hört.» Ich verstand kein Wort, aber Schräge war geduldig. «Ich habe einen schreien hören.»

«Wann?»

«Als wir zusammen ... als der Tennisspieler hier war.»

«Du verwechselst das. Ich war das, der ihn ...»

«Ich auch.»

«Aber ich war allein im Flur. Das weiß ich ganz genau.»

«Ich war vorher draußen.»

«Vor dem Haus zum Luftschnappen oder auf der Toilette?»

«Toilette. Da kam von oben so ein Laut, als wenn ... na ja.»

Das konnte ich mir nicht vorstellen, das klang geradezu billig. Aber vielleicht hatte irgendwer die Tür offenstehen lassen. Vielleicht war einfach ein Freier besonders gut drauf gewesen. Oder eins der Mädchen hatte etwas zu laut geschauspielert. Oder jemand hatte den Korken aus einer Weinflasche für 235 Mark gezogen. Dabei kam es ja auch auf eine ausgefeilte Atemtechnik an. Eine der Frauen setzte sich an unseren Tisch, sie trug einen rosa Pullover und sonst auch noch einiges. Ich stellte klar, was alles nicht laufen würde, sie blieb trotzdem und schwatzte uns auch nichts Trinkbares auf.

«Hoffentlich tut sie ihm nicht weh», sagte ich und deutete zur Bar.

«Neu», sagte die Frau. Man mußte sich unheimlich darauf konzentrieren, ihr ins Gesicht zu blicken.

«Heute angefangen?» Sie nickte, ich hatte das Gefühl, als wollte sie sich bei uns ausruhen. Zehn Minuten später liefen 20 oder 25 männliche Gäste die Bar an. Schlagartig veränderte sich die Chemie im Raum. Alles, was Mann war, wirkte lauernd und sondierend. Alle Frauen signalisierten Überlegenheit, sie waren sich ihrer Macht bewußt. Schräge und ich nutzten die Gelegenheit zum Aufbruch. Unser Tisch war sofort wieder besetzt. Ich suchte Augenkontakt mit Pulitzer. Aber er hatte kein Auge für seinen Vorgesetzten frei.

In dieser Nacht ging es zwischen Hedwig und mir hoch her.

«Was ist bloß mit dir?» fragte sie mich zwischendurch oder währenddessen atemlos.

«Ach, gar nichts», log ich. «Es ist nur so schön mit dir. Den ganzen Tag über wird man mit Eindrücken zugeschüttet. Bei dir kann ich endlich alles loswerden.»

Das verstand Hedwig. Nur als ich später vor ihrem Schrank stand und mich beiläufig erkundigte, ob sie einen rosa Pullover besitzen würde, verstand sie mich nicht.

## 18 Die Gold-Formel

Um 5 Uhr 25 war ich mit der Welt im reinen. Um 5 Uhr 27 war ich zu einer Affekttat bereit: begangen an einem gewissen Kurland. Dazwischen, um 5 Uhr 26, hatten zwei bettwarme Lippen meine verquollenen Lider betupft. Weil ich bei Hedwig geschlafen hatte und meine bei ihr deponierten Kleidervorräte zur Neige gegangen waren, mußte ich mich in meiner todschicken Kombination von gestern abend ins Auto setzen. Das verschlechterte meine Laune noch weiter. Einen Vorteil hatte das Drama des frühen Aufstehens: Die Straßen waren noch nicht nach Dresdner Art verstopft, und Hedwigs Quartier lag günstiger auf dem Weg in die Sächsische Schweiz.

Den Bauch voll vom guten Klinik-Kaffee, der Wagen knuffig und warm, die Morgenmusik oberhalb der Schwachsinnsschwelle, die Nachrichten frei von neu ausgebrochenen Kriegen, dazu die aufsteigende Spannung: Auf der Höhe von Pirna war der Tag mein Freund. Weil ich gut in der Zeit lag, verproviantierte ich mich an einem Kiosk mit der Tagespresse.

«Getürkte Entführung! Ermordeter Tennisspieler wollte in die Schlagzeilen – Ein Freund packt aus»

«Heh, Gutester! Das ist meiner!»

Ich starrte den Fernfahrer an, starrte die Miniflasche in meiner Hand an und sagte zum Kioskmann: «Zweimal Kräuterschnaps für meinen Freund hier.»

Ich verzichtete darauf, so früh Pulitzer anzurufen, obwohl ich nicht übel Lust hatte, jetzt jemanden zusammenzufalten. Und wer eignete sich besser für diesen Zweck als der kleinste und gemeinste meiner Untergebenen? Aber ich durfte jetzt nichts durcheinanderkriegen und schoß mich innerlich auf das Treffen mit Kurland warm. Ich hatte den Mann bisher erst einmal gesehen: auf einer der Audienzen im Rathaus, auf denen er der Welt seine neueste Wohltat geschenkt hatte. Wer ihn in kleinerer Runde erlebt hatte, schwärmte von seinem Charisma, seiner Souveränität und Bescheidenheit. Hoffentlich war er nicht ganz so perfekt, hoffentlich hatte er einen leichten S-Fehler. Vielleicht schielte er auch.

Der einzige, der kurz nach sieben schielte, war ich, und zwar vor Neid. Was man mir als Bauernhof angekündigt hatte, erwies sich als ländliches Schloß mit Nebengebäuden, von denen mir noch das kleinste als absolutes Traumhaus gereicht hätte. Vollends geadelt wurde die Anlage durch die sie umgebende Natur. Ich sah Eichen und Buchen, die 200 Jahre alt waren oder älter. Weil wir uns im April befanden, verhüllte kein Blatt die imponierende Charakteristik ihrer Äste und Zweige. Mein Auto knirschte über den Kies der Auffahrt und hielt zwischen einem Rudel großer Dienstwagen. Automatisch schloß ich den Wagen ab, wurde mir dessen bewußt und genierte mich. Wer sollte auf diesem Grundstück einen Diebstahl begehen? Wahrscheinlich lag die Gerichtsbarkeit seit Jahrhunderten in den Händen des Gutsbesitzers. Kurland würde jedem die Hand abhacken lassen, der sich an meinem Corsa vergriff.

Ich war auf einen Diener eingestellt und wischte mir gerade die Handflächen an der Hose trocken, als er mir in der Tür entgegentrat. Der Mann bestand in der Hauptsache aus seinem Blick. Es war die Art von Blick, der Frauen zu Opfern und Männer zu Betrogenen macht: Ernsthaftigkeit war in dem Blick, aber beileibe keine Trübsal. Sie hatten eine Menge gesehen, diese Augen, sie hatten das meiste verstanden und den Rest gelernt. Dieser Mann ruhte felsenfest in sich selbst. Es wäre nur ein Schrittchen zur Arroganz gewesen, aber er war diesen Schritt nicht gegangen. Der Hund neben ihm sah aus, als könnte er sprechen. Ich paßte auf wie ein Luchs, es war Kurland, der mir zuerst die Hand entgegenstreckte. Er nannte mich bei meinem Namen, ich war gerührt. Dann führte er mich ins Haus und ließ mir die Zeit, die ein Mensch mit Herz und Augen brauchte, um den Eindruck der Halle, in der wir standen, auf sich wirken zu lassen. Kurland schwieg, ließ nicht nebenbei die Jahreszahl der Erbauung fallen oder einen koketten Satz der Güteklasse «Die Heizkosten fressen einen auf». Er führte mich nach rechts, wir standen in einer zweiten Halle. Die

Runde erwiderte meinen Gruß: drei Chefredakteure, der persönliche Referent des Dresdner Bürgermeisters, vier Abgesandte der Landesregierung, darunter zwei Frauen. Eine mütterliche Bedienstete trug das Frühstück herein. Das Porzellan stand schon auf dem ausladenden Tisch, es sah nach Meißen aus, ich verzichtete darauf, unter die Tasse zu schauen, um zu prüfen, ob es erste oder zweite Wahl war.

Kurland war ohne Assistenten und blieb es auch. Die weißgekleidete Frau trug eine mächtige Schüssel mit Mett auf. Daneben standen kleingehackte Zwiebeln. Dazu gab es dunkles Brot und Brötchen, die vor Frische knackten. Wer Mett nicht mochte, hatte die Wahl zwischen zwei Marmeladen. Der Kaffee war so stark, daß er mir den Schweiß auf die Stirn trieb. Kurland hatte meinen Geschmack auf den Punkt getroffen, er konnte einem mit seinen seelenvollen Augen also bis auf den Grund des Magens schauen.

Wir kauten noch alle, als unser Gastgeber das Thema anschnitt:

«Ich habe Sie gebeten, eine etwas beschwerliche Anreise auf sich zu nehmen. Das hat natürlich einen Grund, ich möchte über dieses Thema nur innerhalb von Wänden sprechen, von denen ich weiß, daß sie keine Ohren haben.» Das konnte nun, wer wollte, für die Unterstellung von Unzuverlässigkeit halten. «Die Basis unseres Treffens muß absolute Geheimhaltung sein. Darunter verstehe ich: keine Berichterstattung in Ihren Blättern, keine Weitergabe von Informationen auf der politischen Schiene – ob auf kommunaler oder Landesebene. Sollte dies geschehen, ist unser Kontakt sofort beendet, und ich werde dafür sorgen, daß derjenige, der sein Wasser nicht halten konnte, hier kein Bein mehr auf die Erde bekommt.»

Dafür hatte er nicht nur Widerworte verdient, sondern das Verlassen der Halle. Als Zeichen meines Protests fraß ich ihm den Rest des Mett weg. Kurland sollte gleich erkennen, daß mit mir nicht zu spaßen war.

«So», fuhr er fort, «das waren die Grausamkeiten, die ja am besten gleich am Anfang stattfinden, damit man hinterher endlich miteinander ins Gespräch kommen kann. Ich brauche Ihre Hilfe.»

Ich hatte mit vielem gerechnet, aber nicht damit, daß Kurland quasi menschliche Gebrechen gestehen würde. Die anderen wechselten Blicke und rutschten auf den Stühlen herum.

«Ich kann die historische Seite knapp halten. Jeder kennt sie, zumal wenn er in dieser Region lebt.»

«Unterschätzen Sie nicht die Ignoranz der Journalisten», rief ich dazwischen. Mein Satz bot Gelegenheit zum Schmunzeln.

«Gut denn, haken wir die Fakten in Kürze ab. Böttger, Johann Friedrich Böttger, seines Zeichens Apotheker und angehender Arzt. Man schreibt die letzten Jahre des 17. Jahrhunderts, Sachsen wird von August dem Starken regiert. Der hört eines Tages, was die große Leidenschaft des jungen Böttger ist: die Herstellung von Gold, die Verwandlung von diversen Metallen in einen neuen Stoff, in Gold. Die Geschichte ist reich an sogenannten Goldmachern, August hat gewußt, daß alle gescheitert waren. Dennoch setzt er auf Böttger, läßt ihn gefangennehmen und internieren. Böttger forschte viele Jahre lang, Gold sollte es werden und wurde am Ende Porzellan, das weiße Gold. Eine bahnbrechende Entdeckung, folgenreich für Meißen, Sachsen und Europa. So kann man es in allen Geschichtsbüchern nachlesen, und es stellt auch gewiß die historische Wahrheit dar. Nur eben nicht die ganze Wahrheit.»

Kurland wollte sich Kaffee eingießen, Dr. Eß, mein Chefredakteur, bediente ihn. Er konnte also, wenn er nur wollte.

Kurland stellte die Tasse ab und sagte:

«Die ganze Wahrheit ist: Johann Friedrich Böttger hat die Rezeptur zur künstlichen Herstellung von Gold sehr wohl gefunden. Frau Kanzler, ich glaube, unsere Gäste könnten jetzt eine Stärkung vertragen.»

Man offerierte uns Sherry, oder man konnte auch zu einer der besten sächsischen Sektflaschen greifen. Einige meldeten sich zu Wort, Kurland wehrte sie lächelnd ab und sagte: «Mir liegt der unumstößliche Beweis vor, daß Böttger kurz vor seinem Tod die Formel fand, nach der er jahrzehntelang gesucht hatte.» Die weiße Frau trug einen Stapel mit Mappen herein und verteilte sie.

«In den Unterlagen finden Sie die Informationen, nach denen es Sie verlangen dürfte. Zuvörderst diejenigen Aufzeichnungen Böttgers, in denen er über seinen Fund berichtet. Weiter Abbildungen der Kaffeekanne, des einzigen Stücks, das er auf der Basis der Formel hergestellt hat. Außerdem Fakten über das Leben Böttgers. Zur Kanne: Beachten Sie, wie er das Stück beschreibt, Inhalt, Höhe, das Gewicht natürlich, aber besonders die Gravur. Man erkennt darin unschwer ein Porträt von August dem Starken, ein nicht besonders schmeichelhaftes Porträt.»

Nun war der Zeitpunkt erreicht, an dem Wortmeldungen nicht länger aufgeschoben werden konnten. Jede Frage drehte sich um die Glaubwürdigkeit, um Beweise. Er hielt einige Minuten den Mund, ich war gespannt, wie eingeschnappt er jetzt sein würde. Danach sagte er:

«Ich danke Ihnen für die Fragen. Sie zeigen mir, daß wir miteinander im Gespräch sind. Ad eins: Die Aufzeichnungen Böttgers sind authentisch. Zwei Handschriftenexperten haben sie unabhängig voneinander geprüft. Ihnen lagen zwei Seiten des Tagebuchs vor, auf denen es nicht um die Entdeckung ging. Natürlich lagen ihnen Originalseiten vor und keine Kopien.»

«Wo sind sie denn, die Originale?» fragte ein Ministerialer. «In welchem Tresor sind sie versteckt?»

«Sie sind hier», sagte Kurland, hob seine Mappe und reichte sie dem links von ihm Sitzenden. «Ad zwei: Die Existenz eines Böttgerschen Tagebuchs aus dem Jahre 1718, also wenige Monate vor seinem Tod, war bisher nicht bekannt. Ich bin im Besitz des Tagebuchs. Der Weg dorthin war abenteuerlich, tut aber im Moment nichts zur Sache.

Ad drei: Aus dem Tagebuch geht hervor, daß Böttger am Ende seines Lebens unter schweren Depressionen litt. Er hatte innerlich mit allem abgeschlossen und betrachtete den späten Erfolg als eine Ironie des Schicksals. Bedenken Sie bitte, daß der Mann fast zwei Jahrzehnte faktisch ein Staatsgefangener war. Böttger hat seine Entdeckung nicht mehr öffentlich gemacht und sie nicht einmal seinen engsten Freunden verraten, auch nicht dem Grafen von Tschirnhaus, der darauf gewiß mehr als nur moralischen Anspruch gehabt hät...»

«Und die sagenhafte Kanne?» fragte eine der Frauen, «gibt es die wenigstens?»

«Die gibt es», sagte Kurland und zog die bestickte Warmhaltehaube von der Kaffeekanne auf dem Tisch. Die Kanne war goldfarben und trug ein Porträt, mehr eine Karikatur von August dem Starken. Während die Kanne von Hand zu Hand ging, verließ Kurland den Raum. Die Reaktion darauf war wie in der Schule: Man wisperte sich Meinungen, Fragen und Begeisterung zu. Dann war ich an der Kanne. Obgleich leer, war sie schwer wie Eisen. Ich fuhr mit der Hand über die rauhe Oberfläche des Königskopfes, nahm den Deckel ab, sah hinein, aber am wichtigsten war, daß ich sie anfassen durfte. Sie war also von dieser Welt. Man konnte sie nach allen Regeln der Kunst prüfen. Wie war Kurland an diese Originale gekommen – vorausgesetzt, es handelte sich um Originale? Keiner von uns verließ seinen Platz.

Noch längst nicht alle waren überzeugt, aber die nervöse Spannung war mit den Händen zu greifen. Kurland kehrte zurück, nahm seinen alten Platz ein.

«Die Kanne ist aus reinem Gold. So rein, wie Gold nur sein kann. Ich habe sie prüfen lassen, ebenfalls von zwei Instituten. Die beiden Expertisen erwähnen keinen Stoff, den man nicht in einer Goldkanne erwarten würde. Ich gestehe, daß ich darauf gehofft hatte, auf diesem Weg – quasi vom Ziel zum Start – die verwendeten Stoffe und ihren jeweiligen Anteil dokumentieren zu können. Denn nun kommt die schlechte Nachricht:

Ich bin nicht im Besitz von Böttgers Formel.»

Ernüchterung machte sich am Tisch breit, einige fingen wieder an zu essen, und Kurland sagte: «Böttger hat die Rezeptur schriftlich festgehalten. Er hat sie versteckt. Aber wir können sie finden, denn er hat eine chiffrierte Beschreibung des Verstecks hinterlassen. Wenn man sie richtig liest, gelangt man zum Ort, an dem sich die Formel befindet. Alles spricht dafür, daß dies in Dresden oder in der unmittelbaren Umgebung Dresdens ist. Helfen Sie mir bei der Suche. Das ist meine Bitte. Helfen Sie mir, Böttgers Formel zu finden, und es wird Dresdens Schade nicht sein.»

«Die U-Bahn», sagte ich.

«Richtig. Wenn Sie mir zugesagt haben, sich für diese Aufgabe zur Verfügung zu stellen, werde ich die Beschreibung an Sie verteilen.»

«Und wenn wir dies nicht tun?»

«Dann enthalten Sie Dresden 700 Millionen Mark vor. Und es wird bekannt werden, daß Sie dafür verantwortlich sind. Weiter passiert nichts.»

«Wie sollen wir einerseits nach der Formel suchen und andererseits nichts darüber verlauten lassen?»

«Das ist einfach. Sie kleiden die Suchaktion einfach in die Form eines Preisausschreibens oder Wettbewerbs, den Ihr Blatt veranstaltet.»

«Welches Blatt? Hier im Raum sitzen alle drei.»

«Das werden Sie unter sich ausmachen. Mir ging es darum, niemanden auszuschließen. Unsere Zusammenkunft ist hiermit beendet. Sie haben nun Zeit, sich zu beraten. Ich bitte Sie, mir Ihre Entscheidung bis heute nachmittag 16 Uhr mitzuteilen. Wer sich um 16 Uhr meldet, erhält von mir die Tagebuchaufzeichnung und die

Chiffre. 16 Uhr ist Stichzeit, eine schnellere Rückmeldung würde also keinen Vorteil bringen. Ich danke für Ihre Geduld. Frau Kanzler wird Ihnen die Mappen beim Verlassen des Hauses wieder abnehmen. Es war mir eine Freude.» Kurland verließ den Raum, der unverzüglich zu brodeln begann.

«Er hat an alles gedacht», sagte ich. «Eine perfekte Zwickmühle. Wer nicht mitmacht, ist raus aus dem Spiel. Wer das Geheimnis vorzeitig verrät, wird geteert und gefedert, und die düpierten anderen Zeitungen werden die Gebrauchsanweisungen dafür abdrukken.»

Der Chefredakteur des *Elb-Boten*, des kleinsten Blatts, wollte sofort gehen. Die Ministerialen baten ihn in eine Ecke und redeten mit Händen und Füßen auf ihn ein. Der Vorturner meines Blatts versammelte sein Einmannteam am Fenster. Dr. Eß war ein Mann fast ohne redaktionelle Erfahrung, dafür mit fest eingebautem Taschenrechner ausgestattet.

«Wenn uns die Chose 30000 Abos bringt, lade ich zur großen Break-Even-Feier ein.»

«Die könnte sie bringen, wenn die anderen nicht das gleiche im Blatt hätten. Wie sollen wir das den Lesern erklären?» fragte ich.

«Entweder hängen wir ein eigenes Preisausschreiben ran und bewahren uns so einen Rest Eigenständigkeit. Oder wir pushen die gemeinsame Aktion zum Nutzen und Frommen der Stadt und ihrer Bürger.»

«So was hat es ja früher oft in Dresden gegeben. Damals ging es um die Genossen in Kuba oder den heldenhaft kämpfenden Vietcong.»

«Nein, nein und noch mal nein!» rief in der anderen Ecke der Chefredakteur des *Elb-Boten*. Ich sah, wie einer der Politbeamten mit dem Handy in der Hand den Raum verließ.

«Kurlands Angaben werden natürlich überprüft werden», kündigte Dr. Eß an.

«Können Sie sich sparen. An einer Expertise ist noch nie ein Betrüger gescheitert. Das ist garantiert alles wasserdicht.»

«Auf welcher Seite stehen Sie eigentlich?» fragte mein Chef.

«Wenn 500000 Dresdner losziehen, um die Formel zu suchen, das wird wie ein zweiter Februar 1945.»

«Wann ist Böttger gestorben? 1919?»

Ich korrigierte ihn so sachlich wie möglich auf 1719.

«1719? Ist ja noch besser. Bleiben also nur die Häuser, die 1719 schon gestanden haben.»

«Die Elbe zum Beispiel ist damals auch schon geflossen.»

«Ja und?»

«Und das Elbsandsteingebirge soll ja auch schon erfunden gewesen sein.»

«Ich verstehe nicht, was Sie damit...»

«Die Jahreszahl ist keine Erleichterung, sondern tödlich. Wenn etwas in 280 Jahren nicht gefunden wird, nicht mal aus Zufall, dann muß es verdammt geschickt versteckt sein.»

«Nur über meine Leiche!» rief der Chef des *Elb-Boten*. Dr. Eß wechselte zur *Depesche* hinüber. Ich verbrachte einige Minuten allein am Fenster. Die Sonne strahlte und versorgte die Eichen mit der Kraft, um auch in diesem Jahr wieder groß rauszukommen. Was für ein Glück, hier leben zu dürfen. Ich hätte im ersten Vierteljahr als Eigentümer nur vor der Haustür gestanden und die Majestät der Bäume genossen.

«Wir müssen es ausprobieren», sagte ich leise gegen die Fensterscheibe. Es klang gut, und die Alternative barg zu große Risiken. Der Referent des Bürgermeisters schlenderte heran und fragte:

«Was Neues im Fall Strindberg?»

«Sie wären der erste, dem ich's sagen würde.»

Wir grinsten uns an. Er war Journalist, ein talentierter Hund, der die Referentenarbeit nur als Zwischenstation ansah. Vielleicht würde er eines Tages bei der *FAZ* landen, dem feuchten Traum meiner jungen Jahre. Zwei Ressortleiter, 18 Redakteure und drei Sekretärinnen nur für den Sport. Die Frankfurter konnten sich den Luxus leisten, vor dem Schreiben über ihre Artikel nachzudenken. Etwas war schiefgelaufen in meinem Leben, es wurde Zeit, daß ich begann, darüber nachzudenken. Aber alles, was ich fertigkriegte, war, die 20 Köpfe in Öl an der Längswand des Raums anzustarren. 300 Jahre hatte ein Grafengeschlecht auf diesem Gut gelebt. Was mußte das für ein Gefühl sein, seine Familiengeschichte weiter als bis zur eigenen Konfirmation zurückverfolgen zu können? Ich wußte nicht, aus welcher Ecke Kurland wirklich stammte. Einiges sprach dafür, daß er ein hochgekommener Kleinbürger war, der irgendeine Marktlücke aufgetan und zu seiner privaten Wundertüte gemacht hatte. Wie er vorhin mit uns gespielt hatte! Ein Profi vom Scheitel bis zur Sohle. Kurland lebte richtig, und ich lebte falsch. Das war das ganze Geheimnis. Leuten wie ihm durfte ich nicht zu oft begegnen, sie waren Gift für mein Ego. Der Kerl brachte es fertig und war mir sogar im Kegeln überlegen.

«Sammeln!» ertönte es hinter mir. Der Chefredakteur der *Depesche* nahm das Wort. Er sprach von eitler Versuchung und hehren Grundsätzen, Konkurrenz am Markt und Solidarität in den Herzen. Er sprach über Sachsen und die Sachsen und daß ein Zeitungsmacher bei allem beruflichen Ehrgeiz nie vergessen dürfe, auf welches Ziel sich all sein Trachten richte. Es hörte sich ungemein staatstragend an, solche Reden wurden auf Beerdigungen von Verlegern geschwungen. Er schloß mit den Worten: «Wir gehen das Risiko ein. Absolute Sicherheit gibt es nirgendwo im Leben.»

«Blamieren werdet ihr euch», rief der Chef des *Elb-Boten* dazwischen, und der Chefredakteur der *Depesche* sagte eisig:

«Herr von Maltzahn ist soeben um vorzeitige Auflösung seines Vertrages eingekommen.»

Irgend jemand pfiff scharf durch die Zähne, und die *Depesche* fuhr fort:

«Ich nehme für mein Blatt Herrn Kurlands Angebot an. Herr Dr. Eß tut das gleiche für sein Blatt. Der *Elb-Bote* wird bis 16 Uhr eine Meinung haben. Und schließlich geht es niemanden etwas an, mit wem wir jetzt Kontakt aufnehmen...»

«Solange die Vertraulichkeit gewahrt bleibt», sagte Kurland sanft.

«Selbstredend», bestätigte der Chef der *Depesche*. Dann folgte das, was im Sport als Le-Mans-Start bekannt ist.

## 19 Sachsen wissen, was sich gehört

Ästhetisch konnte man mich fast unbegrenzt belasten, aber wenn mein erster Blick in der Redaktion auf Hornungs Klobrillenbart fiel, war ich bedient.

«Hast du schon gehört...?» rief mir Hornung hinterher. Er wußte genau, daß ich dann nicht weitergehen konnte. Eitel war er auch, man mußte ihm schmeicheln, bevor er sich herabließ:

«Ich habe die erste Gemeinsamkeit.»

«Von dir mit einer Klobrille? Da hättest du nur mich fra...»
«Von den drei Selbstmördern.»
«Du meinst eine andere Gemeinsamkeit, als daß alle drei tot sind? Und alle drei prominent? Und alle Männer?»
«Jawollja», sagte er stolz. «Die Sache nimmt Formen an. Sie waren im Puff.»
«Hast du getrunken? Ein Bischof. Der weiht da höchstens zur Eröffnung die Räume. Oder tun sie das nur bei Panzern und Kriegen?»
Hornung hatte in den Wohnorten der Prominenten herumtelefoniert, Saarlouis, Mainz und Leipzig. Hatte mit den Redakteuren geplaudert, die bei den jeweiligen Tageszeitungen mit den Fällen befaßt gewesen waren und hatte sich von denen die Namen derjenigen Kollegen geholt, die mit den Prominenten am besten bekannt gewesen waren.
«Ich habe die einfach alles gefragt, was mir gerade eingefallen ist. Kreuz und quer. Ohne Sinn und Verstand. Man muß die Leute nur zum Reden bringen, zum Schluß erzählen sie dir alles, was sie wissen. Danach habe ich meine Zettel sortiert. So einfach ist das.»
«Aber warum machst du das? Du sitzt doch gar nicht an der Sache dran.»
«Die Pohl behauptet, daß nichts bewiesen ist. Also beweise ich der das jetzt.»
«So attraktiv findest du sie?»
Es war ein Schuß ins Blaue gewesen, ich war regelrecht gerührt, als Hornung plötzlich zartrosa anlief. «Sei es, wie es sei», schwadronierte er, «sie mögen alle Fußball, das kann's ja wohl nicht sein. Zwei von ihnen sind zuckerkrank, das fand ich schon besser. Daß sie alle CDU gewählt haben, meine Güte..., aber dann kam der Puff. Alle drei sind dabei beobachtet worden, wie sie im Puff waren. Also natürlich nicht gemeinsam. Jeder für sich.»
«Ja schön. Und?»
«Kapierst du nicht?»
«Offensichtlich nicht. Junge, wir leben in den neunziger Jahren. Wir sind ein liberales Land. So liberal, daß man manchmal das Kotzen kriegen kann. Wen interessiert heute noch, wo jemand seine überflüssigen Kräfte und Säfte los wird?»
«Aber ein Bischof!»

«Das ist peinlich, das gebe ich zu. Ich kann mir vorstellen, daß der sich schlecht fühlt, wenn er dabei erwischt wird. Aber die beiden anderen! Der Politiker kann sich auf die Trennung von Beruf und Privatleben berufen, außerdem war seine Ehe kaputt, da darf er erst recht. Und dieser Showmaster. Das einzige, was an dem erstaunlich ist, ist die Tatsache, daß er nicht mit erstem Wohnsitz in einem Freudenhaus gemeldet war. Oder etwa doch?»

Aber Hornung war nicht so leicht aus dem Rhythmus zu bringen.

«Wenn die nun einer erpreßt hat?»

«Womit denn? Mit Fotos, wie sie das Bordell durch den Hintereingang betreten? So läuft das nicht. Und dann drei Selbstmorde! Ich halte nur den Pfaffen für erpreßbar. Etwas anderes wäre es höchstens, wenn sie richtig saftige Fotos gemacht haben, die Erpresser. Was waren das für Bordelle? Haben die einen Ruf wegen irgendwas? Daß sie Kinder anliefern oder attraktive Ziegendamen?»

«Nicht daß ich wüßte. Aber warte mal...» Hornung begann beeindruckend mit Papieren zu wedeln. «Hier! Nobelbordell, Edelpuff, erstes Haus am Platz, so haben das die Kollegen genannt.»

«Also schätzungsweise die Klasse von unserem *Ambudance*. Ist ja eigentlich auch klar, daß die nicht da hingehen, wo ein Arbeiter hingeht.»

«Das ist eine Spur», behauptete Hornung störrisch.

«Nun mußt du nur noch herauskriegen, was Nachtklubs im Saarland, in Mainz und in Ostdeutschland miteinander zu tun haben. Da liegen ja doch einige Kilometer dazwischen.»

Hornung haßte mich für meine Eigenart, seine Lieblingstheorie zu versenken. Aber ich konnte ihm jetzt auch nicht helfen, denn mich interessierten keine Todesfälle, die so gut wie im Ausland passiert waren. Ich erkundigte mich bei Christine, ob Pulitzer schon aufgetaucht war.

«Hat der nicht Urlaub?» fragte sie zurück. Ich rief bei ihm zu Hause an. Niemand nahm ab. Wahrscheinlich erledigte er Wochenendeinkäufe und würde mir dann am Montag erzählen, daß er seinen Kater ausgeschlafen hatte.

Auf dem Flur lief mir Tamara über den Weg. Wenn sie vor einem Fenster stand und das Licht von hinten bekam, wirkte sie noch breiter. Sie hatte natürlich auch den *Elb-Boten* gelesen und war dementsprechend geknickt.

«Wirklich toll», sagte ich bitter. «Dein Kuss plaudert natürlich nur mit dir und mit niemandem sonst.»

«Ach Scheiße», sagte sie und trat gegen einen leeren Pappbecher, der günstig im Weg lag. «Wenn du schon mal einem Mann Vertrauen schenkst...» Aber schuld war natürlich ihr Vorgesetzter. Ich hatte die Spur mit der geplanten Selbstentführung einfach nicht ernst genug genommen. Dabei hatte der *Elb-Bote* nichts Sensationelles gedruckt. Nur das Gerücht, das Tamara von Kuss erfahren hatte. Und sie hatten diesen Katamaran-Verkäufer aufgetrieben. «Möglich, daß Lars sich einmal in dieser Richtung geäußert hat. Aber wir haben das alle nicht ernst genommen.» Kein Wort über den Mörder, aber ein schöner Aufmacher war's doch.

Dann sagte Tamara:

«Köchlin hat Bergander unter Vertrag genommen.»

«Sieh mal an. Dann hat er sich ja schnell über den Verlust seines Freundes hinweggetröstet.»

«Und setzt voll auf Zukunft. Finde ich sehr vernünftig.»

«Ist auch schlau, jetzt zuzugreifen. Mit jedem Sieg wird Bergander wertvoller.»

Heute hatte Zapf Hallendienst, das Viertelfinale stand auf dem Programm. Die Hoffnung auf gute Spiele nahm also zu. Ganz im Gegensatz zur Hoffnung auf neue Erkenntnisse im Mordfall.

In der folgenden Stunde brachte ich Agenturmeldungen auf Länge. Ich hatte das Gefühl, als würde alle vier Wochen eine neue Sportart erfunden werden.

Ich saß am Schreibtisch mit der Tür im Nacken. Sie stand traditionell offen, wie auch die zu Christines Raum. Ich quälte mich durch zweitklassige Hallenreitturniere und die Meldung über das Ableben eines Boxers in Thailand nach zwei Monaten im Koma. Ich schrieb aus der Programmzeitschrift die TV-Sportsendungen für Samstag und Sonntag zusammen. Plötzlich kräuselten sich die Haare zwischen meinen Schulterblättern. Hinter mir stand jemand, es mußte ein Fremder sein. Denn alle Kollegen wußten, daß sie sich mir nie von hinten nähern durften, weil ich dabei einen Herzschlag erleiden könnte.

«Herr Köchlin! Meine Güte.» Er war schon vor zwei Tagen keine Augenweide gewesen, aber jetzt sah er aus, als hätte er seine Gesichtshaut verkehrt herum übergezogen. Er versuchte, freundlich zu sein, aber jede Äußerung wurde von einem Eindruck überschattet: Der Mann war ein Getriebener. Seine Neurodermitis hielt ihn fest im Würgegriff. Das Gesicht und auch der Hals blühten fleischig rot.

«Ich wollte mich nur noch einmal bei Ihnen melden, bevor ich abreise», sagte Köchlin.

Er setzte sich, blieb aber ständig in Bewegung. Immer wieder zuckten seine Hände zum Gesicht, es kostete ihn große Überwindung, nicht zu tun, wonach es ihn gelüstete: zu kratzen, immer wieder zu kratzen.

Ich fragte ihn, wo es als nächstes hingehen sollte, wir sprachen über Turniere, Hotels und Taxifahrer, und je länger ich den Mann anschaute, um so stärker wurde der Zwang, mich zu kratzen. Er erwähnte seine Cortison-Cremes, die zwar der Haut guttäten, ihn aber ermüdeten. Er erwähnte seine miserablen Leber- und Nierenwerte, wollte mir zeigen, wie er vor vier Jahren ausgesehen hatte. Als er seine Brieftasche aus der Jacke zog, fiel ein Packen Flugtickets heraus.

«Manchmal wache ich morgens auf und weiß nicht, in welcher Stadt ich bin», sagte Köchlin. «Dann gucke ich auf mein Ticket und habe wieder die Orientierung.» Er lächelte traurig, der Mann war fertig, nur noch die Routine hielt ihn aufrecht.

«Ich muß in Ihre Richtung. Soll ich Sie ins Hotel mitnehmen?»

Raus aus dem Verlag, rein in den Corsa, und während Köchlin müde lächelnd sagte: «Mittlerweile kenne ich mich in der Stadt aus. Heute können Sie mich nicht entführen», fuhr ich in kürzester Zeit so viel rechts und links und Slalom, daß ich auch einen Kundigeren hinters Licht geführt hätte.

«Einer Ihrer Kollegen hat mich hereingelegt», sagte Köchlin, der mittlerweile die Augen geschlossen hatte.

«Haben Sie ihm das erzählt, was heute im *Elb-Boten* steht?»

«Wofür halten Sie mich? Das sind ungeheuerliche Unterstellungen. Er kam gestern mit der Story an. Hatte sie fix und fertig, ich sollte sie ihm bloß noch bestätigen.»

«Haben Sie's gemacht?»

«Ich habe den Herrn hinausgeworfen.» Und dann brach es aus ihm heraus: «Ich werde bedroht. Ich habe einen Brief bekommen. Genau wie Lars. Lars ist tot.» Ich fuhr sofort rechts ran und hielt vor einem türkischen Gemüseladen. Einen Moment fürchtete ich, daß er nach seinem Hotel schreien würde. Aber Köchlin war es wohl egal, er griff in seine Jacke und reichte mir den Zettel hinüber.

«*Lars Strindberg!*

*Dies ist unsere letzte Warnung. Kein Geld von den Fremden! Wenn du einen Pfennig von Fabarius annimmst, versündigst du dich gegen deine Wurzeln.*

*Geld ist nicht alles im Leben!*

*Sachsen wissen, was sich gehört.*

*Meißen ist Sachsen.*

*Wir haben dich im Visier. Wir sind immer in deiner Nähe.*»

Gezeichnet war das Schreiben mit *Aureng-Zeb.*

«Ich verstehe kein Wort», sagte ich. «Jedenfalls kann ich nicht glauben, was ich aus dem Schrieb herauslese.»

«Haben Sie es denn hier mit militanten Sachsen zu tun?» fragte Köchlin. «So eine Befreiungsbewegung wie die ETA oder die IRA?»

«Guter Mann, hier hat vor einigen Jahren eine ziemliche Befreiung stattgefunden. Darüber haben vielleicht sogar Ihre helvetischen Zeitungen berichtet. Was zum Teufel ist *Aureng-Zeb*? Klingt wie ein Geschmacksverstärker für Suppen. Und was steht in dem Brief, den Sie gekriegt haben?»

«Das ist er.»

«Aber er ist an Strindberg gerichtet.»

«Der an mich unterscheidet sich nur in der ersten Zeile. Da heißt es jetzt *Vinzenz Köchlin.*»

«Ich verstehe kein Wort.»

«Aber ich. Die Briefschreiber wissen, daß ich künftig Bergander vertrete. Und den will Fabarius auch unterstützen. Mit dem Geld, das sie ursprünglich Strindberg geben wollten.»

«Sind die Briefe mit der Post gekommen?»

«Nein. Im Hotel abgegeben.»

«Was hat Strindberg zu dem Brief gesagt?»

«Er hat ihn nie gesehen. Ich habe den Umschlag aufgemacht, aus Versehen. Ein Glück, daß ich's getan habe. Ich wollte Lars nicht in seiner Konzentration stören. Er hat traditionell Schwierigkeiten mit dem ersten Turniertag. Na ja, diesmal war es leider nicht anders.» Der erste Brief war am Montag angekommen, der zweite gestern abend, also drei Tage später. Auf dem Computer geschrieben, auf einem billigen Gerät ausgedruckt. Keine Rechtschreibfehler, keine stilistischen Extravaganzen. Ein stinknormaler Drohbrief. Aber warum?

Ich stieg aus und kaufte Apfelsinen, Äpfel, Weintrauben. Im Wagen stellte ich die Plastiktüte auf Köchlins Schoß. Er aß mit Appetit, aber nicht viel. «Meine Haut, müssen Sie wissen.»

«Sie haben die Briefe der Polizei übergeben?»

«Den ersten ja, den zweiten noch nicht.»

«Werden Sie ihn der Polizei geben?»

«Wäre nur alles schon vorbei. Ich bin völlig groggy. Und dann die Polizei. Und Ihre Kollegen. Und die verdammte Haut. Aber das darf ich ja nicht sagen. Ich soll sie liebhaben, sagt mein Arzt. Würden Sie jemanden liebhaben, der so gemein zu Ihnen ist?»

«Würden Sie mir den zweiten Brief geben?»

«Das wäre Unterschlagung von Beweismitteln. Darauf wartet diese energische Kommissarin nur, daß sie mir an den Karren fahren kann.»

«Und wenn ich Ihnen verspreche, daß ich den Brief der Polizei gebe?»

«Dann würde ich Ihnen nicht glauben.»

«Aber Sie wären aus dem Schneider.»

Köchlin griff sich mit beiden Händen ins Gesicht und kratzte. Es verschaffte ihm Erleichterung, aber nicht mir. Beim Anfahren fielen die Apfelsinen auf den Boden.

Weil der Parkplatz voll war, hielt ich direkt vor dem Eingang.

«Das ist nicht mein Hotel», sagte Köchlin verwundert. «Ich wohne im *Hilton.*»

«Das ist Ihr Hotel. Es ist noch viel mehr. Zum Beispiel finden Sie hier Menschen, die sich für Sie interessieren.»

«Was reden Sie da?»

«Sie müssen sie nur gewähren lassen. Das fällt einem zu Anfang am schwersten. Vergessen Sie das Telefon. Vergessen Sie Tennis. Und überhaupt alles, was Sie bedrückt. Ich sorge dafür, daß Sie nicht mehr von der Presse gestört werden. Auch die Polizei wird Sie in Ruhe lassen. 14 Tage ohne Termine, Herr Köchlin. Das ist das letzte Abenteuer für einen Turbo wie Sie. Wenn Sie die Rechnung sehen, werden Sie einen kleinen Rückschlag erleiden. Aber für einen besseren Zweck haben Sie lange kein Geld mehr ausgegeben.»

Ich hatte ihn mittlerweile ins Foyer gelotst. Als er die Schwester sah, drehte er fast durch.

«Ein Krankenhaus! Ich bin nicht krank! Ich will nicht... Das ist eine Entführung! Hilfe!»

Dann stand Hedwig vor uns. Sie warf einen Blick in Köchlins Gesicht mit der brennenden Haut und den irrlichternden Augen. Sie sagte nichts, was ich nicht auch hätte sagen können. Aber mir wären die Worte nie in dieser Reihenfolge eingefallen.

Hedwig besaß so eine Art, ganz für jemanden da zu sein, die alles andere ausschloß. Ich schlenderte an die Fensterfront, da war diese Frau mit dem Kind auf dem Arm. Sie stand zwischen den Wagen und dem Eingang, vielleicht fünf Meter von mir entfernt. Obwohl die Scheiben nicht verspiegelt waren, registrierte sie mich nicht, schaute nur immer – ängstlich und erwartungsvoll – auf den Eingang selbst. Die Frau war Anfang zwanzig. Sie trug einen blauen Stoffmantel mit Persianerkragen und -ärmeln. Das Kind war winzig, gerade erst geboren. Am meisten rührten mich die Schuhe der Frau. Es waren billige braune Stiefel, wie man sie auf unseren Straßen kaum noch sieht. Plötzlich stand die diensthabende Schwester vor dem Eingang:

«Habe ich mich so undeutlich ausgedrückt?» fragte sie laut und streng. «Wenn Sie nicht sofort verschwinden, sehe ich mich gezwungen, die Polizei zu rufen.»

«Aber ich will doch nur...»

«Liebe Frau, dies ist ein Krankenhaus. Hier hat absolute Ruhe zu herrschen. Gehen Sie jetzt bitte.»

Die junge Mutter blickte so herzerweichend flehend, daß man ihr spontan jeden Wunsch erfüllen wollte. Ihr Blick war pure Nacktheit. Ein Taxi fuhr aufs Gelände, die Mutter drückte sich zur Seite. Das Taxi hielt, ein Ehepaar der Sippe Großkotz stieg aus. Als ich hochblickte, war die Frau mit dem Kind verschwunden.

«Wollte sie jemand besuchen?» fragte ich die Empfangsschwester. Sie leckte soeben die Hände des Großkotzpaares und schien kaum noch zu wissen, auf was sich meine Frage bezog. Dann sagte sie:

«Die nervt schon den ganzen Tag. Will unbedingt einen Gast sprechen.»

«Wen denn?»

«Herrn Diamond», sagte die Angestellte. «Bei uns ist kein Diamond abgestiegen.»

«Na, dann ist er auch nicht da. Ganz klar.»

Sie kümmerte sich um die neuen Gäste. Bei ihm gehörte nicht nur der Hüft- und Bauchspeck abgesaugt, sondern alles zwischen Hals und Kniescheibe. Sie benötigte dringend ein weiteres Auge, denn die beiden vorhandenen standen so eng zusammen, daß die Frau wie ein Zyklop wirkte. Solche Visagen hätte ich als Arzt nur nachts bei Stromausfall behandeln können. Und meine arme Hedwig mußte solchen Geistern in alle Körperöffnungen im Gesicht schauen. In meiner Wohnung sah es nicht halb so schlimm aus.

«Herr Köchlin bleibt gleich hier», sagte Hedwig, als sie mit ihm an mir vorbei dem Bauch des Hauses zustrebte. «Wenn du so nett wärst und seine Sachen aus dem Hotel...»

«Schon auf dem Weg», sagte ich und legte zackig die Hand an die Schläfe.

«Daß Sie beide ein Paar sind», sagte Köchlin verwundert und blickte mich an, als würde er etwas suchen, was ihm bisher entgangen war.

## 20 Gottvater liebt Tennis

Weil ich wußte, daß Hotelangestellte gute Psychologen sind, überrannte ich ihre Deckung mit schonungsloser Offenheit, zückte freiwillig meinen Presseausweis und ließ mich beim Packen von Köchlins Klamotten in keiner Weise von der Anwesenheit der Auszubildenden stören, die sie mir als Anstandswauwau an die Seite gegeben hatten.

Diese Schweizer sind schon ungemein reinliche Kerle – auch die, die nicht an Neurodermitis litten. Mit Köchlins Badezimmerutensilien hätte ich mich zwei Jahre reinigen können. Bei ihm klebten auch viel weniger Haare auf der Kugel des Deostifts als bei mir. Ich teilte diese Entdeckung spontan der Auszubildenden mit, aber sie wollte es so genau wohl nicht wissen. Immerhin bekam ich heraus, daß sie schon 18 war und den Führerschein besaß. Zehn Minuten später durfte sie Köchlins Reisetaschen vom Hotel an der Frauenkirchen-Ruine Richtung Klinik chauffieren, wo sie sich auch um die Begleichung der Hotelrechnung kümmern konnte.

In der Redaktion war der Teufel los. Das jüngste Opfer war die Neue aus dem Lokalen.

«Ich traue der nicht», sagte Christine. «Gerät gestern selbst in Verdacht und will einen Tag später Opfer sein. Das paßt einfach zu gut zusammen.»

«Könnt ihr nicht mal an etwas anderes denken?» fragte ich gereizt, denn es war kurz vor 16 Uhr. Christine hielt mir einen Vortrag über Urvertrauen, das angeblich nur einmal zerstört werden könne. Jedenfalls sah es so aus, als würde am Montag eine Betriebsversammlung zum Thema «Diebstahlsserie» stattfinden. Überall hingen Plakate, und der arme Kerl, der sich getraut hatte, ein Wort über die an sich notwendigen Fristen bei der Einberufung von Betriebsversammlungen zu äußern, konnte froh sein, daß ihn der Mob nicht in der Toilette ertränkt hatte.

Um 15 Uhr 56 schob Dr. Eß in Gegenwart der Ressortleiter Sport und Tannhauser von der Wirtschaft das Papier mit der Zusage unseres Blatts in die Faxmaschine. Eine Minute später kam die Antwort – so dachte ich. Dr. Eß, der das Recht des ersten Zugriffs besaß, warf einen Blick darauf und drückte mir das Papier angeekelt in die Hand. «Nur Sport», sagte er.

*Sport in der Gesellschaft*

*Podiumsdiskussion über ein Thema, das allen auf den Nägeln brennt. Auf dem Podium u. a.: Marian Panowsky (Boxer)*

Als das zweite Fax kam, flog das erste gerade Richtung Papierkorb. Allerdings hatte ich vorher überprüft, ob es sich bei dem Gegenstand tatsächlich um einen ordinären Papierkorb handelte. Bei Dr. Eß war alles einen Tick feiner.

Es waren zwei Blätter. Das erste trug die Kopie einer alten Handschrift, also offenbar der von Böttger aus seinem Tagebuch. Auf der zweiten Seite ein Text in Maschinenschrift, die Übersetzung der Eintragung.

*Wie wunderlich das Schicksal es mit mir meint. In den vielen Tagen und Nächten, die ich mit dem guten Tschirnhaus zugebracht, wollte sich der Erfolg nicht einstellen. Jetzt, wo ich losgelassen habe und auch innerlich einigen Abstand gewonnen, gelingt der große Streich. Wenn Majestät davon erfährt, ist mein Schicksal besiegelt: Gold, das heißt neue Festungshaft. Aber ich bin zu alt für dieses schwere Leben. Ich habe Schweigen gelernt, und schweigend will ich den Rest meiner Zeit hienieden genießen. Die späte Frucht meiner Bemühungen vertraue ich dem treuen Boelzig an. Ich werde ihn bitten, das, was mein Herz erwärmt, dorthin zu geben, wo alles seinen Ursprung nimmt. Kein Wort mehr davon. Jeden Morgen blicke ich die Kanne an und weiß, daß alles wahrhaftig geschah.*

«Ich glaube das nicht», sagte Ulf Tannhauser. «Ich glaube das einfach nicht. Künstliches Gold. Das mag uns ja eine schicke neue U-Bahn einbringen, aber hat schon jemand überlegt, was das für die Wirtschaft bedeutet? Weltweit?»

«Dafür haben wir ja dich», entgegnete ich. «Ich erkläre euch, was Abseits ist, und du erklärst uns, was künstliches Gold für die Wirtschaft bedeutet.»

«Das Ende.»

«War's das schon?»

«Gold ist die Reservewährung. Von allen Staaten anerkannt, von allen tonnenweise gehortet. Wenn das plötzlich nichts mehr wert ist... also ich weiß nicht auf Anhieb, was dann alles zusammenbrechen wird. Aber ich schlage vor, daß wir uns warm anziehen.»

Nach den Tagebuchseiten warteten wir auf die versprochene Beschreibung. Das Fax blieb still. Dr. Eß bat uns, so lange in seinem Büro Platz zu nehmen.

«Kaffee wäre nicht schlecht», mahnte ich zart. Er bestellte Kaffee. «Und ein paar Kekse.» Er bestellte.

«Nichts mit Zartbitter.» Man räusperte sich, ich hielt die Klappe.

«Wo alles seinen Anfang nahm», zitierte Dr. Eß. «Wirklich eine tolle Spur. Ist einer der Herren zufällig Historiker?»

«Ich könnte Ihnen die Meisterelf des Dresdner SC von 1943 und 1944 herunterbeten.»

«Das ist nichts», behauptete Tannhauser. «Das ist weniger als nichts. ‹Wo alles seinen Anfang nahm.› Dazu fällt mir alles und nichts ein. Kirchen zum Beispiel oder das Elternhaus von diesem Böttger. Wo stammt der überhaupt her?»

«Aus dem Vogtland.»

«Auch das noch. Das wird ein Spiel ohne Grenzen. Wo bleibt die verdammte Beschreibung?» Das Fax blieb still.

«Wir haben nicht viel», sagte Dr. Eß. «Vor allem keine geographische Begrenzung. Dresden ist ja schon groß. Aber es könnte auch Meißen sein oder alles dazwischen.»

«Wir wissen auch gar nicht, nach was wir suchen sollen», sagte ich. «Ist es ein Stück Papier? Ist es groß oder klein? Ist es Teil von etwas Größerem? Ist es überhaupt auf den ersten Blick als chemische Formel erkennbar? Wer von uns kennt sich mit Chemie aus?»

«Ich weiß nicht, wie Kurland sich das vorstellt», sagte Dr. Eß mißmutig. «Erwartet er, daß wir alle Urlaub nehmen, um nach der Formel zu suchen? Es wäre viel sinnvoller, wenn sie die Universität für 14 Tage schließen und alle Studenten losschicken.»

«Oder unsere Leser.»

«Die würden alles auseinandernehmen. Das würde Tote geben.»

«Es könnte 1945 verbrannt sein», gab ich zu bedenken und ging zum Fax. Wir wollten eine kurze Anfrage an Kurland faxen, aber sein Anschluß war besetzt, fünf Minuten lang. Dr. Eß rief bei der *Depesche* an. Dort warteten sie angeblich auch auf die Beschreibung und waren ebenfalls nicht zu Kurland durchgedrungen. Das Warten war widerlich, unsere Runde lief auseinander, ich fischte mir noch schnell die guten Kekse aus der Dose.

Erst rief ich Pulitzer an, danach bei den Porzellanmachern in Meißen. Frau Rottluff hatte das Haus bereits verlassen, ihre Privatnummer wollten sie nicht herausrücken, nicht einmal ihren Wohnort. Ich gab Christine den Auftrag, die Telefonnummer über die Auskunft herauszubekommen und verließ die Redaktion.

Bergander erlief den Longline-Ball des Amerikaners und schlug ihn aus vollem Lauf cross und unerreichbar zurück. Die Halle tobte. Gegen diese Stimmung waren die ersten beiden Tage ein Totenhaus gewesen.

«Er macht den Ami naß», rief Zapf und rückte für mich ein Stück zur Seite, es war eher ein Stückchen. Der junge Deutsche spielte wie aufgedreht. Und was das Schönste war: Es machte ihm Spaß, er lachte, er fluchte, und als ihm sein Gegner kurz nacheinander zwei Asse um die Ohren schlug, warf sich Bergander zu Boden, schützte seinen Kopf mit beiden Händen und forderte den Amerikaner auf, das dritte As zu servieren. Daraufhin servierte der Amerikaner einen Alte-Herren-Aufschlag von unten, so daß Bergander aufstehen und ihn erreichen konnte. Die Halle seufzte vor Glückseligkeit. Es war einer dieser Momente im Sport, wo sich die Zuschauer eins fühlen. Wer jemals dieser Atmosphäre teilhaftig geworden ist, war für den

Sport gewonnen. Aus keiner Ecke kam nationalistisches Getöse, der Amerikaner erspielte sich fast genausoviel Beifall.

«Wenn er gewinnt, spielt er morgen gegen Anand», sagte Zapf. Anand war der beste Techniker des Turniers. Ausgestattet mit einem schwachen Aufschlag, machte er seine Punkte ohne Kraft, er spielte ein sehr weibliches Tennis – aussichtslos, damit in der Rangliste aufzusteigen, aber auf kleinen Turnieren kam er bei günstiger Auslosung mehrmals im Jahr ins Halbfinale.

In einer der Logen entdeckte ich Frau Dr. Spring. Sie war in Begleitung einer Frau mit langem Hals, beide Frauen feuerten Bergander an.

«Ist das seine Mutter?» fragte ich Zapf. Er hämmerte gerade etwas ins Notebook und nickte. Dann sagte er, ohne aufzublicken:

«Die Werbetante neben ihr hat vorhin dem Jungen einen Scheck überreicht.»

«Haben wir das im Bild?»

«Haben wir.»

Der Amerikaner machte die wichtigen Punkte, Bergander versemmelte einige Chancen durch Übereifer. Er wollte zaubern und schlug den spektakulären, aber unsicheren Ball. Ich gönnte dem Jungen den Sieg. Uns auch. Alles ging leichter, wenn ein Einheimischer hier gut abschneiden würde. Ich würde nicht mehr so entwürdigend um die Sonderbeilage zum Turnier kämpfen müssen, und vielleicht würde die Chefredaktion im nächsten Jahr endlich eine Loge anmieten. Ein Platz war für Hedwig reserviert, aber das wußte noch keiner.

«Hat der Junge schon einen Spitznamen?» fragte ich.

«Nicht daß ich wüßte. Wieso?»

«Wir sollten die Leser dazu aufrufen. Wie bei kleinen Elefanten im Zoo.» Ich ärgerte mich, daß ich nicht vorher auf die Idee gekommen war. Zwei Logen weiter entdeckte ich Box mit einem Silberhaarigen.

«Das ist Dumont», sagte Zapf, «Rechtsanwalt Dumont.»

«Sieht aus, als würde er in amerikanischen Fernsehserien mitspielen.»

Und dann hielt Gottvater seinen Einzug. Er kam ohne Fanfaren, setzte sich in die erste Reihe seiner Loge und bewegte den Kopf von links nach rechts und zurück. Erst war es nur vereinzeltes Klatschen, es schwoll schnell an. Er tat gar nicht erst so, als könnte er sich nicht vorstellen, warum die Leute auf einmal klatschten. Stand auf, verbeugte sich, setzte sich wieder, und das war's. Er besaß nicht die Farbe meiner Herde, aber ich mochte den Mann einfach. Ich hatte ihn bisher nur zu Themen reden hören, von denen er nachweislich Ahnung hatte. Unaufgeregt, vernünftig, im Zweifelsfall still – so war Gottvater.

Auf dem Platz stemmte sich Bergander gegen die drohende Niederlage. Nach einem umstrittenen Ball korrigierte der Stuhlschiedsrichter die Frau an der Linie. Der Amerikaner bekam einen Wutanfall und belegte die Linienrichterin mit Bezeichnungen, die auch verstand, wer kein Wort englisch sprach. Die Zuschauer pfiffen. Als es ruhiger wurde, bot Bergander dem Schiedsrichter an, auf den Punkt zu verzichten. Das konnte der nicht annehmen, er hätte sonst genausogut nach Hause gehen können, aber dies war der Moment, in dem die Hallenbevölkerung den Jungstar in ihr Herz schloß. Dies war der Moment, in dem die überregionalen Kollegen es nicht mehr bedauerten, in dieser stinkenden Halle altern zu müssen. Ich sah es ihnen an, alle begannen praktisch gleichzeitig, die großherzige Tat Berganders zum Aufhänger ihrer Geschichte zu machen. Sportlich im Aufwind, charakterlich schon ein Großer. Schade, daß Köchlin die Szene nicht miterleben durfte, es hätte seiner Haut gutgetan. Den ersten Satz gewann Bergander 6 : 4, den zweiten der Amerikaner mit dem gleichen Ergebnis. Im dritten Satz verlor Bergander mit einem Doppelfehler gleich sein erstes Aufschlagspiel, breakte dann den Amerikaner. Beim Stand von 3 : 3 häuften sich die Schiedsrichterentscheidungen zugunsten Berganders. Sie waren teilweise so offensichtlich falsch, daß es einem die Schamesröte auf die Wangen trieb. Ich entdeckte Kuss, das Faktotum. Er stand in der Nähe der Anzeigentafel, die Arme verschränkt, die Haare lang, das Gesicht ausdruckslos. Ich konnte mir gut vorstellen, daß er den Wagen gefahren hatte, der Strindberg...

«Wo willst du hin?» rief mir Zapf hinterher.

Draußen war es ungemütlich. Ich setzte mich ungeschützt den Elementen aus. Die gerechte Strafe für meine schwarzen Gedanken. Ich spürte, wie es in mir riß. Die Kurland-Story war ein Juwel, aber Strindberg war mir viel näher. Wenn sie ihn eine Ecke weiter getötet hätten, wäre ich in dieser Sekunde wahrscheinlich in Böttgers Geburtsort herumgestolpert; und während Tamara die Bewohner ablenkte, würde ich unauffällig das Dach anheben, um nach der Formel zu suchen. Aber Strindberg war einen Meter neben mir getötet worden. Noch einen Meter dichter, und es wäre ein Doppelmord geworden. Außerdem hatte mich Warsteiner herausgefordert. Ich war nicht nach Dresden gekommen, um hier Zweiter zu sein.

Drinnen hob frenetischer Beifall an, Bergander war auf der Siegerstraße oder hatte soeben gewonnen. Morgen würde die Hütte also ausverkauft sein.

«Heißt sie Bibiane mit Vornamen?» fragte Christine. «Dann wohnt sie in Meißen. Freiheit.»

«Gesundheit.»

«Ich habe nicht geniest. Die Straße heißt Freiheit. Hast du was zu schreiben dabei?»

Das fragte sie mich jedesmal, wenn ich aus dem Auto telefonierte. Dabei war es Christine, die mir zehn Kugelschreiber geschenkt und sie an allen möglichen und auch einigen unmöglichen Stellen im Auto deponiert hatte. Ich ließ mich mit Dr. Eß verbinden, immer noch keine Chiffre, bei Kurland waren Telefon und Faxanschluß seit Stunden besetzt. Er stellte mich zurück zu Christine. Zum Schluß sagte sie:

«Montag, 14 Uhr Betriebsversammlung. Ich zähle auf dich.»

«Klingt wie die Umschreibung von ‹Ich pfeif auf dich›.»

«Bitte, du mußt kommen. Diese Klauereien machen viel kaputt. Du kriegst das vielleicht nicht so mit.»

«Aha. Und warum kriege ich das nicht mit?»

«Weil du gerade wieder deine Phase hast. Immer wenn du dich in etwas verbeißt, nimmst du viele Dinge gar nicht mehr wahr.»

Hätte ich Zeit gehabt, hätte ich mich jetzt mit meiner Sekretärin gestritten. Aber ich mußte telefonieren. Frauen wie die Rottluff waren nicht der Typ, der am Freitag abend zu Hause herumsitzen würde. Jedenfalls nicht allein. Ihre Stimme klang gehetzt:

«Ja, was ist denn?»

Ich bedankte mich für den Wein und stieß zügig zum Thema vor.

«Heute? Das geht nicht. Ich singe.»

«Wieso das denn?»

«Weil es mir Spaß macht. Was dagegen?»

«Nein, nein. Das wollte ich auch gar nicht fragen. Ich wollte fragen: wo denn?»

«Im Dom.»

«Oha. Für Geld?»

Mit einem Doppelfehler an Fragen hatte ich meine kulturelle Kompetenz für die nähere Zukunft ruiniert.

«Ich kann's Ihnen nicht verbieten zu kommen», sagte Frau Rottluff, die Bibiane hieß. «Es ist eine öffentliche Probe.»

«Singen Sie was Langsames, falls ich in einen Stau gerate.»

Im Radio spielten sie mir die letzten Ballwechsel des Bergander-Spiels vor. Er hatte den dritten Satz mit 7 : 5 gewonnen.

## 21 Im Dom

Meißen hat eine der schönsten Stadteinfahrten, die ich kenne. Der Dom und die Albrechtsburg ziehen das Lenkrad automatisch nach links, man muß nur noch einen Parkplatz finden und vorher die Straße zum Burgberg. Es war kurz nach 19 Uhr, blaue Stunde in Meißen, um den Dom österlicher Friede. Ich näherte mich dem Eingang, in diesem Moment begannen sie zu singen. Ich betrat den Dom durch die Fürstenkapelle. Anfang des Jahres hatte ich frierend vor einem der Bischofsgrabmale gestanden und den Vortrag einer Kennerin über mich ergehen lassen. Hedwig hatte mir derweil den Fluchtweg abgeschnitten. Heute war es etwas wärmer, und wie sie da standen am Ende des Langhauses, 20 Personen, alle mit überdimensionierten Notenblättern, größer als die größten Speisekarten, erfüllten sie den heiligen Raum mit einem Wohlklang, der mich sofort in eine Bankreihe hineinzog. Kerzen brannten, außer mir hörte ein Dutzend Menschen zu.

Was sie sangen, klang überraschend modern. Ich verstand kein Wort, wenn es auch vermutlich deutsch war. Bei solchen Gelegenheiten spürte ich gallebitter, wie epochal ungebildet ich war. Ohne meinen besten Freund, mein treues Mundwerk, hätte ich viel häufiger im Leben ganz schlecht ausgesehen. Hedwig brachte mir gerade bei, daß profunde Kenntnis in den klassischen Künsten nichts mit Büffeln zu tun hatte, sondern einem im Leben schmerzfrei zuflog, wenn man die Klassik richtig anpackte.

Der Chor jubilierte, ich spürte trotz geschlossener Augen die Armbewegungen des Mannes, der ihn dirigierte. In dieser Woche wechselte ich pausenlos nicht allein Räume, sondern Welten.

Sportarenen, Freudenhäuser, Nobelkliniken und jetzt ein Dom.

Sie mußten schon lange zusammen singen. Da vorn hielten nicht 20 Kehlen mühsam Gleichschritt, der Chor vereinte und steigerte ihr Können. Sie waren gute Teamspieler, genau das, was mir ein Leben lang gefehlt hatte. Mein Traum war immer noch, Soloredakteur in der Provinz zu sein. Und nachts würde ich die 3000 Zeitungen persönlich drucken. Die Alternative war, einer der Herausgeber der *FAZ* zu werden. Alles, was dazwischen lag, war ein fauler Kompromiß.

Bibianes Chor strich Honig auf meine Seele. Was sie sangen, war kein Kirchenkitsch. Es war einfach wohltuend. An einem anderen Tag, in einem anderen Jahr hätten sie mich vielleicht nach fünf Minuten in ein Lokal unten in der Altstadt gejagt. Heute paßte alles gut zusammen. Ein Mord vor meinen Augen, drei Tage später ein Chor in meinen Ohren.

Als es zu lange still blieb, schreckte ich hoch. Sie packten ihre Noten zusammen, ich klatschte Beifall, Überraschung um mich herum, Stirnen, die sich bewölken wollten, dann gleich Entspannung.

«Ich war nicht sicher, ob Sie kommen würden», sagte Bibiane Rottluff und stellte mich dem Chorleiter vor. Er war eine nervöse Erscheinung und hatte Probleme, anderen Leuten in die Augen zu schauen. Dann durfte ich einen fünfköpfigen Trupp begleiten, der traditionell nach dem Singen hinunter zu Vincenz Richter in die Weingaststätte pilgerte.

Ich probierte einen Roten aus Franken, er war nicht die Erleuchtung, aber eine Premiere. In meinem Alter noch eine Premiere. Ich saß im Kreis von Meinungsführern aus Meißen: Bibiane, ein Kollege aus der mittleren Firmenebene, ein Apotheker, eine Lehrerin mit unvorteilhafter Brille und ein Kriminalhauptkommissar mit unsichtbarem Button am Revers: «Vorsicht, ich bin topfit.»

Ich war darauf eingestellt, mir leise weinend einen anzutüteln, aber plötzlich wollten sie von mir alles über meine Profession wissen. Kurioserweise betrieb jeder eine Sportart, der Polizist natürlich zwei, wenn eine davon auch Schach war. Nachdem ich gut gegessen hatte, lief ich zu gewohnter Form auf und brachte meine One-Man-Show zu Gehör. Sie lachten an den richtigen Stellen, aber die Lehrerin konnte ich nicht angucken, denn die Brillengläser vergrößerten ihre Augen in erschreckender Weise. Zwischendurch rief ich in der Redaktion an, danach bei Dr. Eß zu Hause. Niemand nahm ab.

Dann bröckelte die Lokalrunde, der Apotheker hatte den längsten

Atem. Als auch er ging, stand plötzlich ein Fremder vor dem Tisch. Beugte sich ohne Vorwarnung herunter, der Kerl, und ich fürchtete schon, er würde mich küssen. Aber es traf Bibiane, und zwar mitten auf den Mund. Ich wollte mit ihr allein sein, aber da gab es Anton, seines Zeichens Exklusivmaler in der Manufaktur, und er machte auf mich nicht den Eindruck, als wenn er heute nacht noch etwas zu malen hätte – höchstens Herzchen auf Bibianes nackter Haut.

Mir blieb nichts anderes übrig, als die Wahrheit zu sagen:

«Ich muß Sie heute noch sprechen. Und nicht hier.»

Zum Glück wurde Anton nicht pampig. Wir zogen in Bibianes Wohnung um.

## 22 Der Hofstaat zu Delhi am Geburtstag des Großmoguls Aureng-Zeb

«Ade, kleiner Corsa», murmelte ich. Nachts war ich kein Meister im Wiederfinden geparkter Autos. Doch als ich an Bibianes Panoramafenster stand, wußte ich, daß ich künftig nur noch neben Kirchen parkieren würde. Der aus Scheinwerfern befeuerte Dom, die Burg und das Ensemble auf dem Berg mitten in der Stadt – in dieser Region waren nicht nur Wohnungen mit Blick auf die Elbe erstrebenswert.

Ich saß meinem geliebten Schwarzbier gegenüber, Bibiane trank Weißwein aus Italien, Anton Tee. Es war weit nach 22 Uhr, ich drückte auf die Tube. Einen Anhaltspunkt besaß ich ja: den Streit zwischen Bibiane und der Vertreterin der ortsfremden Porzellanmanufaktur.

«Hat es sich bis zu Ihnen herumgesprochen, daß Fabarius heute nachmittag den kleinen Bergander unter Vertrag genommen hat?»

Bibiane knirschte mit den Zähnen, ich fand dieses Geräusch hinreißend.

«Hat das für Sie Konsequenzen? Werden Sie sich künftig auch im Sport-Sponsoring engagieren?»

«Bis zur letzten Woche war das kein Thema für uns. Aber ich kann natürlich nicht vorhersagen, ob jetzt nicht vielleicht jemand im Vorstand nervös wird.»

«Okay, falls es jemanden geben sollte, der noch nicht nervös ist, habe ich was für Sie. Vorweg eine Frage: Wie lange sind Sie schon in Meißen?»

«Drei Jahre. Wieso?»

«Schade. Mehr wäre in diesem Fall mehr gewesen.»

«Wie wär's mit 22 Jahren?» fragte Anton.

Er hatte in der Manufaktur gelernt und keinen Tag seines Berufslebens für einen anderen Arbeitgeber geschafft.

«Unterschätzen Sie Bibiane nicht», forderte er mich auf. «Sie macht keine halben Sachen und läßt sich auch von den Platzhirschen nicht unterbuttern.»

Und Bibiane sagte: «Ich habe mich auf diesen Job vorbereitet wie auf eine Prüfung. Im Grunde dauert die Prüfung bis heute.»

«Weil es eben nicht einfach ein Job ist», sagte Anton. Ich enthielt mich jeder Anekdote über die affenartige Geschwindigkeit, mit der ich schon Arbeitsstellen gewechselt hatte. Meißen – soviel hatten mich meine ersten Monate hier gelehrt – war kein Arbeitsplatz wie jeder andere. Meißen war ein Mythos. Hier wurden keine alltäglichen Güter hergestellt, sondern Produkte auf der Grenzlinie zwischen Gebrauch und Kunst. In 40 Jahren DDR war das Selbstbewußtsein der Meißener eher noch gewachsen. 95 Prozent ihrer Produkte waren ins Ausland gegangen, wohl kaum ein Betrieb hatte dem Arbeiter-und-Bauern-Staat so viele Devisen eingebracht.

Die Gesichter der beiden signalisierten mir, daß sie zur Abwechslung einige Informationen erwarteten. «Im Grunde sind es zwei Themen, die gar nicht miteinander zusammenhängen.»

«Fangen Sie mit irgendeinem an», sagte Bibiane händeringend. «Ihre Art macht mich rasend. Wie kann eine Frau es nur mit Ihnen aushalten?»

«Meine Frau ist nicht neugierig.» So hatte ich Hedwig noch nie bezeichnet. «Ich habe heute erfahren, daß der ermordete Tennisspieler einen Drohbrief erhalten hat. Er wird darin gewarnt, Geld von Fabarius, der Porzellanfabrik, anzunehmen. Einen Tag später wurde Strindberg ermordet.» Bibiane wollte etwas sagen, ich kam ihr zuvor. «Nun hat auch der Manager von Strindberg einen Brief erhalten, der Text ist identisch.»

«Das glaube ich nicht», sagte Bibiane kategorisch.

«Hier ist der Brief an Strindberg.»

Während sie las, schauten Anton und ich uns an. Er war einer dieser Männer, die aus einem kräftigen Körper und unerschütterlichem Selbstbewußtsein zusammengebaut sind. Er paßte auf seine Art so gut zu dieser schnellen Frau wie ich zu Hedwig. Dann las er die wenigen Zeilen.

«Das ist das erste Thema», sagte ich. «Wir können davon ausgehen, daß beide Briefe vom selben Absender stammen. Sie wurden anonym im Hotel abgegeben, es führt keine Spur zum Schreiber. Der erste Empfänger ist ermordet worden, also sind die Briefe ernst gemeint.»

«Steht der Manager unter Polizeischutz?» fragte Bibiane.

«Praktisch ja», log ich. «Mein Eindruck ist, daß hier fanatische Sachsen am Werk sind. Mehrere oder einer...»

«Mann oder Frau», sagte Anton.

«Mann oder Frau. Die Täter drohen nicht nur, sie schlagen zu. Ich habe noch nie gehört, daß jemand seine Heimatliebe so weit treibt. Ich habe nie gehört, daß ein Sportler auf diese Weise bedroht worden ist. Früher haben Sportler Druck von Apartheidsgegnern gekriegt, wenn sie in Südafrika antreten wollten; oder wenn jemand in eine Militärdiktatur gereist ist. Diese Proteste waren darauf angelegt, öffentlichkeitswirksam zu sein. Das lief über die Medien ab. Bei Strindberg ist alles anders. Daher meine Frage an Sie: Kennen Sie Leute, die so oder so ähnlich schon einmal auffällig geworden sind? Und die zweite Frage: Wissen Sie als Angehörige der Manufaktur etwas davon? Haben Sie auch solche Briefe gekriegt?»

Bibiane blickte mich an, als würde ich ein Geschwür im Gesicht tragen. Dann sagte sie:

«Ich habe die ganze Zeit das Gefühl, als würden Sie meinem Haus Mitwisserschaft unterstellen.»

«Ich unterstelle Ihrem Arbeitgeber überhaupt nichts. Ich bin nicht der Typ, der sich an Institutionen reibt. Ich sehe die Einzelwesen hinter dem Firmenschild. Und da kann immer ein Durchgeknallter drunter sein.»

«Aber ein Haus mit diesem Ruf...»

«Nehmen Sie die 12 Jünger, die hatten auch einen guten Ruf. Aber ein Zwölftel von denen war ein Windhund. Wie viele Kollegen haben Sie?»

Bibiane bestritt alles. Sie hatte auch nie davon gehört, Anton ebenfalls nicht. Sie hätte am liebsten gleich angefangen herumzutelefonieren. Das war mir nicht unrecht – falls sie morgen früh damit anfangen würde. Denn da war ja noch etwas:

«Es wäre mir sehr wichtig, wenn Sie die Erpresserschreiben nicht an die große Glocke hängen würden.»

«Aber von denen hängt doch alles ab. Sie sind der einzige Hinweis, den es gibt. Und für Sie sind die Briefe der Anlaß, uns zu verdächtigen.»

Es ging hin und her zwischen uns beiden, plötzlich lehnte sich Anton nach hinten und rief lauthals loslachend:

«Die Briefe sind geheim. Die Polizei hat die gar nicht. Er will sein eigenes Ding durchziehen.»

Ich blickte angestrengt aus dem Fenster, weil ich es für möglich hielt, diesen Ausblick kein zweites Mal genießen zu dürfen. Aber seltsamerweise sah mich Bibiane nicht angeekelt an. Es war, als würde ich ihr Respekt abnötigen.

«So einer sind Sie also», sagte sie. «Ich dachte, Sie sind nur Sportreporter.»

Vor die Wahl gestellt, meine Situation zu verschlechtern oder mehrere tausend Kollegen in die Pfanne zu hauen, entschied ich mich aus alter Gewohnheit dafür, die Kollegen in die Pfanne zu hauen. Ich erklärte mich für klüger als durchschnittliche Sportreporter und registrierte erfreut, daß wir wieder in die Sachdebatte einstiegen. Bibiane begann sich ernsthaft Gedanken zu machen, ob altgediente Meißener zu dieser blutigen Form von Fanatismus fähig waren. Anton, der eine Menge Kollegen kannte, die 45 Jahre in der Manufaktur gearbeitet hatten, verwies diese Möglichkeit in den Bereich schlechter Kriminalromane.

«Noch der eingebildetste von denen war stolz auf die Firma. Es war seine Firma, seine eigene, verstehen Sie? Ein paar hätten sich auch für die Firma gehauen, wenn in der Kneipe jemand in herablassender Weise über Meißen hergezogen wäre. Aber zwischen Prügeln und Morden liegen Welten.»

«Manche Experten sagen, daß dazwischen nur ein kleiner Schritt liegt.»

«Ja, im Wutanfall! Oder unter Drogen! Aber doch nicht, wenn man sich die Mühe macht, vorher Drohbriefe zu schreiben.»

Ich wurde unruhig, denn wir tauschten nur Meinungen aus. An Meinungen hatte ich noch nie Mangel verspürt. Aber ich mußte den beiden Zeit zum Fabulieren lassen. Ich besaß keine Chance, als Außenstehender in eine große Firma einzudringen und in absehbarer Zeit intime Informationen zu erhalten. Dann sagte Anton:

«Eins spricht für Ihre Theorie, daß sich der Briefschreiber in Dresden auskennt. Die Unterschrift.»

«Welche Unterschrift?»

«Aureng-Zeb. Oder wissen Sie nicht, was das ist?»

«Sagen Sie's endlich und waiden Sie sich nicht an meiner Scham.»

«Aureng-Zeb ist doch das Spielzeug. Das Figurentheater. Im Grünen Gewölbe.»

«Meinen Sie dieses sagenhafte Dingsbums, dieses...?»

«Der Hofstaat zu Delhi am Geburtstag des Großmoguls Aureng-Zeb», sagte Anton freundlich. «Diese phantastischen Miniaturen, die Dinglinger im 18. Jahrhundert geschaffen hat.»

Ich hatte mit Hedwig davorgestanden, in der Schatzkammer, die alle Touristen stürmen. So etwas Prächtiges wie diesen Hofstaat hatte ich noch nie gesehen. Obwohl winzig klein – alles spielte sich auf der Fläche eines Quadratmeters ab –, war die Szenerie dermaßen reichhaltig, daß ein einziger Besuch nicht reichte, um jedes Detail zu würdigen. Leider hatte es nie mehr zu einem zweiten Besuch gereicht.

«An dem Hofstaat haben 17 Leute gearbeitet», sagte Anton. Zum erstenmal verlor er etwas von seiner Sachlichkeit. Jünger wirkte er und schwärmerisch. «Sieben oder acht Jahre haben sie dafür gebraucht. Stellen Sie sich das vor. Aber das können wir Heutigen uns eben nicht mehr vorstellen. Sieben Jahre für ein Werk.»

Er gab mir ein Privatissimum in Juwelier- und Goldschmiedekunst und fragte dann unvermittelt: «Wollen Sie einen alten Meißener kennenlernen? Urgestein, der Mann. Hat in der Gestaltung gearbeitet. Muß jetzt bald 80 Jahre sein. Wohnt nicht weit weg.» Vielleicht war mein Gesichtsausdruck nicht genügend entflammt, denn er fügte hinzu:

«Ich meine ja nur.» In Windeseile tat ich interessiert, wollte Namen und Anschrift haben. Doch der Senior war, nach einschlägigen Erfahrungen mit Direktverkäufern aus dem Westen, von Mißtrauen gegenüber Fremden durchdrungen. Anton bot sich an, für mich den Türöffner zu spielen.

Bibiane grub Hasel- und Walnüsse aus, die in einer windstillen Ecke die Wintersaison überstanden hatten. Ich warf mir gern solche

Dinger in die Kehle, noch lieber knackte ich sie. Ich liebte es auch, Apfelsinen zu schälen. Hedwig liebte es, sie zu verzehren. So paßten wir auch auf diesem Gebiet ideal zueinander.

Begleitet von regelmäßigem Krachen, erzählte ich den beiden dann von Kurland.

«Ach, Sie meinen den Goldmacher», rief Bibiane. Ich erfuhr, daß die *Depesche* heute weit vor 16 Uhr angefragt hatte, was die Manufaktur von den immer wieder umlaufenden Goldmachergerüchten halten würde. Antwort: nichts. Ein schönes Beispiel aus der Reihe «dumm gefragt – dumm geantwortet». Ich stellte es klüger an, erzählte so viel von Kurlands Angebot beziehungsweise Verheißung, wie die beiden wissen mußten, um Geschmack am Thema zu finden, und bat Bibiane, ihre Kontakte spielen zu lassen. Von der Möglichkeit, daß Böttger kurz vor seinem Tod nach der großen noch die allergrößte Entdeckung gemacht haben könnte, war beiden nichts bekannt – natürlich nicht. Immerhin erfuhr ich, daß Böttgers Leben in der Manufaktur penibel dokumentiert vorlag.

«Schätze, daß Sie diese Zeilen aus seinem Tagebuch nicht in Ihrer Sammlung haben», behauptete ich und reichte ihnen hinüber, was uns Kurland am Nachmittag geschickt hatte. Sie lasen sorgfältig, und Bibiane sagte:

«Man muß das prüfen lassen.»

«Soviel wir wissen, ist das Böttgers Handschrift. Sie kommen mir nicht besonders überrascht vor», sagte ich zu Anton.

«Ach Gott, Goldmacher. Wissen Sie, ich kann mir viele heimliche Entdeckungen und Erfindungen vorstellen. Aber ausgerechnet Gold! Da sind so viele Menschen seit so vielen Jahren hinterher. Selbst in den großen und größten Labors der Industrie wird immer mal wieder ein Team an diese Aufgabe gesetzt. Das würde ja mehr Geld bringen als das erste Medikament gegen Aids. Oder Krebs.»

«Oder Erkältung.»

«Haben nicht auch die Nazis danach geforscht?» fragte Bibiane. Das wußte ich nicht, aber die Faschisten hatten ja sogar versucht, mit Hilfe von Wünschelruten und Pendeln den Standort feindlicher U-Boote herauszukriegen.

Ich knackte die restlichen Nußvorräte, führte mir noch einmal den sagenhaften Ausblick zu Gemüte, dankte den beiden für ihre Geduld und ließ mir Mut für den Weg zu meinem Wagen machen.

# 23 Zwanzig scharfe Schlüsselbärte

Um Mitternacht schlief Meißen. Kein Geräusch, außer meinen Schritten. Es war kalt und klar, ich war zu leicht angezogen. Aber ich konnte mir das leisten, zum letzten Mal erkältet hatte ich mich vor vier Jahren. Der angestrahlte Dom wies mir den Weg. Erst vier oder drei Meter vor dem Etwas entdeckte ich, daß es sich um einen Menschen handelte. Ich blieb stehen, der andere stand mit dem Rücken an einer Mauer, hinter der Gestalt machte der Weg einen Knick, ich wußte nicht, wie es danach weiterging.

«n'Abend, Meister.» Jetzt mußte er zurückgrüßen oder mir vor die Schuhe spucken. Er mußte nur etwas tun, was den Bann brechen würde. Dann würde ich weitergehen, aber erst dann.

Die Gestalt schwieg. Sie war warm eingepackt, der Körper besaß keine Konturen.

«Alles klar soweit?» Die Gestalt schwieg. Sie hatte beide Arme vor der Brust gekreuzt, vielleicht auch in der Jacke versteckt. Der Oberkörper kam mir vor wie aufgebläht. Da war mehr in der Jacke als ein Brustkorb und zwei Arme. Die Gestalt hielt dort etwas verborgen. Rechts von mir eine hohe Mauer, links eine niedrige Mauer, dahinter ein Garten, dahinter ein schwarzes Haus. Wenn ich jetzt anfangen würde zu rufen, würden irgendwann die Lichter angehen – falls das Haus bewohnt war, falls jemand zu Hause war.

«Okay Mann, ich habe mich zu Tode erschreckt. Zufrieden? Mein Puls rast, ich schwitze vor Angst. Das ist doch besser als nichts, du Pisser. Warum sagst du nichts? Zu dumm zum Reden?»

In die Gestalt kam Bewegung, beide Arme hingen vor dem Bauch herab. Er hielt etwas fest, mit beiden Händen. Unmöglich zu erkennen, was es war. Ich wußte nicht, wie viele Einwohner Meißen hatte. Aber es war immerhin Freitag nacht. So langsam hätte ein Spätheimkehrer um die Ecke torkeln können, besser noch 10 oder 15. Eine Fußballmannschaft samt Ersatzspielern aus Frankreich, die zum Jugendturnier an diesem Wochenende angereist war, um ihren Sieg aus dem Vorjahr zu wiederholen.

«Ich gehe dann jetzt mal weiter», kündigte ich an. «Vati muß ins Bett. Und morgen abend jagen wir wieder jemandem Angst ein. Okay?» Ein Jagdmesser, er hatte ein Jagdmesser. Oder ein Brotmesser. Egal, mein Bauch reagierte auf beide Sorten allergisch.

«Ist es wegen Strindberg? Wir haben so gut wie nichts rausgekriegt. Die Polizei ist genauso dumm. Aber die Polizei arbeitet weiter. Ist dir das klar? Die Polizei arbeitet weiter, ob es mich gibt oder nicht. Das läßt die Polizei doch kalt. Mörder suchen sie übrigens am liebsten. Da kommen sie auf fast 100 Prozent Fangquote. Willst du Geld? Pech, mein Sohn, kein Portemonnaie, kein Geld. Wenn ich gewußt hätte, daß ich dich treffe, hätte ich natürlich zehn Mark eingesteckt. Aber eine Uhr habe ich.»

Ich nahm die Uhr ab. «Hat 69 Mark gekostet, ein echtes Angebot. Hier hast du sie.» Ich streckte ihm die Uhr an ausgestrecktem Arm entgegen. «Nun nimm schon. Oder brauchst du eine Extraeinladung? Nimmst wohl nicht alle Uhren, was? Bist dir wohl zu fein für meine Uhr. Dann eben nicht, du Pisser. Hier guck, was ich mit deiner Uhr mache.» Ich ließ die Uhr fallen und zertrat sie. Ich drehte den Schuh, knirschend ging kaputt, was zerstörbar war.

Die Gestalt bewegte sich, ich zuckte zusammen, nahm die Arme an den Körper. Er würde mehr Arbeit haben, als er dachte. Ich war keine leichte Beute, wenn er nicht den genialen ersten Schlag landen würde. Zwei Arme, zwei Beine, und weil ich während der Schlägerei nicht reden mußte, konnte ich ihm ins Gesicht beißen.

Ich mußte den Moment erkennen, in dem er ausholte, und sofort ausweichen. Und dann die Attacke. Er durfte nicht zum zweiten Schlag kommen, ich mußte dicht an ihn heran, Knie hoch und Eiersalat. Hände gefaltet und ab in seinen Nacken. Das müßte genügen, ein Tritt in die Nieren nur, wenn er noch zucken würde. Nicht den Kampf zu früh abbrechen und ihm noch Angriffsfläche bieten. Kein Doppelfehler nach Mitternacht.

Er bewegte sich. Den Rücken an der Wand, schob er sich auf mich zu. Ich hatte die Arme am Körper, atmete ruhig und stand sicher. Dann das metallische Geräusch. Er hatte einen Totschläger! Wieder das Geräusch. Die Gestalt bewegte sich auf mich zu, ich hielt mein Schlüsselbund in der Hand. Ich warf selten Schlüssel weg, das Bund wog fast ein Pfund, 20 Schlüssel oder mehr. Dann schrie ich und zielte mit 20 scharfen Schlüsselbärten auf sein Gesicht. Knirschen, als die Schlüssel in die Mauer stießen, die Gestalt stieß einen leisen Schrei aus, ich zog den Schlagarm nach hinten und wollte fürchterlich zuschlagen. Der Schwung riß mich von den Beinen, die Gestalt lief fort, weiche Sohlen trommelten auf das Pflaster.

«Komm zurück, du Pisser!» brüllte ich. «Wir haben noch nicht gekämpft. Es ist noch nichts entschieden. Sofort kommst du zurück!»

«Ruhe da draußen, ihr Suffköppe! Wenn ihr nichts abkönnt, bleibt zu Hause!»

«So», fauchte ich und suchte fieberhaft auf dem Pflaster herum. «Das hast du nicht umsonst gesagt.» Der Stein in der Hand, Ausholen, kein Zielen, der Stein fand seinen Weg allein, Splittern von Glas, ein Angstschrei, weiblich.

## 24 Gott kennt keine 35-Stunden-Woche

Der einzige Balkon meiner Wohnung ging von der Küche auf den Innenhof. Wenn man sich auf dem Balkon extrem weit rechts postierte, konnte man erkennen, ob sich in der Backstube jemand aufhielt. Dann mußte man schreien, und wenn sie aus der Tür traten, mußte man wieder schreien, beispielsweise: «Zwei Croissants und bißchen was Haltbares fürs Wochenende.» Dann verschwand der bemehlte Geselle, und man konnte bis 30 zählen oder die Kaffeemaschine starten. Dann knallte es auf dem Balkon, und die Brötchen waren angekommen. Bezahlung fiel flach, dafür wanderten regelmäßig meine Freikarten auf den Tresen von Bäcker Hopp. In den ersten Wochen hatte ich auf diese Weise auch mit dem Weinhändler angebändelt. Doch nach einem Fehlwurf behauptete mein Nachbar im Parterre, daß sich sein Dackel eine Scherbe in zwei von vier Pfoten getreten habe und nun hinken würde. Seitdem holte ich mir die Flaschen auf klassische Weise ab.

Beim Frühstück hatte ich nicht nur auf dem Backwerk zu kauen. Die letzten Minuten in Meißen lagen mir schwer im Magen. Vor Hedwig hatte es mir nichts ausgemacht, allein zu frühstücken. Seit Hedwig war es eine trostlose Veranstaltung.

Ich rief Dr. Eß an. Er war sauer: kein Fax von Kurland, keine chiffrierte Beschreibung, kein Lebenszeichen. Er wußte überhaupt nur eine Neuigkeit, die die Gebühren für ein Ortsgespräch wert war:

«Drüben beim *Elb-Boten* läuft der große Endkampf. Der Eigentümer will den neuen Chefredakteur nicht von außen holen.»

«Wieso das denn nicht? Damit haben wir doch so einzigartige Erfahrungen gemacht.»

«Vielen Dank, sehr nett. Hätte ich Ihnen gar nicht zugetraut. Werde ich mir merken. Na, jedenfalls wetzen jetzt mehrere Redakteure die Messer.»

«Und in welchen Disziplinen läuft das Finale? Arschkriechen gegen die Strömung?»

Ich spürte durchs Telefon, daß er mich widerlich fand. «Nein, nein. Wer was werden will, muß in den nächsten vier Wochen zeigen, was in ihm steckt.»

«‹Was› oder ‹wer›?»

Dr. Eß beendete das Gespräch zügig.

Danach rief ich Pulitzer an. Langsam machte ich mir Sorgen. Ich hatte seine Eltern noch nicht persönlich kennengelernt, vielleicht waren sie Typen, die eindringliche Fragen stellten und dann noch darauf bestanden, eine zufriedenstellende Antwort zu erhalten. Zwar war der Volontär volljährig. Doch würde mir das im Prozeß nichts helfen, denn bei Riesenembryonen reichte die Fürsorgepflicht über solche theoretischen staatlichen Daten hinaus.

Nach dem traurigen Frühstück wollte ich duschen. Doch fand ich die Dusche besetzt vor. Zwar hätte ich die schmutzige Wäsche woanders lagern können, aber in der Dusche nahm sie den wenigsten Platz weg, Platz, der in der Wohnung nicht mehr vorhanden war.

Möglicherweise wäre ein Besuch im Supermarkt eine kluge Entscheidung gewesen. Aber die Sehnsucht nach Hedwig war größer. Außer mir erledigten alle Dresdner ihre Wochenendeinkäufe. Mein kleines Auto fand die Ausfallstraße Richtung Weißer Hirsch von allein. Unterwegs eine Vollbremsung, aber sie diente einem gutem Zweck. Mit dem Riesenstrauß auf dem Beifahrersitz rutschte ich weiter Richtung Osten. Die Häuser wurden immer feiner. Das war Hedwigs größtes Ziel auf Erden: mich in so eine Villa abzuschleppen, wo wir im Dachgeschoß ungehemmt unsere Liebe ausleben und in den Pausen die Sportkanäle testen konnten.

Ich lief in den Weißen Hirsch ein, einmal abgebogen, und ich gondelte aufs Gelände der Klinik. Aber dann rein in die Eisen, Tür auf, Fahrer raus:

«Du hast sie doch nicht mehr alle!»

Ein Blick in diese Augen, und ich kam mir vor wie ein Schwein. Sie hatte Angst, nicht nur vor mir und dem Auto, das sie beinahe umgefahren hätte. Ich war nicht schnell genug gewesen, um ihr richtig weh zu tun, aber sie hatte wieder dieses winzige Kind auf dem Arm, und ich reagierte seit einigen Tagen auf kleinste Zwischenfälle mit Autos allergisch.

«Geht's wieder?» fragte ich, und weil ich nicht wußte, ob ich sie stützen sollte oder nicht, fing ich an, an dem Kind herumzuklopfen. Seine Hand war weich. Es mußte Jahrzehnte her sein, als ich zum letzten Mal ein Baby angefaßt hatte.

«Es geht schon», behauptete die Frau. Sie war eine schlechte Lügnerin. Ihre Haut sah schlecht aus, nicht picklig, keineswegs, aber grau und müde, zu grau für eine Frau von 24 oder 22. Und wie ärmlich sie gekleidet war. Das Kind steckte in einem dieser häßlichen Ganzkörperanzüge. Der Reißverschluß auf seiner Brust war heruntergezogen, auf dem Kleidungsstück darunter, dessen Name ich nicht kannte, prangte ein Käfer. Er sah aus wie ein Drache.

«Es ist wirklich nichts passiert.» Offensichtlich hatte die Frau in ihrem Persianermantel geschlafen. Zum erstenmal kam ich auf den Gedanken, daß die beiden vielleicht Hunger hatten.

«Geht's Ihnen wirklich gut? Mal abgesehen von dem dummen Unfall. Kann ich irgend etwas für Sie tun? Haben Sie Hunger? Ich könnte da drin etwas besorgen.» Ich zeigte auf die Klinik, im Eingang stand eine Angestellte. Ihr Anblick versetzte die Mutter in Panik.

«Nein, nein», sagte sie hastig. «Kein Hunger. Vielen Dank.» Sie legte eine Hand um den kleinen Kinderkopf und eilte davon.

«Seit wann ist sie hier?» fragte ich die Frau im Eingang. Ich wußte, daß sie wußte, wer ich war.

«Als ich angefangen habe, war sie schon da.» Sie hatte um acht Uhr ihren Dienst angetreten, ich wollte mir lieber nicht vorstellen, wo und wie die junge Mutter die Nacht verbracht hatte.

«Wollte sie wieder zu diesem Gesangsstar?»

«Wir haben ihr gesagt, daß er nicht da ist. Aber sie geht einfach nicht.»

«Vielleicht weiß sie, daß Sie lügen.»

«Lügen? Hören Sie, unsere Gäste haben ein Anrecht darauf, vor... vor Groupies geschützt zu werden.»

«Glauben Sie ernsthaft, daß diese Frau ein Groupie ist?»

Ich wurde Augenzeuge eines Denkprozesses, dann sagte sie:

«Oder sie will sich Geld leihen. Sie glauben gar nicht, wie schamlos manche Leute sind.»

«Die, die Geld haben, oder die anderen?» Natürlich hätte ich ihr meine Moral etwas weniger dick um die Ohren klatschen können, aber wir standen mittlerweile im Foyer, in meiner Wohnung gab es nichts, was auch nur halb so teuer war wie der kleinste und gemeinste Gegenstand in dieser Nobelwelt.

Zwei Minuten später begann ein neuer Abschnitt meines Lebens. Ich durfte die schönste Frau Dresdens umarmen. Sie biß mir zur Strafe für meinen unangemeldeten Besuch in die Wange, denn ich hatte sie mit Lockenwicklern erwischt. Hedwig genierte sich für ihre vermeintliche Schwäche. Ich mixte ihr einen Martini, ertränkte eine Olive und reichte ihr das Glas mit den Worten:

«Das trinken alle Lockenwicklerfrauen in den amerikanischen Serien.» Den Martini durfte ich allein trinken, nur die Olive wanderte, über eine kurze Zwischenlagerung in meinem Mund, zu Hedwig hinüber. Während sie dann weiter an ihrem äußeren Erscheinungsbild arbeitete, bot sie mir pausenlos Lesestoff und Gesprächsthemen an. Hedwig litt unter dem Horror, daß man sich in ihrer Gegenwart langweilen könnte. Sie hatte nicht begriffen, daß die bloße Tatsache ihrer Nähe vollkommen ausreichte, um mich glücklich und zufrieden zu machen.

«Suchen wir heute eine Wohnung?» rief sie aus dem Badezimmer. Ich brachte ihr schonend bei, daß wir dies auf morgen verschieben müßten. Ein mißtrauisches Gesicht linste um die Ecke und sagte: «O nein. Nicht am Samstag.» Früher hatte sie immer gesagt: «Nicht am Wochenende», aber dann hatte sie gelernt, daß der Sonntag für Sportredakteure Großkampftag ist. Ich nutzte die Gelegenheit, Pulitzer anzurufen und erschrak regelrecht, als sich sein Anrufbeantworter meldete. Die Maschine klang genauso nölig wie ihr Besitzer.

«Hör zu, Pulitzer, ich sage es nur einmal. Bis heute 15 Uhr will ich ein Lebenszeichen von dir haben, sonst lasse ich den Puff ausräuchern. Ach so, heute ist Samstag, ein Samstag im April. Das Jahr ist dir noch geläufig? Dann besteht ja Hoffnung. Abpfiff.»

Damit Hedwig sich nicht gehetzt fühlte, ließ ich mir von ihr Köchlins Zimmernummer sagen. Er residierte im obersten Stockwerk, auf mein Klopfen tat sich nichts. Naheliegend wäre es nun gewesen, sich still zu entfernen. Ungehörig dagegen war es, die Tür zu öffnen und einen langen Blick auf den im Bett liegenden Mann zu werfen. Köchlin sah selbst noch im Schlaf erschöpft aus. Wenn sie ihm kein Betäubungsmittel verabreicht hatten, mußte Hedwig über paranormale Fähigkeiten verfügen. Oder der Mann war dermaßen am Boden, daß er keine Alternative mehr besaß. Die Einrichtung war vom feinsten, das Blumenarrangement und der Obstkorb serienmäßig. Dies hier oben war die Gegenwelt der Persianermäntel.

Natürlich kam ich auch heute nicht am Wintergarten der Klinik vorbei. Ein prachtvolles Stück Tropen mit fliegenden Vögeln, taumelnden Schmetterlingen und Rattanmöbeln von solcher Härte, daß auch ausgewachsene Tiger sie nicht zerkratzt hätten. Der Wintergarten diente dem Faulenzen und dem Lesen. Es war nicht untersagt, sich hier zu unterhalten. Es tat aber niemand, denn das wäre Entweihung gewesen.

Es gab noch eine Möglichkeit, das Ambiente zu entweihen. Man mußte so aussehen wie Phil Diamond, der einen zu kurzen Seidenmantel trug und ihn im Brustbereich zu weit offenstehen ließ. Er hielt die Tageszeitung richtig herum, das mußte er einem anderen Gast abgeguckt haben. Der Mann sah abgrundtief widerlich aus. Wäre er ein Schwein gewesen, sie hätten ihm den Trichinenstempel verweigert. Immerhin sang er momentan nicht. Das war gut so, sonst hätten die Flora und Fauna des Wintergartens wahrscheinlich kollektiv den Löffel abgegeben. Als ich noch an der Tür stand, erhob sich Diamond und kam mir entgegen. Er fischte Zigaretten und Feuerzeug aus der Tasche, lächelte und sagte:

«Der Geist ist willig...»

«Und das Fleisch sagt Schach.» Er stutzte, lachte und bot mir eine Zigarette an. Ich hoffte, daß Schwabbel nicht noch mehr Tricks draufhatte, um mir meinen Haß auf ihn zu durchlöchern. Diamond gab sich Feuer, fütterte die Krebszellen und sagte:

«Daß Sie auch am Wochenende arbeiten.»

«Meinen Sie mich?»

«Ich dachte, die Klinik-Geistlichen kommen nur, wenn einer abnibbelt.»

In meinem Kopf raste es. Selbst in der Freizeit stellte mich das Schicksal pausenlos vor die Entscheidung, ein guter Mensch zu sein – oder ein anderer.

«Gott kennt keine 35-Stunden-Woche», sagte ich probehalber. Ich wollte sehen, wie ich mich dabei fühlte. Ich fühlte mich nicht enthusiastisch, aber auch nicht mies genug, um Schwabbel nicht alle quälenden Begegnungen auf dem Bildschirm heimzuzahlen. Er nickte und sagte:

«Das Schicksal schlägt zu, wo es will.»

Ich spürte, daß ich das nicht ewig aushalten würde:

«Auch kleinste Operationen bergen ja immer ein gewisses Risiko.» Nicken. «Gerade im kosmetischen Bereich.» Leicht verzögertes Nicken. «Von wegen mal eben ein paar Falten glattziehen lassen und den Tränensack mit der Pipette absaugen.» Ich machte ihm das Geräusch des Absaugens vor, Diamond vergaß fast das Rauchen. «Wissen Sie, ich sage immer: Bevor ihn die Spitze des Skalpells kitzelt, sollte der Mensch seine Angelegenheiten geordnet haben.»

«Das sehe ich ganz genauso. Mein Testament liegt...»

«Das ist das eine...» Ich hätte so gern ‹mein Sohn› gesagt, aber das schaffte ich nun doch nicht. «Das andere ist der Mitmensch in seiner ganzen Breite. Nicht nur das Finanzielle sollte geklärt sein. Auch das Ideelle. Comprendre?» Er sah mich hilflos an. Alles war auszuhalten, solange er nicht anfing zu singen. «Das Ideelle ist das Gespräch mit dem Nächsten. Dem Partner, dem Mütterlein, dem Kindchen.»

«Ah ja, klar», sagte Diamond. «Alles paletti. Mit allen geredet. Logo.»

«Und was ist mit dem armen Menschenkind unten vorm Haus?»

«Häh?»

«Die junge Frau mit dem Kind auf dem Arm.»

«Keine Ahnung. Was ist mit der?»

«Sie will Sie sprechen.»

«Mich?»

«Seit gestern schon.»

«Aber ich habe keine Autogrammkarten dabei. Das sollte doch keiner wissen, daß ich hier... Woher weiß die Torte das?»

«Die äh... Torte will kein Autogramm. Sie will ein Gespräch. Ein kurzes. Mit Ihnen! Kann ich ihr sagen, daß Sie sich die Zeit dafür nehmen? Sagen wir in einer halben Stunde? Ja, nicht wahr, mein Sohn, wir sülzen hier jetzt nicht weiter rum. Wir machen unsere Zigarette aus, so, siehst du, und nun gehen wir uns was Anständiges anziehen. In einer halben Stunde im Foyer. Gott sei Dank. Bis gleich.»

Als Hedwig mich sah, tippte sie spontan auf einen Notfall und war sehr alarmiert. Aber ich mußte nur meinen Kopf gegen ihr Schlüsselbein legen und diesen überirdischen Lachreiz niederkämpfen. Ich gestand Hedwig, was geschehen war. Sie versuchte zehn Sekunden zu zürnen, dann platzte es aus ihr heraus. Am Ende schrie sie vor Lachen, da stand ich schon am Fenster und hielt Ausschau nach Mutter und Kind. Plötzlich fürchtete ich, daß sie sich endgültig hatte vertreiben lassen.

«Bin gleich wieder da», murmelte ich und schoß aus Hedwigs Räumen. Auf dem Weg nach draußen konnte ich mich nicht mehr daran erinnern, ob sie noch Lockenwickler getragen hatte oder nicht.

Sie stand an der Haltestelle in der Bautzner Landstraße. Als ich sie entdeckte, war die Straßenbahn fast genausoweit von ihr entfernt wie ich. Ich setzte mich in Bewegung. Die Straßenbahn war schneller, aber ich war lauter.

Auf dem Rückweg mußte ich immer wieder erklären.

«Und er will mich wirklich sehen? Sie haben ihn dazu gebracht? Sie sind ein guter Mensch.»

«Ach was. Gutaussehend vielleicht. Aber nicht gut.»

«Warum tun Sie das für uns?»

«Es ist wegen Ihrer traurigen Augen. Sie haben so lange gewartet...»

«Ja, es ist mir wirklich wichtig», sagte sie. Im Gehen piekte ich auf den Handrücken des Babys. Die Dinger faßten sich wirklich knuffig an. Fast so wie Katzen.

Vor dem Eingang wurde es dann noch einmal schwierig.

«Kommen Sie», sagte ich aufmunternd. «Die da drinnen wissen Bescheid. Die tun Ihnen nichts.»

Die da drinnen wußten nicht Bescheid, weil ich vergessen hatte, es ihnen zu sagen. Die beiden Wächterinnen wollten sich auch sofort auf den Weg zu uns dreien machen. Mein Glück war, daß in diesem Moment Schwabbel um die Ecke bog. Er hatte das getan, was er wohl unter «zurechtmachen» verstand. Jetzt wußte ich, was der Unterschied zwischen Fernsehen und dem richtigen Leben war. Live war alles doppelt so schlimm. Dann standen sie sich gegenüber, Schwabbel und seine Anhängerin.

«Na bitte», sagte ich mit forcierter Munterkeit, «jetzt steht zusammen, was zusammengehört. Darf ich vorstellen. Dies ist äh... Herr Diamond. Und hier haben wir Frau...»

Sie nahm das Baby, hielt es Schwabbel entgegen, und er fand sich plötzlich mit einem Kind auf dem Arm.

«Ich heiße Agneta», sagte die Mutter und strahlte in unerhörter Intensität. Ich hätte es schöner gefunden, wenn das Baby in Schwabbels Armen einen Weinkrampf bekommen hätte, aber man konnte nicht alles haben. Im Bewußtsein, eine gute Tat vollbracht zu haben, ließ ich die beiden allein. «Familienzusammenführung», raunte ich den Frauen am Empfang zu. Dann folgte ich dem Ruf meines Herzens.

## 25 Ein Nachwuchsstar gibt den Schläger ab

Die Halle brummte. «Volle Hütte!» rief mir ein Mann zu, der mich offenbar besser kannte als ich ihn. Vielleicht bekam er noch Geld von mir. Ich legte den Arm um Hedwig, damit sie mir nicht verlorenging. Weil ich sowieso in der Halle war, hatte ich gleich den Halbfinaltag übernommen. Dafür durfte Tamara zu Dynamo gehen, Besendahl trieb sich in der vierten Liga herum. Wir waren noch nicht in Sichtweite unserer Plätze, da hatten mich bereits acht Bekannte und Kollegen begrüßt. Ich nahm ihnen nicht übel, daß sie – wiewohl sie mit mir sprachen – Hedwig anblickten. Sie hielt sich in solchen Momenten stets tadellos und sprach meine Bekannten nicht auf Kleidung, Haarschnitt und Wortwahl an, um sie nicht der Illusion zu berauben, der menschlichen Rasse anzugehören. Die meisten Journalisten aus dem dritten und vierten Glied wurden mit der Zahl ihrer Berufsjahre ihren Themen immer ähnlicher, was sich bei Sport und Lokalem selten segensreich auf ihre Attraktivität auswirkte. Vielleicht rührte daher Hedwigs Wunsch, mich neu eingekleidet zu sehen. Aber sie war für mein Ansehen wertvoller als 20 neue Anzüge. Um so größer der Schreck, als ich plötzlich feststellen mußte, daß ich sie im Gewimmel verloren hatte. Ich fand sie vor den Logen, wo sie mit einer Frau...

«Donnerwetter», sagte Warsteiner vom *Elb-Boten*, «deine Kegelbrüder reichen dir wohl nicht mehr.»

Neben Hedwig stand Gottvater persönlich, und da er so vertraut mit der zweiten Frau redete, schluckte ich trocken und überlegte spontan, mit welcher Ausrede ich mir die bevorstehende Einladung zu einem Vierpersonentee mit zierlicher Plauderei vom Hals schaffen konnte. Fast wäre mir der taktische Rückzug geglückt, aber ich hätte wissen können, daß bei Hedwig die Augen rund um den Kopf herum angeordnet waren.

Zuckersüß rief sie meinen Namen, und ich trottete zu meiner Herrin und Gebieterin. Dann stand ich Gottvater und seiner Regierung gegenüber.

«Darf ich euch den Mann meines Lebens vorstellen.» So lauteten Hedwigs Worte. Ich schwöre, daß ich kein einziges weggelassen oder – was mir ähnlicher sähe – hinzugefügt habe. Gottvater lächelte so huldvoll, daß ich ihn spontan für fähig hielt, ein Gespräch über Dynamos Aufstiegschancen zu bestreiten.

Wir plauderten über Stock und Stein, und langsam merkte ich, daß mich die beiden augenscheinlich für einen Artgenossen hielten. Als Hedwig dann von unserer Wohnungssuche anfing, zog ich wieder den Kopf ein, denn ich fürchtete mich davor, mit den beiden in einer WG zusammenzuleben. Aber sie waren nur voller Verständnis, und die Regierung sagte:

«Ich werde die Ohren offenhalten.»

Ich kam erst wieder zu mir, als Hedwig mich sacht auf meinen Stuhl drückte. «Ich bin solchem Small talk nicht gewachsen», stöhnte ich. Bergander und Anand schlugen sich ein. Ich erfuhr, daß sich die Frauen in einer Arztpraxis über den Lebensweg gelaufen und sofort sympathisch gewesen waren.

«Lade die bloß nicht ein, bevor ich saubergemacht habe.» Hedwig starrte mich an, dann platzte sie heraus. Ihr Lachen war das schönste Geräusch in der Halle mit 5500 Menschen.

Anand war ein Supertechniker. Er streichelte den Ball, schnitt ihn an, servierte tückisch, retournierte neiderregend. Wenn er zehn Prozent von Thomas Musters Vitalität besessen hätte, wäre er Weltklasse gewesen. So reichte es immerhin, unseren armen Bergander alt aussehen zu lassen. Anand machte mit dem Junior, was er wollte. An ein Break war für Bergander nicht zu denken, und um seine eigenen Spiele mußte er kräftezehrend kämpfen.

«Mich erinnert der Junior an ein nasses Handtuch», resümierte ich abgewogen, nachdem Anand den ersten Satz 6:1 gewonnen hatte.

«Ich weiß nicht», sagte Hedwig mitleidig, «mir kommt es so vor, als würde ihm etwas weh tun.» Kaum sah ich Bergander mit ihren Augen, hatte ich dieses Gefühl auch. Beim Laufen krümmte er sich unmotiviert nach vorn, zwischen den Aufschlägen hielt er sich eine Hand auf den Bauch, und in seinem Gesicht war nichts von der Spielfreude, die uns allen gestern so unterhaltsame Minuten beschert hatte. Das schlimmste aber war sein Spiel. Bergander hatte einfach keine Kraft. Er konnte sich gestern unmöglich verausgabt haben. Er war zu jung, bei ihm erledigte doch noch die Natur, wofür zehn Jahre ältere Spieler sich plagen mußten. Wenn er in den Pausen auf seinen Stuhl fiel, sah er aus, als wenn er nie wieder aufstehen würde. Während der Ballwechsel klebte er an der Grundlinie. Von seinem variantenreichen Spiel der letzten Tage war nichts mehr übriggeblieben. In der Halle schlug die Stimmung um. Zuerst feuerten wir Bergander an, rhythmisches Klatschen sollte ihn aufbauen. Es folgten zehn Minuten der Irritation, «Nun mal los»-Rufe und hochgehaltene Transparente des «1. Bergander-Fanclub». Er bekam das natürlich alles mit, und man spürte, wie er sich bemühte. Aber Anand machte die Punkte, wie er wollte. Beim Stand von 3:0 für Anand hatte der Schiedsrichter eine kurze Unterhaltung mit Bergander. Der Junior schüttelte den Kopf und schleppte sich auf den Platz. Anand schlug auf, setzte den ersten Ball ins Netz und servierte dann einen pflaumenweichen Sicherheitsaufschlag, den jeder Amateur mit der Mütze weggefangen hätte. Bergander zeigte keine Reaktion, starrte ins Nichts, dann – in einer Geste des Jammers – drehte er sich um, als wollte er sehen, wo der Ball abgeblieben war. Der Schläger fiel zu Boden, dann brach Bergander ein, erst auf die Knie, aber selbst dafür war er zu schwach, er kippte nach vorn, beide Arme vor den Bauch gepreßt, lag er auf dem Boden, von irgendwoher kam ein Ball gerollt, stieß gegen Bergander und blieb neben ihm liegen.

Von 5500 Zuschauern sprangen 5000 auf, kein spitzer Schrei, aber ein kollektives erschrecktes Murmeln. Mein erster Blick ging auf die Presseplätze zu Warsteiner, er war überrascht wie wir alle. Balljungen waren bei Bergander, Anand auch, Trainer, Begleiter, Offizielle, rings um die Loge des Ministerpräsidenten wuchsen junge Männer mit gut gepolsterten Jacketts wie Pilze aus dem Boden.

«Etwas im Abdomen», sagte Hedwig. «Blinddarm. Vielleicht der Magen.»

Zwei Rot-Kreuz-Helfer eilten mit einer Trage herbei, der Turnierarzt öffnete bereits sein Köfferchen.

«Was soll denn das?» fragte Hedwig, aber ich schob sie weiter durch den Gang. Ein Ordner stellte sich uns in den Weg.

«Meine Frau ist Ärztin», sagte ich. Dieser Satz war bei ihm nicht einprogrammiert, während er noch darüber nachdachte, strebten wir bereits auf Bergander zu. Sie drückten kompetent an ihm herum. Berganders Gesicht war schneeweiß und von Schweiß überzogen. Der pulsmessende Experte sprach mit einer Frau neben ihm. Ich hörte die Worte: «Er muß hier raus» und sperrte in Football-Manier für Massimo eine Gasse frei. In Tumulten war er als Fotograf gut zu gebrauchen. Der schmächtige Kerl tauchte einfach unter der Masse hindurch. Der Platz wimmelte von Fotografen, selten waren Ordner überflüssiger gewesen.

«Weshalb brauchen Sie so lange?» blaffte ich den Sanitäter an. «Blinddarmentzündung, das sieht doch ein Blinder. Nichts wie ab ins Krankenhaus mit ihm.»

Er sah mich respektvoll an: «Sie sind Arzt?»

«Und meine Frau.» Ich schwamm im Troß mit, der sich um den auf der Trage liegenden Bergander gebildet hatte und nun Richtung Katakomben strebte. Warsteiner war dabei, aber auch die *Depesche*.

«Er nibbelt ab», rief der Mann am Puls. Die Trage wurde abgestellt, der Blutdruck gemessen, auf Berganders Wangen gepatscht, ein Sanitäter öffnete einen Koffer, ein zweiter hielt einen Beutel mit Infusionsflüssigkeit in die Höhe. Ich war umzingelt von Profis, eine Gesellschaft, in der ich mich gern aufhielt. Aber nun begannen sich die Profis zu streiten. «Magen auspumpen, auf der Stelle!» verlangte einer der Ärzte. «Kreislauf stabilisieren und im Krankenhaus weiter abklären!» konterte ein zweiter.

«Sehen Sie nicht, daß der Mann vergiftet ist?» fragte der erste.

Ich sah den Turnierdirektor, ich sah die Kommissarin Panzer und das Faktotum Kiss, neben dem Warsteiner stand. Ich sah das schokkierte Gesicht von Anand. Mir war vor Angst um Bergander übel, denn wenn ihm etwas passieren würde, würden sie mich dafür auf den Haken nehmen. Einen wahnwitzigen Moment lang erwog ich ernsthaft, den Drohbrief heimlich in die Tasche der Kommissarin zu stekken. Ich wollte nicht für den Tod eines Menschen verantwortlich sein, die bloße Vorstellung machte mich fertig.

«Hören Sie endlich auf zu fotografieren», fauchte jemand Massimo an. Warsteiner vom *Elb-Boten* und sein Fotograf gehörten zu den Eifrigsten und Rücksichtslosesten.

«Wackelt», sagte der an Puls und Blutdruck, sie jagten Bergander eine Spritze in den Arm.

«Herrschaften, ich muß Sie bitten zu gehen!» rief der Turnierdirektor. «Sie behindern die Arbeit der Ärzte.» Solche Sätze formulierten die Verantwortlichen, und wir mußten sie ignorieren. Die Belohnung folgte auf dem Fuß. «Mein Junge! Wo ist mein Junge!» rief Berganders Mutter, boxte sich den Weg frei und sank neben der Trage zu Boden. Blitzlichter, Flüche, die Ordner drängten uns ab.

«Mach dich nützlich!» zischte ich Hedwig zu, bevor mich zwei Bäuche von der Trage wegstießen.

Massimo erging es schlecht, irgend jemand verpaßte ihm einen Schlag. Ich hörte unseren Fotografen protestieren, aber jetzt war nicht die Zeit, um entgegengehaltene Presseausweise zu studieren. Wir flogen aus den Katakomben, und Warsteiner sagte freudestrahlend:

«Ich begreife gar nicht, warum ich Tennis bis vor drei Tagen so langweilig gefunden habe.»

Die Halle vibrierte vor Gerüchten. Man stand in Grüppchen zusammen und tauschte Meinungen aus, die beliebteste lautete «Mordanschlag». Alle Kollegen standen unter Strom. Tamaras Erzfeindin von der *Depesche* bearbeitete ihre hypermoderne Übertragungstechnik, die laut Tamara auch als Mikrowelle zu gebrauchen war, und sagte zu mir, ohne vom Bildschirm hochzublicken:

«Erst der Schwede, jetzt Bergander, wer da noch nach Beweisen fragt, macht sich mitschuldig.» Ich hatte das Gefühl, als würde der zweite Drohbrief in meiner Tasche Stromstöße austeilen. Noch ein Mordanschlag? Diesmal mit Gift? Pfeilgift? Curare? Wie kam ich auf Curare? Ich mußte irgend etwas gelesen haben. Der Hallensprecher warf Schlafpillen in die Menge:

«Wegen eines tragischen Mißgeschicks mußte das erste Halbfinalspiel unterbrochen werden. Wir informieren Sie, sobald wir absehen können, wann das Spiel wieder aufgenommen wird.» Um mich erhoben sich Hohn und Spott über die hilflose Lüge.

«Anfänger! Das hättet ihr bei der SED lernen können, wie man eleganter lügt.»

Ich war heute nicht zum erstenmal in dieser Halle, deshalb wußte ich, wo der zweite Zugang zu den Umkleideräumen lag. Nachdem ich das Gedrängel auf dem Gang durchlitten hatte, wurde es schlagartig menschenleer. Zweimal um die Ecke gebogen, ein kurzes Stoßgebet, und mein Wunsch wurde erhört. Wo sonst ein Wächter die Grenze zwischen Publikums- und Spielerbereich bewachte, standen jetzt ein verlassener Stuhl und eine mit Zigarettenkippen gefüllte Untertasse. Eine abgeschlossene Tür, eine zweite abgeschlossene Tür, Blutdrucksteigerung, zwei offene Türen: Duschen für Männlein und Weiblein, dann erweiterte sich mein Tunnelblick, und ich entdeckte das Schild «Garderobe Herren».

Ich fand es immer wieder erstaunlich, daß sich verwöhnte Millionäre mit diesem Turnhallen-Ambiente abspeisen ließen. Nur eins fand ich noch erstaunlicher:

«Bezahlen die Ihnen in Meißen nicht genug, daß Sie am Wochenende putzen gehen müssen?»

Sie sprang vor Schreck in die Höhe und begann einen Satz mit «Ich... ich...», der nie ein Ende fand. Ich schaute auf den Flur hinaus, schloß dann die Tür und sorgte dafür, daß sich Bibiane Rottluff auf die Bank setzte.

«Sie sehen ja schrecklich aus. Machen so was wohl nicht täglich, was? Fehlendes Training.» Nach meinem Pausengeplauder ging es endlich:

«Sie denken das Falsche», behauptete sie.

«Und was denke ich?»

«Daß ich... na, daß ich...»

Die Frau war völlig fertig. Ich fragte mich, wie sie es geschafft hatte, die Garderobe zu finden.

«Ich kann Ihnen alles erklären.»

«Warum fangen Sie nicht gleich damit an?» Aber ich war zu freundlich gewesen, denn in dem Maße, in dem ich ihr gut zuredete, sah sie mich erst nachdenklich, dann überrascht an:

«Und Sie? Was machen Sie eigentlich hier?»

«Der Pastor schickt mich. Bergander hat nach einem Foto seiner Mutter verlangt.» Mit den Pastoren hatte ich's, seitdem mich Schwabbel Diamond für einen hielt. Dafür, daß der Osten jahrzehntelang eine atheistische Region gewesen war, reagierten die Menschen erstaunlich gottesfürchtig. Aber die Rottluff war ja eine aus dem Westen.

«Hatten Sie Ihren Raubzug schon länger vor, oder ist Ihnen die Idee erst nach Berganders Zusammenbruch gekommen?»

«Ich will nichts stehlen. Für was halten Sie mich?»

«Für eine attraktive Lügnerin. Für was halten Sie sich? Für Berganders Mutter? Aber wahrscheinlich flöhen Sie da gerade den Turban von Anand.» Sie wollte etwas sagen, da wurde die Tür aufgerissen, ein Sanitäter schoß herein. Bevor sich zwischen seinen Ohren unheilvolle Prozesse abspielten, sagte ich schnell:

«Sie wollen bestimmt das Riechsalz bringen. Zu freundlich, aber meine Kollegin steht schon wieder.» Um ihm das zu beweisen, zog ich die erstarrte Frau in die Höhe, danach zeigte ich ihm, wie schön sie gehen konnte. Ich erfuhr bis zum Schluß nicht, was er hier gewollt hatte. Auf dem Flur bog ich spontan nach rechts ab. Dann entschied ich mich anders und steuerte mit der Rottluff das Auge des Orkans an.

Ich trat in dem Augenblick über die Schwelle des Raums mit dem Namen «Massage», in dem Bergander seinen Mageninhalt in eine Schüssel abgab, die ihm von Hedwig hingehalten wurde. Mutter Bergander hielt derweil den Kopf ihres Lieblings. Die Rottluff wandte sich ab, und ein Arzt sagte kategorisch:

«So wird das nichts. Wir pumpen den Magen aus.» Er drehte sich zur Tür und sagte:

«Wenn auch nur das Geringste schiefgeht, werde ich öffentlich erklären, daß Sie unfähig waren, uns in Ruhe arbeiten zu lassen.» Und noch eine Premiere: Während der Turnierdirektor damit beschäftigt war, die Hände zu wringen, warf mich meine eigene Geliebte hinaus. Ich lächelte ihr verschwörerisch zu, aber sie hatte ihren Ich-weiß-garnicht-wer-Sie-sind-Gesichtsausdruck aufgelegt.

«Wie ernst ist es?» fragte ich und machte Hedwig so unauffällig wie möglich darauf aufmerksam, daß ich eine Art Gefangene dabei hatte. Hedwig blickte mich an, als wäre ich der zweite Notfall. Ich rollte die Augen und sagte zur Seite:

«So, Frau Rottluff, und jetzt machen Sie sich auf eine wenig fröhliche Nachricht gefaßt.» Fortsetzung Augenrollen, und Hedwig sagte:

«Wenn wir ihn durchbringen, stifte ich einen Stein für die Frauenkirche. Was heißt einen? Zwei.»

Die Rottluff wankte, ich mußte mich zusammenreißen, um meine schlagfertige Geliebte nicht mitten auf den Mund zu küssen.

«Wo wollen wir reden?» fragte ich auf dem Flur streng. Auf die Pressetribüne konnte ich nicht, weil dort selbst die Schalensitze Ohren hatten. In ein Lokal wollte ich auch nicht, weil sich die Rottluff bis dahin womöglich wieder stabilisiert hätte. So landeten wir im Duschraum. In diesem Ambiente hatte ich diverse Interviews geführt, entweder nach großen Siegen oder nach großen Niederlagen.

So professionell die Assistentin aus Meißen sich sonst zu geben verstand, in diesen Minuten war sie ein Häufchen Elend. Ich war bereit, ihr alles zu glauben, es mußte nur ins Konzept passen. Das war nicht schwer, denn ich hatte in dieser verwirrenden Situation ja gar kein Konzept.

«Ich wollte nichts stehlen», sagte sie.

«Nicht mal eine Socke Ihres sportlichen Lieblings? Ich verrate es auch nicht Ihrem Freund.»

Dann kam sie endlich auf Touren. «Sie wollen mich rausschmeißen, weil sie einen Sündenbock brauchen. Das überlebe ich nicht, ich habe so lange darauf hin gearbeitet. Einen Fehler macht jeder mal. Ich habe mir nichts vorzuwerfen, ich wollte nur gut sein. Als Frau müssen Sie doppelt so...»

«Zwischenfrage: Wovon reden Sie eigentlich?»

Es war ein mühsames Geschäft, aber ich hörte einfach nicht auf zu fragen. Und dies war die Beute: Es gab noch einen dritten Brief! Nicht nur Strindberg und Köchlin waren bedroht worden. Der Adressat des dritten Briefs war die Porzellanmanufaktur Meißen gewesen. Allerdings war dieser Brief zeitlich der erste, und um einen Drohbrief hatte es sich im strengen Wortsinn auch nicht gehandelt.

An dieser Stelle unseres Gesprächs hätte ich gern meine Hände um den schönen Hals meiner Informantin gelegt und sie etwas gewürgt. Sie spürte wohl meine Ungeduld und redete fortan überlegter.

Vor zwei Wochen war in Meißen ein Brief eingegangen: Poststempel Dresden, kein Absender. Der oder die Unbekannte hatte sich über Themen wie «Heimat», «Heimatliebe» und «Verantwortung vor der Geschichte» ausgelassen. So müsse man von einem echten Sachsen verlangen können, sächsisch zu denken und sächsisch zu handeln. Wer dies nicht mit der Muttermilch eingesogen habe, dem müsse man so lange auf die Finger klopfen, bis er es kapiert habe. Gerade von Millionären müsse man verlangen, daß sie hohe Werte nicht wegen eines schäbigen Silberlings verraten. Das Größte an Sachsen, neben dem zu früh gestürzten und zu radikal vergessenen Herrscherhaus der Wettiner, sei das Meißener Porzellan. Meißen sei die einzige Firma, die in drei verschiedenen Staatsformen – Feudalismus, Sozialismus, Kapitalismus – den Namen Sachsens und alle seine guten Eigenschaften in der Welt hochgehalten habe. Dies dürften auch Millionäre aus dem Sportbereich nie vergessen, schon gar nicht, wenn sie nicht so fremd seien, wie sie möglicherweise in gutem Glauben denken würden.

«Jetzt verstehe ich, warum Sie den Brief weggeworfen haben», sagte ich. «Bei so einem Gedächtnis würde ich auch kein Blatt Papier aufheben.»

Aber sie war untröstlich, denn jetzt interessierte sich auch die Polizei für das Scharmützel zwischen Meißen und dem frechen Konkurrenten Fabarius. Die Rottluff hatte zugegeben, daß sie zwei Wochen vor dem Drohbrief an Strindberg ein anonymes Schreiben erhalten und es weggeworfen hatte.

«Weil ich es für Unsinn gehalten habe», sagte sie kläglich. «Weil sich das alles so psychopathisch anhörte. ‹Sächsisch denken, sächsisch handeln›, ich bitte Sie. Das klingt doch wie ‹Ein guter Deutscher kauft nicht bei Juden›.»

Sie erlitt einen akuten Moralschub, der erfahrungsgemäß mit der Ausschaltung höher entwickelter Hirnregionen einhergeht.

«Und was soll das alles mit dem Mord zu tun haben?» rief sie. Ich bat um Mäßigung, denn die gekachelten Wände verstärkten jedes Wort. Offensichtlich hatte sich Kommissarin Panzer über die Wegwerfpolitik der Rottluff geärgert und dies gegenüber der vorgesetzten Ebene in Sätze gefaßt. «Plötzlich soll ich an allem schuld sein», jammerte sie. Ich fragte, ob sie mir aus der Erinnerung diesen ominösen Brief aufschreiben könnte. Es stellte sich heraus, daß dies auch der Wunsch der Kripo gewesen war und solch ein Brief seit heute vormittag existierte. Sie griff in verschiedene Taschen, hielt ein winziges Etwas zwischen zwei Fingern und entfaltete es zu einem DIN-A4-Blatt. Ich las das Gedächtnisprotokoll. Die Formulierungen waren so verschroben, sie konnten unmöglich zum Wortschatz dieser jungen Person gehören. Ihr Gedächtnis funktionierte neiderregend.

Plötzlich Aufregung auf dem Gang, Männerstimmen, widersprechende Frauenstimmen, und keiner hatte gute Laune.

«O Gott, wenn man uns hier drin findet», sagte die Rottluff.

«Wieso? Wir duschen doch nicht zusammen.» Sie blickte mich prüfend an, und ich sagte: «Ich habe heute morgen schon geduscht.» Ich sagte ihr nicht, daß dies allein für Hedwig geschehen war. Sie aß auch einen Apfel lieber, wenn er vorher gewaschen worden war.

«So, und nun erzählen Sie mir, was Sie in Berganders Sachen gesucht haben.»

«Ach, ich weiß auch nicht. Es war nur so eine Idee.»

«Vielleicht Panik?»

«Vielleicht. Die Gelegenheit war so günstig. Ich hatte das nicht vor, Sie dürfen nicht denken, daß ich... na ja... Sie haben doch gestern gesagt, daß nicht nur Strindberg bedroht worden ist, sondern auch Bergander.»

«Haben Sie das etwa der Polizei gesagt?»

«Was?»

«Das mit dem Brief an Bergander.»

Sie erinnerte sich nicht mehr. Ich fragte zehnmal nach, ob sie gegenüber der Polizei den zweiten Drohbrief erwähnt hatte. Eine Frau mit diesem Gedächtnis! Auf dem Gang Geräusche. Ich schaute hinaus und sah noch, wie Bergander davongetragen wurde. Plötzlich standen Menschen an den Waschbecken des Duschraums, kein Gedanke an Geschlechtertrennung. Bibiane Rottluff mit dem wankelmütigen Gedächtnis versuchte, aus eigener Kraft den Ausgang zu finden. Ich spielte Menschenfischer und zog meine ebenfalls davonstrebende Geliebte am Arm aus dem Sog Richtung Halle. Im besten Fall hatte Bergander eine Lebensmittelvergiftung, schlimmstenfalls steckte ein vorsätzlich zugeführtes Gift in seinem Körper.

«Er ist jung, gesund und durchtrainiert. Das wird ihm helfen, die Sache zu überstehen», sagte Hedwig.

«Wie rücksichtsvoll du mir andeutest, daß ich besser nie mehr im Leben angegammelte Wurstscheiben essen sollte.»

Mit einer laut lachenden Frau an der Hand betrat ich wieder die Halle und rief von meinem Presseplatz aus Tamaras Nummer an. Obwohl ich im Telefonhintergrund Frauenstimmen hörte, war sie sofort bereit, meinen Dienst in der Halle zu übernehmen.

## 26 Das Strahlen im Wohnklo oder: Wer Briefe schreibt, tötet nicht

«Ach, mein Lieber», sagte Hedwig auf dem Weg zum Parkplatz und schmiegte sich an mich. «Ich finde es so schön von dir, daß du mir doch den Nachmittag schenkst.»

Ich schluckte und suchte nach dem idealen Satz, von dem ich aber schon wußte, daß er nicht existierte.

«Dein Kollege vom *Elb-Boten* hat mich angesprochen», fuhr sie fort. «Er wollte wissen, wie wir mit Phil Diamond zurechtkommen. Es war doch abgemacht, daß er incognito bei uns ist.»

«Ich habe nichts verraten», stellte ich klar.

«Woher weiß er es denn dann?»

Das hätte ich auch gern gewußt. Ich nahm die nächste Straße links.

«O Gott, der Chef.»

«Morgen, Pulitzer. Das, was neben mir steht, ist eine Dame. Und wer sich Damen so zeigt wie du, begeht eine strafbare Handlung.»

«Aber, aber ... ich sehe ganz normal aus.»

«Das sagte ich doch. Danke, wir kommen gern auf fünf Minuten herein. Paß auf, daß du nicht aus Versehen etwas anfaßt, Liebes.»

Füße und Oberkörper waren nackt, und sein Gesicht sah aus, als wäre es beim Eishockey von einem Puck getroffen worden. Dennoch war etwas in dieser Ruine, das mich irritierte, so ein Strahlen von innen. Ich erinnerte mich, wann meine Augen zuletzt so ausgesehen hatten: in den ersten Tagen mit Hedwig.

Die Küche in Pulitzers Einzimmer-Wohnklo sah aus, als hätte ich einen von meinen Eltern unterschlagenen Zwillingsbruder.

«Da können Sie nicht rein», sagte Pulitzer und stellte sich vor die Tür.

«Du hast Besuch von einer Frau.»

«Nein. Ja.»

«Kenne ich sie?»

«Aber nein!»

«Hast du sie gefragt?»

Hedwig kniff mich in die Seite, ich wurde sachlich. An den Küchenschrank gelehnt, sagte ich:

«Berichte. Laß nichts aus.»

«Ich habe eine Spur», sagte er und stellte endlich das nervtötende Kratzen auf der Brust ein. «Ich glaube, wir sind dicht dran.»

«Ich höre.»

«Ich kann im Moment noch nichts sagen. Vertraulichkeit, das verstehen Sie sicher.» Das verstand ich, aber nur, wenn sich die Vertraulichkeit nicht gegen mich richtete. Pulitzer trat dicht an mich heran und raunte:

«Ich habe eine Frau kennengelernt.»

«Du sollst deinen Vorgesetzten nicht anlügen.»

«Eine Traumfrau.»

«Paß auf, Pulitzer, sie will nur das eine von dir.»

«Das stimmt», sagte er mit selig verdrehten Augen.

«Ich dachte jetzt mehr an Geld.»

«Das ist nicht wahr. Das nehmen Sie zurück. Das dulde ich nicht, daß Sie Mona so ...»

«Okay, okay, Pulitzer. Mona ist also die Ausnahme. Was weiß sie?»

«Strindberg hatte einen Feind», flüsterte er.

«Pulitzer», flüsterte ich zurück.

«Ja?» flüsterte er.

«Willst du mich veralbern?»

Er schüttelte, was er hatte, vor allem also seinen Kopf.

«Ich brauche noch einen Tag, Chef. Dann habe ich den Täter.»

«Ein Tag?»

«Jawohl. Höchstens zwei.»

«Zwei also.»

«Genau. Maximal drei. Und jetzt muß ich wieder ...»

«Nein, du mußt nicht gleich wieder. Wo verbringst du deine Abende?»

«Wo? Aber es war doch abgemacht, daß ich in den Puff gehe. Da fühle ich mich wohl. Da erfahre ich am meisten. Ein Tag noch, Chef. Was ich weiß, weiß keiner. Und es dient nur Ihrem Schutz, wenn Sie es nicht wissen.»

«Wieso das denn?»

Er warf Hedwig einen Blick zu und trat noch dichter an mich heran. Dann hauchte er:

«Wenn man Sie foltert, können Sie nichts sagen.»

«Und wenn man dich foltert?» Er fiel vor Schreck fast um. Offensichtlich hatte er an diese Möglichkeit noch keine Sekunde gedacht. Ich klopfte Pulitzer auf die Schultern und sagte:

«Einen Tag hast du noch. Begib dich nicht unnötig in Gefahr. Wenn es riskant wird, bist du raus aus dem Spiel. Haben wir uns verstanden?»

Er nickte, aber seine Augen sagten mir, daß er log. Daran erkannte ich, daß Pulitzer vielleicht doch das Talent für einen guten Reporter besaß. Er fragte mich noch, wohin er seine Spesenquittungen schikken sollte. Ich nannte ihm das Sekretariat des Chefredakteurs.

Auf dem Weg zur Wohnungstür öffnete ich aus Versehen die falsche Tür. Pulitzer quiekte vor Schreck, ich sah mich mit vier Bar Augendruck um, aber die Frau hatte sich dermaßen in die Bettdecke eingedreht, daß außer ihren blonden Haaren nichts zu erkennen war.

50 Meter vor der Klinik hatte ich Hedwig immer noch nicht gestanden, daß aus unserer Wohnungssuche heute nichts mehr werden würde. Ich parkte den Corsa in einer Bucht für die Angestellten, hielt mich mit beiden Händen am Lenkrad fest und seufzte.

«Mein Armer», sagte meine Lieblingsstimme, «weißt du nicht, wie du es dem Kind beibringen sollst?»

Ich sah sie an, sie war so schön, so rundum verliebt war ich in nichts mehr gewesen seit den besten Zeiten von Hennes Weisweilers Mönchengladbacher Fohlen-Elf in den siebziger Jahren. Ich mußte aufpassen, daß ich Hedwig nicht zur Madonna stilisierte und über dieser Heiligsprechung mein sexuelles Begehren verlor.

«Jetzt weiß ich, wie ich's dir beibringe», sagte ich, beugte mich zu ihr hinüber und flüsterte es ihr ins Ohr.

Es wurde nicht der ultimative Sex, daran war Pulitzer schuld. In denjenigen Phasen des Ablaufs, in denen eine Störung der Phantasie kontraproduktiv wirkte, erschien er vor meinem geistigen Auge, lag mit Handschellen an Armen und Beinen gefesselt auf einem Schreibtisch, und zwei Huren machten sich an ihm zu schaffen. Sie trugen durchsichtige Wäsche, die aus Klarsichthüllen geschneidert war, und rissen Pulitzer sämtliche Brusthaare, also vier Stück, ab.

«Wo bist du mit deinen Gedanken?» fragte mich Hedwig mittendrin. Ich konnte ihr unmöglich die Wahrheit sagen, aber sie war eine emanzipierte Frau und konnte sich gut auch einmal mit sich selbst beschäftigen. Als perfekte Gastgeberin sorgte sie dafür, daß es ihrem Bettbesuch an nichts fehlte. Wie nach jedem Beisammensein jenseits von Textilien war mir minutenlang meine Neugier auf die Welt abhanden gekommen. Nicht einmal die Sportkanäle reizten mich. Als ich das Gefühl hatte, daß Hedwig sich über das Ausmaß an genossener Zuwendung nicht mehr beklagen könnte, kriegte ich langsam die Kurve zu dem, was mich umtrieb.

«Und Köchlin? Wie geht's dem inzwischen?» Ich schlief fast ein bei der Frage. Hedwigs Antwort lautete:

«Zimmer 426. Grüß ihn von mir.»

Er lag auf dem Balkon und genoß die Sonnenstrahlen, die sich durch die Wolken kämpften. Er hatte sich warm eingepackt, neben der Liege ein dickes Buch.

«Ich denke, Sonne ist ungünstig», sagte ich nach unserer Begrüßung.

«Wenn Sie alle Termine für die kommenden acht Wochen abgesagt haben, dann, mein Lieber, wird die Sonne wieder zu der Erquickung, die sie ja schließlich ist.» Hedwig hatte offensichtlich die Barrikaden des überforderten Mannes gestürmt. Seine Haut war natürlich noch kaputt, aber sie wirkte nicht mehr wie mit dem Feuerwerfer angegriffen.

«Sie sehen auch nicht gerade krank aus», sagte Köchlin.

«Jeder hat so seine Lieblingsmedizin.» Ich war sicher, daß er wußte, wo ich vor einer halben Stunde gesteckt hatte. Immerhin trug ich leichte Hauskleidung und kam erkennbar nicht von außerhalb. Bevor wir uns in einen Dialog nach dem Motto «Reife Männer im Angesicht des Vorruhestandes» verlieren konnten, zog ich das Papier aus der Hemdtasche. Während er las, hielt ich meinen Mund. Von hier oben blickte man auf den Rand des Wintergartendachs. Jemand hatte seine Sporttasche neben der Sitzgruppe vergessen. Als Köchlin gelesen hatte, wandte ich mich ihm wieder zu und hatte im letzten Moment das Gefühl, als hätte sich die Tasche bewegt. Ich sah noch einmal hin und holte Köchlin zu Hilfe.

«Das ist ein Baby», sagte er. «Vielleicht der kommende Wimbledonsieger.»

Dann sprachen wir über den Brief. «Also, Herr Köchlin, soweit wir wissen, ist dies das allererste Schreiben des Menschen, der später dann Strindberg und auch Sie bedroht hat. Stimmen Sie mir zu?» Das tat er leider nicht. Er fand zig Gründe, um von zwei verschiedenen Autoren auszugehen, vor allem die unbestreitbare Tatsache, daß im Brief an die Porzellanmanufaktur der Name Strindberg überhaupt nicht vorkam. Es fiel mir schwer, ihn ausreden zu lassen, ich mochte keine störrischen Gesprächspartner. Dann zählte ich auf, was für meine Theorie sprach.

«In dem Brief, der direkt an Strindberg gerichtet ist, heißt es: ‹Dies ist unsere letzte Warnung.› Also hat es wenigstens eine erste gegeben, das ist dieser Brief hier.

Beide Male stammt der Brief von jemandem, der sehr an Meißen hängt, also an der Fabrik. Das könnte im Prinzip jeder Sachse sein oder jeder, der schönes Porzellan mag.»

«Oder jemand, der dort arbeitet. Vielleicht seit vielen Jahren. Denken Sie an Leute, die beim Daimler schaffen. Ich kenne Uhrmacher bei mir zu Hause, die im Jura arbeiten, in dem Tal, wo fast alle berühmten Uhrenfirmen sitzen. Wo der Arbeitsplatz vom Vater auf den Sohn übergeht und von dem auf den Enkel. Da kriegen Sie Gänsehaut, wenn Sie die über ihre Firma reden hören.»

«Was wollen Sie damit sagen?»

«Daß vielleicht jemand so fanatisch ist, daß er auch töten würde.»

«Okay. Und zwar wen? Einen, der, ich zitiere aus dem zweiten Brief, der ‹Geld von den Fremden› nimmt. Im zweiten Brief ist von Fabarius, der Konkurrenzfirma, die Rede, im ersten nicht. Aber im ersten gibt es mehrere Stellen, die auf Strindberg und Fabarius hinweisen. Hier. ‹Millionäre aus dem Sportbereich› und das Loblied von Meißen. Immerhin ist der Brief ja an die Firma als solche gerichtet, nicht an eine Privatperson. Und immer die Verbindung zu Sachsen. Hier, im ersten Brief: ‹sächsisch denken und sächsisch handeln›. Und im zweiten Brief heißt es: ‹Sachsen wissen, was sich gehört.› Beide Briefe stammen aus einer Feder, das spüre ich.»

«Dann haben wir den Fall eines klassischen Doppelfehlers», sagte Köchlin. «Wenn etwas schriftlich vorliegt, beißt sich die Polizei daran fest. Die Spurensicherer sind Teufelskerle. Wenn ich jemanden bedrohen würde, würde ich alles Schriftliche vermeiden.»

«Vielleicht weiß das der Verfasser nicht. Außerdem geht jeder Kriminelle ja davon aus, daß er derjenige ist, den sie nicht fassen werden.»

«Bis auf die Neurotiker und Wichtigtuer.»

«Aber dies hier scheint mir alles – wie soll ich sagen? – so erdverwachsen. Sachsen hier, Sachsen da. Und nirgendwo steht, daß der Briefschreiber sich bereichern will. Er fordert kein Geld, es ist, soweit wir wissen, auch nichts gestohlen worden. Dann folgt Brief drei. Er hat praktisch denselben Wortlaut wie der zweite. Er ist an Sie gerichtet, alles weist darauf hin, daß der Schreiber Sie haßt, seit Sie Manager von Bergander sind. Und die verhaßte Firma Fabarius wollte nach Strindberg nun Bergander sponsern. Deshalb nehme ich an, daß alle Briefe derselbe geschrieben hat.»

«Und wenn es so ist? Sind wir dadurch schlauer?»

«Ich ja. Allerdings in einer Weise, die mir nicht gefällt. Wenn alles oder auch nur das meiste stimmt, was wir eben über den unbekannten Schreiber gesagt haben, dann hat er Strindberg nicht ermordet.»

Wir waren in der Zwischenzeit ins Zimmer gegangen. Verdutzt sah ich zu, wie Köchlin ins Regal griff, eine Schale mit etwas breiähnlichem in der Hand hielt und einige Löffel davon aß. Der Brei sah aus wie frisch angerührter Zement.

«Warum nicht?» fragte Köchlin. «Warum ist der Briefschreiber nicht der Mörder?»

«Ich war dabei, als Ihr Freund Lars ermor... ums Leben kam. Ich habe gesehen, wie der Wagen ihn angegriffen hat. Ich habe gesehen, wie er über ihn gefahren ist, als er wahrscheinlich schon längst tot war. Und als ich nicht mehr hingucken konnte, habe ich alles gehört, wie die Knochen knackten, wie die Brust...»

«Es reicht!»

«Es war die Hölle. Ich komme darüber nicht hinweg. Und ich glaube auch nicht, daß die Zeit alle Wunden heilen wird. Die Briefe stoßen nur Drohungen aus. Sie wirken auf mich Wort für Wort gemütlich. Als wenn einer cool tun will, aber viel zu bieder ist, um den Profi-Tonfall zu treffen. Was Lars passiert ist, das war eine Hinrichtung. Das war Krieg, Schlachtfest, Massaker. Das war ein Profi. Die Briefe sind eine Welt, der Mord ist eine andere Welt. Und deshalb ist der Briefschreiber nicht der Mörder. Haben Sie hier eigentlich nichts zu trinken?»

## 27 Termine, Termine

«Der Tennisspieler schwebt nicht mehr in Lebensgefahr», sagte Hedwig, als ich zu ihr zurückkehrte. Sie hielt noch den Telefonhörer in der Hand. Alles sah nach einer Lebensmittelvergiftung aus, ein Eiersalat mit Mayonnaise hatte im Hotel vier weitere Gäste gefällt.

«Eiersalat? Zum Frühstück?» Während ich mich schüttelte, klingelte das Telefon. Hedwig reichte mir den Hörer.

«Zäpfchen für Zapfhahn. Die Polizei hat eine heiße Spur. Hört sich so an, als ob sie dicht an der Quelle sitzen.»

Mein Kollege, dem regelmäßig am Wochenende die Decke auf den Kopf fiel, hatte mit seinem Gewährsmann im Präsidium telefoniert, der schon für morgen eine Festnahme andeutete.

«Soll ich versuchen, mehr rauszukriegen?» fragte Zapf. Ich bat darum, erinnerte ihn aber zart daran, daß er morgen einen Arbeitstag hatte.

Ich legte auf, Hedwig, bei deren Aussehen von «Bekleidung» im eigentlichen Sinn nicht gesprochen werden konnte, trat auf mich zu, ich breitete schon die Arme aus, als das Telefon klingelte. Hedwig reichte mir den Hörer.

«Hallo, Frau Rottluff. Nein, Sie stören nicht.» Ich hoffte, daß ihr noch eine wichtige Information aus dem Brief eingefallen war, etwa eine Unterschrift mit vollständiger Adresse. Aber sie wollte von mir nur hören, daß ich sie nicht bei der Polizei verpfiffen und auch keinen Dreispalter über die räuberische Assistentin aus Meißen in Arbeit hatte. Ich beruhigte sie und wartete auf eine Frage zum Befinden von Bergander. Aber die Frage kam nicht. Sie hatte nur Angst um ihren Job, ich konnte ihr nicht helfen. Die Suche nach einem Sündenbock hatte ich in Redaktionen oft genug selbst miterlebt. Ich begriff nur nicht, welcher Nachteil der Firma durch das Verhalten der Rottluff entstanden sein sollte.

In letzter Sekunde fragte ich sie noch nach der Adresse des alten Meißen-Mannes. Sie reichte den Hörer weiter, Anton sprach in gewundener Form davon, daß der alte Herr «nicht ganz leicht» zu nehmen sei. Wahrscheinlich meinte er «halsstarrig und rechthaberisch». Ich sagte, daß mir ein Termin am Sonntag recht wäre und sah zu, wie Hedwigs Gesichtsausdruck das Entspannte verlor.

Ich küßte ihr die Enttäuschung fort und stellte erfreut fest, daß wieder zusammenzuwachsen versprach, was zusammengehörte, als das Telefon klingelte. Hedwig weigerte sich, den Hörer aufzuheben, und ich sagte:

«Ich mache das nur, weil es ja ein wichtiger Anruf für dich sein könnte, mein Liebes.» Dann riß ich den Hörer ans Ohr. Der Staatssekretär war dran:

«Kurland ist verhaftet worden.»

Bevor ich die Klinik verließ, warf ich einen Blick in den Wintergarten. Keine Sporttasche, kein künftiger Wimbledonsieger in Babyform.

## 28 Friede auf Erden oder dem Kurland kein Wohlgefallen

Als ich den Raum betrat, prallte ich gegen eine Wand aus staatsmännischer Besorgnis.

«Mein Beileid», sagte ich zur Begrüßung. Der Staatssekretär stellte vor: echte Staatssekretäre aus Dresden, Abgesandte der Bundesregierung, der Bundesbank; und der eitelste Kaspar kniff immer, wenn der Staatssekretär das Wort «Verfassungsschutz» aussprach, die Augen zusammen. Gut, daß ich in Begleitung meines berstenden Ego erschienen war, sonst wäre ich mir womöglich wie ein kleiner Sportreporter vorgekommen, der in dieser hochkarätigen Runde nichts verloren hatte.

«Wohl dem, der jetzt noch scherzen mag», sagte die rechte Hand des Innenministers. Ich hätte mich nicht gewundert, wenn er mir eine Hand auf die Stirn gelegt hätte, um meine Temperatur zu messen.

«Kurland ist verhaftet worden», sagte der Staatssekretär. Damit hatte ich die einzige Information, die ich bisher kannte, zweimal gehört.

«Was wirft man ihm vor?» fragte ich.

«Unterschlagung», sagte der Banker. Hätte ich die vier Kekse nicht in der Hand gehalten, sondern gekaut, hätte ich ihm beim Lachen alle Krümel ins Gesicht geblasen.

«Wie gefällt dir Betrug?» fragte der Staatssekretär.

«Warum versucht ihr's nicht mit der Wahrheit?»

Das war das Stichwort. Fünf staatstragende Funktionsträger hielten mir moraltheologische Monologe über das verderbliche Gut «Wahrheit». Man hörte jedem Satz an, wie ausgeleiert er nach vielfachem Gebrauch geworden war. Katinka, die kleine Tochter des Staatssekretärs, trippelte herein und stellte ein Nest mit Ostereiern auf den Tisch. Das war eine niedliche Geste, aber keiner der Hochkaräter warf einen Blick darauf. Ich streckte Katinka die Zunge heraus, damit sie an dieser blöden Erwachsenenwelt nicht ganz irre wurde. Sie strahlte mich an und stellte das Nest dichter zu mir. Ich hatte eben doch ein Händchen für Frauen.

«Okay, okay», sagte ich und hob zum Zeichen der Kapitulation beide Arme. «Kurland ist also verhaftet, an der Begründung wird noch gebastelt. Warum diese Mühe? Was macht den Mann so gefährlich, daß Sie ihn gestern überfallen müssen, während er gerade ein Fax an uns abschickt?»

Der Verfassungsschützer stand auf und betrachtete mich von oben. Immerhin trat er nicht an mich heran, um zu prüfen, ob ich nach Schwefel roch. Ich spürte die Skepsis, und wie immer, wenn ich mich nicht akzeptiert fühlte, machte ich mich doppelt so breit.

«Er ist mein Gewährsmann», sagte Katinkas Vater. «Er hat den besten Draht zu den Tageszeitungen, und er ist noch so relativ neu hier, daß keine falschen Loyalitäten gewachsen sein dürften. Dabei hat er ein feines Händchen für das, was in der Luft liegt. Für das Atmosphärische können wir uns keinen besseren wünschen. Und er kommt redaktionell aus einer Ecke, die quasi im Windschatten des öffentlichen Interesses segelt.»

«Sport», sagte der Banker. Ich brauchte einige Zeit, bevor ich begriff, daß er dies nicht herablassend gemeint hatte. Der Mann von der Bundesbank nahm das Wort:

«Kurland verbreitet große Nervosität. Das ist mein Hauptvorwurf an ihn – ein wenig justitiabler Vorwurf, wie ich sofort zugebe.»

«Sie meinen, da könnte etwas in Gang kommen.»

«Ohne weiter ins Detail zu gehen, darf ich doch so viel sagen, daß auf höherer Ebene einige Nervosität herrscht.»

«Auf der politischen Ebene.»

«Und auf der wirtschaftlichen. Das reicht über die Landesgrenzen hinaus. In dieser Sekunde denken in drei Erdteilen kluge Köpfe über Ihr kleines Sachsen nach. So bekannt waren Sie noch nie.»

«Sie sind nicht glücklich darüber.»

«Lassen wir doch das staatsmännische Getue», warf der Mann von der Bundesregierung ein. «Das kommt einfach nicht in die Tüte, basta und Ende. So einfach ist das.»

Hätte er die Blicke, die man ihm zuwarf, richtig gedeutet, hätte er sich jetzt in der Elbe ertränken müssen. Aber er war wohl kraft seines Amtes vor zu großer Empfindlichkeit für die Realität gefeit. Der Banker sagte:

«Wir haben es nicht mit einem bloß währungspolitischen oder wirtschaftspolitischen Tatbestand zu tun. Hier spielt die Psychologie eine große Rolle. Hier geht es um den Mythos Gold, um unser Urvertrauen in etwas, das ewigen Wert besitzt. Alles, was Währung ist, wird am Gold gemessen. Und was Währung ist, schützt uns vor dem großen Wackeln. Wenn Gold plötzlich beliebig zu vervielfältigen ist – egal mit welchem Aufwand – dann gute Nacht, Marie. Dann wackelt zuallererst nicht etwa der kleine Mann auf der Straße, der Sparbuchsparer, der den Erwerb von zwei Pfandbriefen für den Gipfel des Todesmuts hält. Der wird gar nichts kapieren. Zuerst wackeln meine zehn klügsten Kollegen in internationalen Aufsichts- und Lenkungsgremien.»

«Dann setzen Sie doch etwas anderes an die Stelle von Gold. Silber, Platin, Diamanten.»

«Na gut, das wird möglicherweise sogar gelingen. Aber bis es so weit ist, wird auch Silber und Platin nichts mehr wert sein, Verehrtester. Wer Gold nachmachen kann, warum soll der das nicht auch mit Silber schaffen? Es ist die Möglichkeit, die bloße Möglichkeit, die gar nicht erst entstehen darf. Es gibt nicht so viel auf der Erde, das ins Wanken kommen darf. Und das Geld gehört dazu. Wenn das internationale Währungssystem einstürzt, wird es alles mit sich reißen, was uns wert und teuer ist: zuerst die Menschenrechte und das Vertrauen in die Vereinten Nationen. Das Ende des Währungssystems bekannter Prägung wäre der Beginn nackter Barbarei. Dann wird der Mensch des Menschen Wolf, und wir werden uns alle wundern, wie schnell das geht. Nimm den Menschen die Sicherheit, die ihnen ihr bißchen Besitz bietet, und die Rattenfänger gewinnen die nächsten Wahlen. Mir fallen, schon ohne zu überlegen, sechs oder sieben weltpolitische Brennpunkte ein, wo in der nächsten Zeit nichts, absolut nichts passieren darf, was die labile Lage destabilisieren könnte. Kein Staat ist auf der sicheren Seite. Wir von der Fraktion Kapitalismus waren beim

Export unserer Spielregeln zu erfolgreich. Am Geld hängt alles. Und somit reduziert sich unser großes Problem auf die kleine Frage: Weltfrieden oder ein paar Wochen Knast für unseren Freund Kurland. Da fällt die Wahl doch nicht schwer, oder?»

Diese rhetorische Infamie mußte ich mir dringend von ihm erklären lassen. Auch noch der kleinste Zweifel hätte den Nachfrager aus der Gemeinschaft friedensliebender Menschen aussortiert.

«So sieht das aus», sagte der Mann von der Bundesregierung. «Wir wehren einfach den Anfängen. Selten genug, daß das geht.»

«Und wie wollen Sie die Zeitungen still kriegen?» Ich sah seinen Blick und verstand. «Sie sind bereits still, richtig? Sie haben die letzten 24 Stunden genutzt, jede einzelne Minute.» Er war noch nicht einmal stolz darauf.

«Das ist mein Job», murmelte er.

«Und nun zu Ihnen», sagte der echte Staatssekretär. «Es ist in der Tat nicht besonders schwer, die Eigentümer und Verantwortungsträger davon zu überzeugen, was in diesem Fall angebracht ist, zu tun und vor allem zu lassen. Dazu liegen die gemeinsamen Interessen einfach zu dicht beieinander. Und damit auch das Denken. Aber wie es darunter aussieht ...»

«... in der Kanalisation.»

Sie belächelten meine Empfindlichkeit, sie waren wirklich guterzogene Arschlöcher.

«Ich frage frei heraus», fuhr der echte Staatssekretär fort, «wie schätzen Sie die Möglichkeit ein, daß irgend jemand querschießt?»

«Wie sollte er, wenn er nicht an das Produktionsmittel herankommt? Er müßte ein halbes Dutzend Techniker und Drucker auf seine Seite ziehen.»

«Wie weit hat sich das Treffen mit Kurland in Ihrer Redaktion herumgesprochen?» Da war sie, die Frage, an deren Antwort ich schon seit Minuten feilte.

«Ich habe nichts gehört», log ich. «Aber wer etwas weiß, wird es nicht ans Schwarze Brett nageln.»

«Sondern was tun?»

«Zur Konkurrenz gehen. Die Geschichte wäre ein schönes Einstandsgeschenk für den *Spiegel*. Damit überspringen Sie diverse Gehaltsstufen.»

«Ich hab's ja gesagt», jammerte der echte Staatssekretär. «Die verdammte Auslandspresse.» Ich hielt ihm das Nest mit den Eiern hin. Vielleicht lag es bei ihm am Zuckermangel.

«Wir tun, was wir können», sagte der Mann aus der Hauptstadt. «Wir können es einige Zeit stoppen. Aber bei den bekannten Adressen... Bis dahin müssen Sie mit Ihrem Teil des Jobs fertig sein, sonst brennt uns doch noch was an.»

«Und was ist der andere Teil des Jobs?» fragte ich.

Er sah mich lange an, bevor er sagte:

«Kurland als Wahnsinnigen zu entlarven. Als einen, der sich in der Welt nicht zurechtfindet, der beschützende Hilfe braucht.»

«Klapsmühle.»

«Das habe ich eben nicht gehört.»

«Gut», sagte mein Staatssekretär, «nachdem wir uns jetzt ausgesprochen haben...» Alle standen auf und vertraten sich die Beine. Ich sah im Geist das halbe Lokalressort vor dem Layoutcomputer mit der Kurland-Headline sitzen. Wir lebten nicht in Hamburg, medienmäßig war Dresden Provinz. Das Fernsehen gehörte wie überall den Parteien, der Hörfunk zum größten Teil auch. Den Rest würde man mit der Zusage eines saftigen Werbebrockens ruhigstellen können. Wie wollten die auch eine Enthüllung über ihren Sender bringen? Nach eineinhalb Minuten kam ja schon die nächste Musik. Es würde nur in einem Medium laufen, das zu groß war, um Rücksicht zu nehmen. Oder zu klein.

Sie vernahmen mich zur gesamten Medienlandschaft der Stadt. Wir waren schnell damit durch und ich fragte:

«Was sagen denn die Spitzenforscher zur Goldthese? Kann es auf künstlichem Wege klappen?»

Mein Staatssekretär stand neben mir am Fenster, als er sagte:

«Die Antwort lautet nein. Weltweit nein.»

«Und die legendäre goldene Kaffeekanne von Kurland? Warum untersucht ihr die nicht?»

«Werden wir tun. – Sobald wir sie gefunden haben.»

«Gestern stand sie auf dem Frühstückstisch.»

«Ich weiß. Wir wissen aber auch, wer gestern alles Gast von Kurland war.»

Ich fuhr aus der Sichtweite der Dienstwagen vor dem Haus, dann wählte ich die Nummer. Bei ihm zu Hause nahm niemand ab. Die

Redaktionsnummer probierte ich nur, weil sie auf der ersten Taste eingespeichert war.

«Besendahl.»

«Das darf ja wohl nicht wahr sein. Warum machst du Samstag abend nicht die Tanzböden unsicher? Reife Jugend geht gut.» Natürlich lachte er nicht. «Hat dein Auto Standheizung?»

«Ach, ist das endlich erfunden?»

«Vergiß meine Frage. Besitzt du gefütterte Winterschuhe? Und eine Thermosflasche? Und Zeit?»

Eine Minute später waren wir uns einig, Besendahl machte sich sofort auf den Weg.

## 29 Ein Sportreporter kennt keine Freizeit

Abends führte Hedwig mich aus. Wir speisten in einem österreichischen Restaurant in der Neustadt, und ich vergaß wieder, die Karte von hinten nach vorn zu essen, obwohl es der richtige Laden für solche Taktik war. Keine Frau im Lokal sah besser aus als Hedwig. Eins ihrer ungelösten Geheimnisse war, wie sie es schaffte, nie ihre Haare zu verlegen. Sie mußte auch viel seltener ihre Zähne putzen als ich. Viel mehr Zähne hatte sie sowieso. Dafür kaute ich schneller, das glich manches aus. Ich aß wieder Tafelspitz, ich aß ihn jedesmal, obwohl ich mir seit Monaten vornahm, etwas anderes zu essen. Um uns herum tafelte das ZDF-Landesstudio.

«Ladet uns doch ein», forderte ich den Leiter freundlich auf, «dann könnt ihr die Sause absetzen.»

«Ich weiß eine bessere Lösung», entgegnete er freundlich. «Ich lade euch nicht ein und setze die Sause trotzdem ab. Was sagst du nun?»

Wir kamen ins Plaudern, und obwohl Hedwig uns zehnmal bat, nicht über den Beruf zu reden, kamen wir seltsamerweise immer wieder darauf zurück. Den ZDF-Leuten gefiel es in Dresden, sie wohnten schön, wenn auch teuer, freuten sich über das ständig wachsende Angebot an Restaurants, und beruflich verausgabten sie sich auch nicht gerade. Was sie «Arbeit» nannten, war für mich «Aktivurlaub». Sie fragten mich nach kommunalen Neuigkeiten aus, und ich ertappte mich in einer schrecklich verführerischen Sekunde dabei, wie ich über den Satz nachdachte, der mein Leben verändern konnte. Bevor ich ihn in einem Glas Wachauer ertränkte, lautete der Satz: «Ich brauche einen Termin beim Intendanten, ich habe die Story des Jahrzehnts.»

Es dauerte bis fast zum Nachtisch, bevor ich erkannte, wer am großen Ecktisch saß. Hätte der Turnierdirektor zur Einleitung seiner kleinen Rede nicht so angeberisch an sein Glas geklopft, wäre mir der Tisch vielleicht entgangen. Kuss trug ein schickes Jackett, aber er wäre auch im Bischofsornat zuallererst das Faktotum geblieben. Berganders Mutter trug eine Bluse mit hohem Kragen, die ihren langen Hals etwas kaschierte. Neben ihr saß Warsteiner, damit war der Abend für mich gelaufen. Die anderen kannte ich nicht.

«Kennt ihr die Typen?» fragte ich die ZDFler. Aber nach Feierabend kannten sie nicht mal mehr ihre Eltern. Hedwig versuchte noch zu verhindern, was nicht mehr zu verhindern war.

«Hallihallo», sagte ich und legte Warsteiner eine Hand auf die Schulter. Hätte ich gesehen, daß er gerade dabei war, ein Glas zum Mund zu führen, hätte ich diese kollegiale Geste selbstredend unterlassen. Während sich der Sportchef des *Elb-Boten* das Sakko trockenrieb, erfuhr ich vom Turnierdirektor, daß er die Manager, Trainer und medizinischen Betreuer einiger Spitzenspieler zu einem kleinen Abendessen eingeladen habe.

«Ich sehe Herrn Köchlin nirgends», sagte ich.

«Er war natürlich eingeladen. Aber ihm ist wohl etwas dazwischengekommen.»

«Abgereist ist er», knurrte Warsteiner. Sein Sakko sah aus, als hätte ihm jemand durchs Herz geschossen.

«Sie müßten doch eigentlich Näheres wissen», sagte ich Mutter Bergander auf den Kopf zu. Sie sah so vertrauenerweckend aus wie die Hexen in den Weihnachtsmärchen meiner Kinderjahre und erinnerte mich an Margot Honecker.

«Ich warte auf eine Nachricht», teilte sie mit. Ich genoß Warsteiners Blick.

«Kommt ihr weiter?» fragte ich ihn leutselig.

«Danke der Nachfrage. Und selber?»

Ich ließ ein vielsagendes Schweigen los. Warsteiner litt an seiner Neugier. Ich wußte, wie ihm zumute war, aber ich konnte ihm nicht helfen. Ich litt selber genug an meiner Neugier. Wie weit war er bei Mutter Bergander schon gekommen? Plötzlich verspürte ich große Lust, über Strindberg zu reden. So viele Mitglieder des Tenniszirkus würde ich nicht mehr an einen Tisch bekommen. Sie waren alle satt von den Mehlspeisen und milde gestimmt vom guten Wein. Aber ich durfte Hedwig nicht die Stimmung verderben.

Das ZDF zerfiel dann in Einzelpersonen und Paare, Hedwig animierte mich zu einem Spaziergang durch die Neustadt. Ich war zu leicht angezogen, sie gab mir ihr Tuch, damit ich es als Schal verwenden konnte. Es war schön, durch eine dunkle Stadt zu gehen. Ich sah nicht viel und wurde nicht von meinen Gedanken abgelenkt.

«Bist du glücklich mit mir?» fragte Hedwig.

«Mmh.»

«Wenn mich jemand fragen würde, ob ich mit dir glücklich bin, was, glaubst du, würde ich dem antworten?»

Plötzlich war ich hellwach, ich wartete, bis Hedwig die fünf Meter Rückstand aufgeholt hatte und legte ihr meinen Arm um die Taille. Ich wies auf die Sanierungsruine und sagte:

«Wäre das nichts für uns?» Ich spürte, wie mißtrauisch Hedwig war. Aber je länger ich über eine gemeinsame Wohnung redete, um so reizvoller erschien mir die Aussicht. Ich hatte vor 14 Jahren zum letzten Mal mit einer Frau zusammengewohnt. Sie hatte mir bei ihrem überstürzten Auszug geschworen, jede Frau eigenhändig zu entführen, die ein Mann wie ich jemals zum gemeinsamen Leben nötigen würde. Aber Hedwig kannte mich und verspürte immer noch den Wunsch. Wir schlenderten und schlenderten. Hedwig war gerade dabei, mir beizubringen, daß sie einen anderen Stadtteil für uns ins Auge gefaßt hatte, als aus dem prächtigen Gründerzeithaus gegenüber mehrere Personen traten. Die drei gingen in die entgegengesetzte Richtung, tauchten ins Schummerlicht der dürftig beleuchteten Straße ein und wurden praktisch unsichtbar. Ganz im Gegensatz zu Hedwig, die unpassend laut wurde mit der Frage, warum ich um Himmels willen plötzlich zurückgehen würde. Ich brachte es nicht fertig, ihr zu gestehen, daß ich zu gern wissen wollte, mit wem sich Schwabbel Diamond und Persianer-Agneta zu solch später Stunde wohl trafen.

## 30 Der Sänger singt solo oder: Ein Agent wird übereifrig

Wecken lasse ich mich am liebsten durch den Geruch von Hedwig und Kaffee – beide stark, schwarz und verdauungsfördernd. An diesem Sonntag morgen kam es anders, denn als das Telefon klingelte, war es noch dunkel. Hedwig reichte mir den Hörer mit einem Murmeln, das sich verdammt nach «Nie wieder einen Journalisten» anhörte.

«Egon Besendahl, guten Morgen.»

«Du kannst den Vornamen gerne weglassen, wenn er dir Probleme macht.»

«Der Arzt meint, ich soll ihn so oft wie möglich sagen, dann würde es normaler werden. Sie waren die ganze Nacht im Haus aktiv. Auch in den Nebengebäuden. Polizei und Verfassungsschutz. Kaum einer von uns, fast alle aus der Hauptstadt. Ich habe die Autonummern. Soll ich sie durchsagen? Außerdem habe ich mit zwei Nachbarn gesprochen. Aufschlußreich. Du atmest so schwer.»

«Bist du ganz sicher, daß du immer Sportreporter warst?»

«Was soll einer wie ich sonst schon gewesen sein?»

«Der Vater von James Bond.»

Besendahl gab mir die Kfz-Kennzeichen durch, danach die Aussagen der Nachbarn, die im nächsten Dorf wohnten. Beide hielten Kurland für einen noblen Mann. Er führte ein offenes Haus und hatte im Sommer ein großes Kinderfest veranstaltet. Ende des letzten Jahres hatte er zur Jagd in sein Revier eingeladen, vom anschließenden Umtrunk schwärmten die Nachbarn noch heute. Über seine Vergangenheit wußten sie nichts, sie hielten Kurland nicht für einen Kriminellen, konnten sich aber vorstellen, daß er durch ungewöhnliche Methoden zu seinem Geld gekommen war. «Ich schlafe jetzt eine Stunde und fahre dann zur Arbeit», sagte Besendahl. «Und entschuldige mich bitte bei deiner Lebensgefährtin.» Ich gab dies sofort an Hedwig weiter, leider mußte ich sie zu diesem Zweck wecken, was ihre Motivation, uns den Morgenkaffee zu bereiten, erheblich senkte. Also brühte ich selbst den Kaffee auf. Als ich Hedwig zärtlich das Tablett auf den Bauch stellte, sagte sie gerührt:

«Wo hast du so lange die Blumen versteckt, du Schuft?»

Die Blumen hatten bis vor fünf Minuten den Wintergarten verschönt. Frauen durften zwar alles essen, aber nicht alles wissen. Ich bat Hedwig dann um Verständnis für meine Zwangslage. Sie stieß höhnisch Luft durch die Nase, ließ sich auf beide Wangen küssen und sagte zum Abschied:

«Überspann den Bogen nicht.»

Zum Glück hatte Moritz Küchendienst. Als er mein Ansinnen verstand, hörte er auf, mit Tellern und Tassen zu hantieren.

«Wie soll das gehen?» fragte er. «So etwas ist bei uns nicht üblich.»

Ich hielt ihm die Blumen hin und sagte:

«Ein Frühlingsgruß von der Hausleitung.»

«Und wenn er vor Dankbarkeit zu singen anfängt?»

«Dann drehst du die Vase um, schlägst zu und ich gebe dir ein Alibi.» Er wollte aber lieber Autogramme, ich nahm seine Wünsche entgegen. Moritz zog ab, ich sah mich in der Küche um. Die Hiwis waren damit beschäftigt, das Buffet aufzubauen. Wer als Magenkranker in diese Klinik kam, brauchte ein starkes Nervenkostüm, um nicht vor Neid auf die Allesfresser Amok zu laufen.

Mit dem Wort «Gesundheitspolizei» schnappte ich zweimal Kochschinken vom Tablett. Das Küchenmädchen stopfte sich auch zwei Scheiben in den Mund und sagte:

«Wegen der Symmetrie.»

Dann kehrte Moritz zurück. «Der Sänger singt solo.»

«Mist.»

«Das hier lag gleich hinter der Tür. Ist wohl durchgeschoben worden.»

Verdutzt starrte ich das Bild an. Agneta im Bett, dem Baby die Brust gebend. Auf der Vorderseite des Babytrikots wieder dieser Drache. Moritz entwand mir das Foto und trug es zurück.

Ich war schon so gut wie draußen, als ich noch einmal umdrehte. Ich hatte nichts mit Köchlin zu bereden, ich wollte ihm nur klarmachen, bei wem er künftige Informationen abliefern mußte.

Auf mein Klopfen passierte nichts. Ich legte den Kopf an die Tür und rief leise: «Öffne die Tür, mein Sohn.» Ich fand mich witzig und erkannte, daß die Tür angelehnt war. Ich drückte sie ein Stück weiter auf, öffnete sie ganz, stand im Flur. Ich schaute in den Wohnbereich, hörte das Geräusch an der Badezimmertür hinter mir und erhielt einen mächtigen Stoß ins Kreuz, der mich gegen einen Sessel und auf den Teppich warf. Die Gestalt schlug mir auf Kopf und Oberkörper.

Ich legte die Hände über den Kopf und erkannte, daß die Gestalt zwar wild auskeilte, aber nur mit der offenen Hand schlug. Dann kam der Tritt in die Nieren. Ein zweiter Angreifer! Der Tritt raubte mir die Luft zum Atmen, und der zweite Angreifer trat erneut zu, in die Seite, gegen die Schenkel, in die Nieren. Er geriet in Raserei, es war, als würde er in diesen Sekunden lernen, wie man Menschen in Grund und Boden tritt. Und bei jedem Tritt keuchte er «so» und «so» und «so». Er feuerte sich selbst an, er keuchte: «Das hast du dir ehrlich verdient», und er trat in dem engen Flur auf mich ein wie ein Wahnsinniger.

Möglicherweise war ich für kurze Zeit ohnmächtig, denn das nächste, was ich spürte, war die Leere um mich herum. Und die Leere dröhnte. Sicherheitshalber blieb ich liegen, liegend überprüfte ich das Vorhandensein von Armen und Beinen. Dann versuchte ich aufzustehen. Ich prallte gegen die Flurwand und von dort an die gegenüberliegende. Ich kam einfach nicht in die Senkrechte, es war, als hätte mir der Angreifer Nägel in die Nieren getrieben. Ich konnte nur flach atmen und hatte vor jedem neuen Atemzug Angst. Ich stieß die Tür auf und fiel nach zwei Schritten auf das breite Bett. Das Zimmer lag im Dämmerlicht, doch selbst bei zugezogenen Vorhängen hatte ich erkannt, daß niemand in dem Bett lag. Auch nicht gelegen hatte. Sonntag morgen um acht Uhr, Vinzenz Köchlin war auf Reisen gegangen.

Ich lag wohl noch eine Viertelstunde, dann richtete ich mich auf. Ich schwamm in Adrenalin und dachte keinen Gedanken bis zum Ende. Köchlin verschwunden. Zwei Fremde in der Klinik. Ein Mann und eine Frau in Köchlins Zimmer. Morgens um acht. Keine Fremden? Patienten respektive Gäste? Auf der Suche nach Köchlin? Oder beim Spurentilgen am Ende von Köchlins Entführung? Motiv, Motiv, Motiv.

Dann stand ich, berührte mit der Hand vorsichtig meine linke Seite, übte atmen, stand gerade. Ich ging im Zimmer hin und her, um wieder gelenkig zu werden. Ich zog Schubladen auf, sie waren alle leer. Kein einziger privater Gegenstand, auch nicht im Badezimmer.

Ich fragte am Empfang, bei ihnen hatte sich Köchlin nicht abgemeldet. In den letzten Stunden hatte auch keiner der Patienten respektive Gäste Besuch von außerhalb empfangen. Ich verließ die Klinik.

Bei Tageslicht sah das Haus noch prächtiger aus. Vornehmer war das Haus, in dem die Kollegen vom ZDF dem Vorruhestand entgegenalterten, auch nicht. Acht Parteien, vier Firmen, vier Privatnamen. Ich erwog kurz, auf die dummdreiste Tour überall zu klingeln, dann schrieb ich in guter alter Dokumentaristenmanier die Namen auf. Zum Schluß stach mich der Hafer, mein Finger verharrte über «Pneuma. Kältetechnik», aber dann drückte ich auf «Jenn & Saitz. Transporte». Das «Ja?» kam so schnell aus dem Lautsprecher, als hätte der Mann neben der Sprechanlage gewartet. Ich entfernte mich dicht am Haus entlang.

Ich hörte das Telefon von weitem, sprintete so zügig, daß ein bereits in Hockstellung gegangener Pudel sein Bedürfnis abbrach, und hechtete hinters Steuer. Kaum saß ich, überschwemmten mich die Schmerzwellen, ich schloß die Augen und ließ sie verebben. Dann das Telefon. Anton war dran: «Die Dame unter der ersten Nummer läßt Ihnen einen schönen Gruß bestellen und sagt, daß sie umschult.»

«Was?»

«Von Hals-Nasen-Ohren-Ärztin auf Telefonistin. Sie sagt, Sie wüßten schon.» Während ich mir vornahm, künftig nicht mehr so freigiebig mit Hedwigs Telefonnummer umzugehen, nannte Anton mir Name und Adresse des ehemaligen Meißen-Arbeiters und die Uhrzeit unseres Treffens am späten Nachmittag.

«Wie geht es Frau Rottluff?»

«Sie macht sich Vorwürfe.»

«Das ist überflüssig. In 99 von 100 Fällen sind solche Briefe das Werk von Querulanten.»

«Das habe ich ihr genauso gesagt.»

«Und? Hilft es?»

«Sie sagt, sie ist dafür angestellt, um den hundertsten Brief zu erkennen.»

Ich hätte genauso gedacht, aber ich wußte, daß Menschen mit dieser Mentalität nicht das reine Vergnügen für ihre Umwelt darstellen. Ich dankte Anton, mir war bewußt, daß ich kein natürliches Anrecht auf seine Hilfsbereitschaft besaß. Das Unglück für seine Freundin hatte an dem Tag begonnen, an dem ich auf der Bildfläche aufgetaucht war.

Wenn man von der Neustadt über Johannstadt und Blasewitz zur Redaktion fuhr – also einen Umweg von mehreren Kilometern in Kauf nahm –, kam man durch die Augsburger Straße, wo Pulitzer wohnte.

Niemand öffnete. Ich klingelte erneut, um ihm Gelegenheit zu geben, seine neue Freundin in den Teppich einzurollen.

«Er ist zu Hause», erklang es hinter mir.

«Schicke Gummisohlen tragen Sie», sagte ich. Hauptkommissarin Panzer schlug mit der Faust gegen die Tür:

«Machen Sie auf! Ich muß Sie noch einmal sprechen.»

«Was hat er angestellt?»

«Was geht Sie das an? Sind Sie sein Vater?»

«Schlimmer. Sein Chef.» Schlagartig besaß ich ihre ungeteilte Aufmerksamkeit. «Er ist jung», schob ich nach.

«Alt genug, um Unsinn anzustellen.» Sie klopfte erneut. Ich wollte wissen, ob es etwas mit dem *Ambudance* zu tun hatte. Aber ich spürte, daß es unklug gewesen wäre, wenn ich den Namen als erster ausgesprochen hätte.

«Wenn Sie mir sagen, was gegen ihn vorliegt, werde ich ihn finden.»

«Sie wissen, wo er sich aufhält?»

«Kein Kommentar.»

«Sie machen sich strafbar, wenn Sie...»

«Ich bin nicht Pulitzer. Bei mir können Sie Ihre ollen Kamellen getrost einmotten.»

«Warum nennen Sie ihn eigentlich ständig Pulitzer? Er heißt doch...»

«Das ist ein Künstlername. Wie Pelé.»

«Ihr Pelé ist ein Entführer.»

«Wen?»

«Den Geschäftsführer eines Nachtklubs.»

«Box? O Gott. Warum denn bloß?»

«Angeblich wegen Menschenhandel.»

Klar, Pulitzer hatte sich verliebt, die Schöne hatte er im Puff aufgegabelt, und jetzt wollte er sie aus dem moralischen Sumpf ziehen. Die tragischste aller Männergeschichten. Der Mann als Erlöser und Volltrottel. Plötzlich aber war nichts mehr klar:

«Wenn er Box entführt...? Wie kommen Sie auf die Idee, daß er dann zu Hause auf Sie wartet? Das ist doch hirnris...»

«Ich weiß, daß er nicht hier ist. Ich warte auf die Spurensicherung. Wollte nur vorher antesten, was Sie alles wissen. Offensichtlich darf hier in Dresden ja kein Verbrechen stattfinden, wenn Sie nicht in der Nähe sind.»

«Darf es doch. Im Rathaus war ich lange nicht mehr.» Sie behelligte keinen einzigen Gesichtsmuskel mit Lächeln. Pulitzer ein Entführer? Das war eine absurdere Vorstellung als Dynamo in der Ersten Bundesliga. Unwillkürlich tröstete mich die Tatsache, daß es Box getroffen hatte. Das war ein harter Knochen, der die Zeit seiner Gefangenschaft ohne Therapie wegstecken würde. Wenn ich mir dagegen vorstellte, was auf unser Blatt zukommen würde! «Mit Gewalt die Auflage steigern» – «Armer Lehrling als Bauer im Machtspiel» – «Dresdner, sagt nein zu so einer Zeitung!»

«Erzählen Sie endlich», forderte ich die Kommissarin auf. Mir tat alles weh.

Die Panzer erzählte. Unser guter Pulitzer hatte zwei Nächte große Töne im *Ambudance* gespuckt. Als Legende hatte er sich den Prinzen aus badischem Adel ausgedacht, der gerade erfolgreich seine alten Ansprüche auf tschechischen Grundbesitz eingeklagt hatte und nun in Siegerlaune auf den Putz hauen wollte. Er hatte sich am ersten Abend eine Hure ausgesucht, die zufälligerweise auch ihren ersten Abend im Club absolvierte. Seitdem hatten die beiden als unzertrennlich gegolten. Pulitzer hatte auf das Mädchen ein, wie er es nannte, «Abonnement» erworben und in der Bar lautstark von «Briefkastenschlitz», «Gesundheitsspalte» und «Hurenkindern» getönt. Schon am ersten Abend war er mit Box aneinandergeraten, als der ihn diskret um etwas Zurückhaltung gebeten hatte. Am zweiten Abend waren die beiden wieder aneinandergeraten, der angetrunkene Pulitzer hatte Box aufgefordert, mit nach draußen zu kommen. Dort sei Pulitzer, wie Box hinterher betonte, «unglücklich ausgeglitten» und mit der Schulter gegen ein Auto geprallt. Pulitzer nannte es «Mordversuch». Er habe Box des Menschenhandels bezichtigt und sich mit ihm tagsüber zu einer «Aussprache unter Männern» treffen wollen. Diese Aussprache hatte Samstag am späten Nachmittag stattgefunden, danach waren beide Männer im Jaguar von Box mit unbekanntem Ziel davongefahren. Gegen 21 Uhr hatte Pulitzer bei der Ehefrau von Box angerufen und gedroht, ihren Mann zu töten, wenn er nicht auf der Stelle alle Mädchen freilassen würde. Um 22 Uhr 30 hatten alle Huren eine Erklärung unterzeichnet, nach der sie freiwillig im *Ambudance* arbeiteten und keinerlei Zwang unterlägen. Seitdem hatte man von Pulitzer oder Box nichts mehr gehört.

«Und Köchlin?» fragte ich. «Haben Sie den gefunden?»

Poltern auf der Treppe, drei Spurensicherer und ein Türöffner machten sich an die Arbeit. Die Kommissarin wollte mich nicht dabeihaben.

«Sagen Sie mir nur noch eins: In wen hat sich Pulitzer verliebt?»

«In ein Fräulein Mona. Sie ist ebenfalls verschwunden.» Sie schloß die Tür, öffnete sie noch einmal und sagte:

«Bürgerlicher Name Annegret Effenberg. Polizeihauptmeisterin. Von uns eingeschleust. Steht wahrscheinlich auf Beamtenpensionen, Ihr toller Prinz. Außerdem sehen Sie ziemlich blaß aus.» Dann knallte sie die Tür zu.

## 31 Die goldene Brücke

Die Stunden bis zum Beginn des Endspiels vergingen wie im Traum. Erst reichte ich die Liste mit den acht Klingelknopfnamen ins Lokalressort und bat sie, herauszufinden, ob einer der Namen von Interesse sei. Danach riß ich Tamara und Besendahl Arbeit aus der Hand.

«Ist was?» fragte die Kollegin.

«Was soll sein?»

«Ich dachte nur... du siehst so aus, als ob dir etwas weh tut.»

Als ich die diskreten Blicke nicht mehr ertrug, trommelte ich alle zusammen und informierte sie über Pulitzer und was die Polizei ihm vorwarf. Tamara sagte:

«Sieh mal an, der Kleine.» Und Massimo sagte verträumt:

«Ach, muß Liebe schön sein.»

Langsam saftete dann das Bewußtsein durch die Hirne, welche Schlagzeilen wir uns mit Pulitzers Wahnsinn einhandeln würden.

«Vielleicht ist Pulitzer der Redaktionsdieb, und er will jetzt nur davon ablenken.»

«Tamara, Tamara», sagte ich kopfschüttelnd. «Er hat zwar nur einen Mann entführt, aber in der Rechtsprechung wird das immer noch fast so hart bestraft, als wenn man eine Frau dumm von der Seite anguckt.»

Wir wurden uns einig, einen Blick in Pulitzers Schreibtisch zu werfen, bevor dies die Polizei tun würde.

«Wir könnten den Bullen ja Tamaras Schreibtisch als Pulitzers verkaufen», schlug Besendahl vor. «Wenn sie die Aufkleber lesen, fordern sie gleich Bundeswehr zur Unterstützung an.» Das war für Besendahl eine ungeheuer frivole Formulierung. Er wirkte nach der durchwachten kalten Nacht überraschend munter.

Natürlich kam dann der Anruf von Dr. Eß. Er hatte gerade mit den Herausgebern kommuniziert und fragte alarmiert, was Pulitzer schlimmstenfalls anstellen könnte. Ich konnte ihm nicht die Wahrheit sagen, weil er auf der Panikfahrt zum Flughafen bestimmt einen Unfall gebaut hätte. Deshalb log ich ihm vor, was mir als erstes in den Sinn kam. Für Chefredakteure reichte es allemal, es war ja kein Leitartikel.

In fünf stillen Minuten malte ich ein Blatt Papier mit allen Aufgaben voll, die ich zu lösen hatte. So viel Rückstand war kaum aufzuholen. Zapf rief an und gab das aktuelle Befinden von Bergander durch. Der Tennisspieler hatte angeblich vier Pfund abgenommen, war aber außer Gefahr.

Ich mußte ständig an Köchlin denken, vor allem aber an Pulitzer. Wie hatte er es geschafft, eine ausgebuffte Type wie Box zu entführen? Ich hatte nicht gewußt, daß Pulitzer eine Pistole besaß, ich wußte es bis jetzt nicht. Aber es mußte einfach so sein. Was hatte Box mit dem Mord an Strindberg zu tun? Pulitzers Auftrag war es gewesen, nach Spuren zu suchen. Der Kerl hatte sich tage- und nächtelang ins Zeug gelegt und nebenbei noch Zeit gefunden, sich ein Mädchen anzulachen. Ich wußte jetzt, was mich so irritierte. Seit zwei Stunden hatte ich dieses große Kind richtig lieb. Wie eifrig er gestern gewesen war und wie gehemmt. Hedwig hatte ihn reizend gefunden, ich hatte über ihn gelacht. Aber daß Hedwig klüger war als ich, wußte ich ja schon länger. Ich hatte Pulitzer in die Schlacht geschickt, das war mein Problem. Wenn Box mehr passieren würde als ein verrutschter Scheitel, würde ich mir das nie verzeihen. Ich hatte also wahrscheinlich die Zukunft eines jungen Menschen versaubeutelt. An Tod dachte ich in diesen Minuten nicht. Statt dessen hätte ich jetzt gern etwas getan – für Pulitzer. Aber ich hatte so wenige Leute zur Verfügung, ich brauchte sie für den Job. Eine Montagsausgabe ohne Sportteil, das hatte die Welt noch nicht gesehen.

Um mich abzulenken, rief ich den Staatssekretär an. Katinka nahm ab. Glücklicherweise wurde sie gleich vom Erzeuger verscheucht. Er kam gerade aus einer Besprechung und tat unangenehm wichtig. Aber so war ich vor 20 Jahren auch gewesen.

«Sie verhören ihn seit gestern pausenlos.»

«Zu welchem Thema? Menschenrechte?»

«Er ist stur. Sagt nur das Nötigste. Keine Bereitschaft zur Zusammenarbeit. Dabei bauen sie ihm goldene Brücken.»

«Wie sehen die aus? Verzicht auf Folter oder wie?»

«Ich dürfte dir das gar nicht sagen.» Ich ließ ihm Zeit, um mit sich zu ringen, ich konnte ja inzwischen Artikel redigieren. «Das am weitesten gehende Angebot lautet: Widerruf gegen Niederschlagung aller Vorwürfe.»

«Was sagen eure Juristen dazu? Sind wahrscheinlich noch arbeitsunfähig vom Lachkrampf.»

«Warum bist du so gereizt heute? Gestern warst du viel... viel...»

«Wenn du jetzt ‹staatstragender› sagst, sind wir geschiedene Leute.»

Aber der Kerl ging einfach nicht auf mein Angebot zum Streit ein.

«Sie haben Kurland den Ernst seiner Lage klargemacht. Er ist völlig isoliert. Es ist ein Klacks, seinen Ruf zu unterhöhlen. Es gibt für diesen Zweck Möglichkeiten... Ich muß wohl nicht deutlicher werden. Wenn wir diese Schiene fahren, zieht er in vier Wochen freiwillig weg.»

«Wißt ihr was über seine Vergangenheit?»

«Nur Gerüchte. Latrinenparolen. Daß er in Lateinamerika mit Drogen gehandelt hat.»

«Warum nicht mit Schwarzgeld von deutschen Selbständigen?»

«Es gibt auch die These, daß er gestohlene Kunst wiederbeschafft hat. Die wunderlichste Theorie ist, daß er irgend etwas mit der Rückgabe von Hongkong an die Chinesen zu tun hat.»

«Gebt ihm Stäbchen, und laßt ihn Reis essen. Das wird ihn entlarven. Warum nimmt er sich eigentlich keinen Anwalt?»

«Aber er hat einen Anwalt.»

«Wen denn?»

«Dumont. Schon mal von dem gehört?»

«Guten Tag. Herr Dumont, wenn ich nicht irre?»

Er riß sich aus der Unterhaltung mit seinem Nebenmann los, ich nannte meinen Namen, aber mir war, als hätte er mich schon vorher erkannt. Auf die Frage, ob er einen Moment für mich Zeit haben würde, schaute er auf seine Uhr und teilte mir sodann mit, daß er glaube, fünf Minuten erübrigen zu können. Ich outete mich als Kollege von Pulitzer, der in den Verdacht geraten sei, eine große Dummheit und so weiter. Dumont sah aus wie ein hanseatischer Reeder, er hatte etwas Kolonialistisches an sich. Vielleicht war einer meiner Vorfahren bei einem seiner Vorfahren Gärtner oder Faktotum gewesen. Vielleicht würde einer meiner Nachkommen bei einem seiner Nachkommen Feuer unterm Dach machen. Ich redete kurz über meinen Glauben an Pulitzers Unschuld und kam zum Thema:

«Wieviel hat die Liebeslust GmbH mit der Entführung zu tun?» Dumont blickte über meine Schulter, aber er mußte sich nicht genieren. Die Regierungsspitze war gestern abend Richtung Singapur gestartet, um dort eine sächsische Messe zu eröffnen. In seiner Loge tummelte sich nur Fußvolk. Zwei Logen weiter hatte ich Panowsky entdeckt, unsere Boxhoffnung. Sein Hofstaat wurde von Monat zu Monat größer, und mir fiel ein, daß ich keine der Veranstaltungen besucht hatte, auf denen Panowsky kürzlich aufgetreten war.

«Ich verstehe die Zusammenhänge nicht», behauptete Dumont. Ich setzte sie ihm auseinander, und er sagte:

«Ich weiß im Grunde nichts darüber.» Ich erinnerte ihn daran, daß seine Kanzlei die Liebeslust juristisch abgesichert hatte. Dumont erkannte, daß ich nicht abzuwimmeln war, seine bestechend blauen Augen wurden noch eisiger. Um in die Vorhand zu kommen, unterstellte er mir, daß ich seine Kanzlei in die Nähe von Schmuddelthemen ziehen wolle. Ich hatte mir vor 15 Jahren angewöhnt, nie mehr einem Angebot zum Streit aus dem Weg zu gehen, und sagte:

«Daran habe ich keine Sekunde gedacht – bis vor einer Minute.» Um uns plauderten und süffelten sich 5500 Menschen an das Endspiel heran. Dumont sagte:

«Ich kann nur hoffen, daß Ihr Kollege nicht vom Geist der moralischen Reinheit durchpulst wird...»

«Ist aber ziemlich eklig, seine Ersparnisse in Freudenhäusern anzulegen. Finden Sie nicht?» Nein, das fand er nicht. «Wo es doch so viele wichtigere Projekte gibt, die nach Kapital schreien. Finden Sie nicht?» Nein, das fand er auch nicht. «Ich versichere Ihnen jedenfalls, daß wir die Liste mit den Anteilszeichnern nicht als erste veröffentlichen werden.» Das war der qualitative Übergang vom Punktvorteil zum technischen K. o.

«Woher haben Sie...?» zischte Dumont, fing sich, rückte sein Kaschmirjackett zurecht und sagte mit einer Gelassenheit, der man die dahinterstehende Mühe anhörte: «Das ehrt Sie. Schlammschlachten gehörten ja bisher auch nicht zur täglichen Übung Ihres Blatts.»

«Der Konkurrenzkampf ist hart.»

«Sie schlagen sich wacker.»

«Und wird jeden Tag härter.»

«Fluch und Segen des freien Wettbewerbs.»

«Ich würde nicht für jeden einzelnen Kollegen bei der Konkurrenz die Hand ins Feuer legen. Es gibt da einige Kandidaten...» Ich machte eine vielsagende Handbewegung. Es war Boulevardtheater, was ich da aufführte, aber ich liebte es, wenn die Richtigen ins Schwitzen kamen. Dumont unterstellte mir kaum verhüllt, Pulitzer den Auftrag erteilt zu haben, die Liste zu besorgen, um mit ihrer Hilfe Stützen der Gesellschaft bloßzustellen. Wie gern hätte ich dem Mann recht gegeben, aber so weit hatte meine Phantasie leider nicht gereicht.

«Werden Sie denn Herrn Box anwaltlich zur Seite stehen, wenn er – was wir alle hoffen – in den nächsten Stunden freikommt?»

«Wenn er unseren Rat sucht, werden wir ihn ihm nicht verweigern.» Er wurde mir zu selbstsicher. Hohe Zeit, den Aufschlag anders anzuschneiden.

«Wie Sie ja auch Herrn Kurland in schweren Stunden beistehen.» Blitzschnell befestigte Dumont die von mir eröffnete neue Front, indem er sich auf ein «schwebendes Verfahren» zurückzog, über das er im Moment keine Auskünfte geben dürfe, wofür ich sicher Verständnis haben würde. Er fragte nicht, woher ich meine Kenntnisse beziehen würde.

«Wie schätzen Sie denn Kurlands Lage ein? Sieht doch windelweich aus, was man ihm vorwirft.»

Dumont wiegte staatstragend sein Haupt.

«Herr Kurland ist ein hochsensibler Mensch», sagte er. «Da steckt man solche Erlebnisse nicht so einfach weg.»

«Aber man behandelt ihn doch wohl einwandfrei?»

«Selbstredend. Was denken Sie denn?»

«Der Mann hat viel Gutes getan. Wie soll der Öffentlichkeit vermittelt werden, daß er ein Betrüger ist?»

«Das ist die größte Sorge meines Mandanten, daß ein Schatten auf seinen Ruf fallen könnte.»

«Seinen tadellosen Ruf.»

«Wie? Ja, natürlich. Tadellos.»

«Wie lange kennen Sie Kurland?»

«Gar nicht. Ich meine, ich hatte bisher noch nicht das Vergnügen.»

«Ach. Und wie kommt er auf Sie?»

«Nun ja ... man erinnert sich vielleicht. Man hat gehört, wie Namen genannt wurden.»

«Sie meinen, daß man Kurland empfohlen hat, Sie zu nehmen?» Er nickte geschmeichelt, in dieser Sekunde wußte ich, daß Kurland nicht mehr zu retten war.

Ein Tennisspiel fand an diesem Tag natürlich auch noch statt. Anand traf im Endspiel auf Lubbers, einen Niederländer, der sich praktisch unter Ausschluß der Öffentlichkeit ins Finale durchgewurstelt hatte. Alle Spiele in drei Sätzen gewonnen, stets gegen Nobodys, ein Typ, der von der Kraft lebte und an dem einzig bemerkenswert war, welch hohes Risiko er bei seinen zweiten Aufschlägen einging. Keiner produzierte so viele Doppelfehler, aber wenn die Schläge durchkamen, sahen die Gegner alt aus. Eine Viertelstunde suchte ich überall nach Köchlin, das Gläserklirren aus dem Gastronomiebereich drang bis auf den Platz. Immer mehr Zuschauer verkrümelten sich an die Freßtröge, um dort mit Leidensgenossen große Matches der Vergangenheit Revue passieren zu lassen. Ich sah mir zum erstenmal das Freßzelt und die VIP-Lounge an. Die Spezereien stapelten sich meterhoch, es ging nicht feiner zu als in einem der Edel-Imbisse auf Sylt oder in München. Doch ich wußte ja, daß hier bis vor wenigen Jahren so eine Anhäufung von Luxus außerhalb der umzäunten SED-Ghettos undenkbar gewesen wäre. Dafür benahmen sich die Gäste erstaunlich routiniert.

«Finden Sie das nicht schrecklich protzig?» fragte ich ein Paar, das sich in der Neureichenabteilung von C & A eingekleidet hatte. Sie sahen erst sich, dann mich an, dann fragte die Frau: «Alter Genosse, was?» Ehe ich verneint hatte, drückte sie mir ein Glas Schampus in die Hand.

«Sollst auch nicht leben wie ein Hund», sagte der Gatte und schob mir ein Tellerchen mit Meeresfrüchten hin. Während ich kaute, unterhielten sie sich ungeniert über das Ziel ihres bevorstehenden Kurzurlaubs. Sie plädierte für die Algarve, er wollte es von der Qualität der Golfplätze abhängig machen.

«Interessieren Sie sich gar nicht für Tennis?» fragte ich.

«Zu geringes Niveau», antwortete er verächtlich und bohrte hinter vorgehaltener Hand mit einem Zahnstocher in den Zahnzwischenräumen. «Kein Top-Ten-Spieler, ich bitte Sie. Das muß man sich nun wirklich nicht bieten lassen.»

«Laß uns nach Paris fahren, Schatzi», sagte die Frau. «Da können wir alle sehen. André und Pete und diesen Österreicher, der immer so schrecklich zuschlägt.»

«Und Boris», erinnerte ich sanft.

«Haben wir achtmal gesehen», entgegnete der Mann. «Und jedesmal hatte er seine Frau dabei.»

Nun wollte seine Frau wissen, wie er das eben gemeint hatte. Ich bedankte mich für Speis und Trank und kehrte in die Halle zurück.

Die Kollegen von der Konkurrenz bestürmten mich mit Fragen zu Pulitzer.

«Wo steckt denn der Chef?» fragte ich die Reporterin des *Elb-Boten*.

«Krankheitsfall in der Familie. Er hat mich vor zwei Stunden aus dem Bett geklingelt.»

«Wie kann er jetzt krank werden? Ich denke, bei euch läuft die Ausscheidung für den Chefposten.»

«Warsteiner als Chef!» sagte sie verächtlich. «Was ist denn nun mit Pulitzer?»

«Euch sage ich gar nichts mehr.»

«Wieso denn nicht? Unter Kollegen ...»

«Ich habe keine Lust, bei euch eine häßliche Geschichte über meinen Volontär zu lesen.»

«Tu doch nicht so väterlich. Du willst nur selbst abzocken.»

«Frag lieber Warsteiner, was ihm Mutter Bergander erzählt hat. Und ob's noch nett war nach dem Essen beim Österreicher.»

So, damit wußten endlich alle Kollegen über Warsteiners Abendaktivitäten Bescheid, und ich konnte mich dem sportlichen Teil zuwenden.

Der erste Satz ging mit 6:4 an Anand. Das Publikum liebte ihn, weil er für die Galerie spielte. Lubbers wechselte dreimal die Schläger und verzehrte überreife Bananen, aufregender wurde es nicht.

«Können Bananen von Salmonellen befallen sein?» fragte mich der *Elb-Bote*. Das fand ich besser als die Uralt-Jokes, die sie samstags auf ihrer Humorseite ablieferten. Die *Depesche* wollte sich wohl nicht lumpen lassen und schob mir einen Zettel rüber. «Indischer Tennisprofi disqualifiziert. Gab Einnahme des Dopingmittels ‹Kamasutra› zu.» Ich bekam immer größere Zweifel, ob Dresden zur Tennisstadt geeignet war. Aber vielleicht würde ich ja bald Gelegenheit haben, Nachwuchs an den Tennissport heranzuführen – im Rahmen des Knastsports nach Pulitzers Aussage vor Gericht, mit der er mich in die Pfanne gehauen hatte. Wie war es möglich, daß der Hänfling einen Profi wie Box länger als fünf Minuten festhalten konnte? Ich wurde immer kribbliger und mußte doch in der Halle aushalten, weil ich heute keinen Kollegen zwangsverpflichten konnte. Die Kommissarin hatte mich nicht angespuckt, daraus schloß ich, daß sie immer noch nichts vom Drohschreiben an Manager Köchlin erfahren hatte. Mittlerweile war der Zeitpunkt definitiv verstrichen, um den Brief aus der Tasche zu ziehen.

Dann die Katastrophe! Lubbers gewann den zweiten Satz, ich war die Geisel des langen Niederländers. Anand verließ den Platz, um Pipi zu machen, vielleicht putzte er gleich noch die Zähne und wusch sich die Haare. Ich wurde immer deprimierter. Vor lauter Frust musterte ich die Logen durch. Sonnenstudios mußten immer noch eine Boombranche sein. Dresdens neue Mittelschicht zeigte, was sie hatte und vor allem, was ihr fehlte: Zurückhaltung und Geschmack. Natürlich sahen einige zum Reinbeißen appetitlich aus, aber in den 5000-DM-Kästen lächelten überdurchschnittlich viele falsche Zähne; auch ohne die Druckknöpfe hinter den Ohren zu sehen, ahnte man, wo bei den eitlen Frauen über 45 die Falten geblieben waren. Tennislogen waren ein weiterer Beweis für Darwins Theorie von der Evolution der Dreistesten. Da unten saß die Frechheit-siegt-Fraktion und ließ sich zum Zeichen ihrer Bedeutung lächerliche Bänder ums Handgelenk knipsen, auf denen nur die Waschanleitung fehlte. Sie waren so redlich und so bemüht und so sterbenslangweilig. Ich mochte Tennis überhaupt nicht, seit Jahren hatte ich mir außer Spielen von Agassi nichts mehr im Fernsehen angetan. Und Damenspiele nur, wenn Graf auf Seles getroffen war.

Wir wetteten auf den Pressebänken den Ausgang des Spiels. Ich setzte auf 5 : 0 für Anand im dritten Satz, und als mich alle verhöhnten, sagte ich:

«Danach wird abgebrochen. Bombenalarm in der Halle.» Ich hörte, wie hinter mir jemand das Wort «Bombe» wiederholte, erschrak bis ins Mark und hechtete nach hinten, um zu erklären, daß ich lediglich «Bombenstimmung» vor mich hin gemurmelt hatte. Das hätte mir zu meinem Glück noch gefehlt: als Verursacher einer Massenpanik für hundert Tote und Verletzte verantwortlich zu sein. Der dritte Satz endete 6 : 0 – für Lubbers. Zum Schluß siegte seine Kraft über Anands Fingerspitzengefühl. Nach dem 2 : 0 ließ der sich ohne Gegenwehr abschießen. Ein roter Teppich wurde ausgerollt, einen schrecklichen Moment lang fürchtete ich, daß der tote Box aus ihm herausrollen könnte. Auftritt Oberbürgermeister, und keiner flüsterte ihm während seiner Selbstbeweihräucherung ins Ohr, daß wir uns nicht in Paris oder Melbourne befanden. Dann die unerwartete Wende: Der OB, der schon den Siegerpokal – eine für Tennisverhältnisse wunderschöne Schäferfigur aus Porzellan – in den Händen hielt, drehte sich plötzlich um und drückte sie Bergander vor die Brust. Unter prasselndem Applaus schleppte sich das sympathische Käsegesicht zu Lubbers und überreichte ihm das Porzellan. Die Figur sah aus wie Meißen, aber sie mußte von Fabarius sein. Anand kriegte einen popligen Teller.

Zehn Minuten später begann schon die Pressekonferenz. Falls die beiden Cracks darauf eingestellt gewesen waren, sich die Finger für Autogramme wundschreiben zu müssen, sahen sie sich getäuscht. Der Rekonvaleszent Bergander sahnte den Ruhm ab, aber er ließ sich gleich entschuldigen und entschwand mit unbekanntem Ziel. Während Berganders Auftritt war seine Mutter nie weiter als zwei Meter von ihm entfernt. Falls dort jemand gestolpert wäre, dann über die Nabelschnur, die die beiden verband. Auch Panowsky wurde heftig von Autogrammjägern belagert. Nach allem, was ich aus der Ferne sah, konnte er schreiben.

Anand sprach ein Oxford-Englisch, das sogar ich verstand. Er wußte, wo Dresden lag, kannte Sehenswürdigkeiten und historische Persönlichkeiten. Lubbers sprach deutsch, so wie er aufschlug: ohne Rücksicht auf Verluste. Natürlich hatte er einen Großvater, dem die Nazis das Fahrrad geklaut hatten. Das wollte niemand hören, aber Lubbers wollte es gern zweimal erzählen. Plötzlich hatte keiner mehr Fragen an ihn, da schaltete er auf Versöhnung um und erzählte, daß er deutsche Autos ganz toll fände, er würde einen nagelneuen Opel Calibra fahren. Leider rief ein Kollege dazwischen, daß Calibras nur in Finnland gebaut würden, und die Pressekonferenz ging zu Ende, obwohl Frau Dr. Spring von Fabarius offensichtlich darauf brannte, auch eine Frage gestellt zu kriegen. Ich wollte nicht so sein und rief nach vorn:

«Welcher Meißen-Figur ist denn Ihr Siegerpokal nachempfunden?» Und wieder eine Frau, in deren Testament ich garantiert nicht auftauchen würde.

## 33 100000 Mark für Sperma

Ich griff mir den Turnierdirektor für ein Interview über die Zukunft des Profitennis in Dresden, ließ diskret eine Zwischenfrage über Köchlin einfließen, gönnte mir den Luxus, meinen Bericht über das Finale ein zweites Mal durchzulesen und schickte alles in die Redaktion.

Auf der Fahrt zu Hedwig rief mich Besendahl an. Die Regionalligisten Aue und Dresden hatten auswärts gewonnen, die führenden Berliner Vereine zu Hause verloren.

«Willst du was Sächsisches schreiben oder soll ich?»

Besendahl sollte. Telefon zum zweiten. Dr. Eß bat mich dringend «auf zehn Minuten» in die Redaktion.

Was er mir dort antat, hätte ich zu 98 Prozent genau so vorhersagen können. Angespannt in seinem Chefsessel sitzend, betete er die Staatsdoktrin zum Thema Kurland herunter.

«Und wir wären um ein Haar auf diesen Herrn hereingefallen. Wie peinlich.» Ich erzählte ihm nicht, daß ich Duckmäusertum für noch viel peinlicher hielt. Dafür erzählte er mir, daß er unsere Redaktion flächendeckend zum Schweigen vergattert und nur Zustimmung geerntet habe.

«Toll», sagte ich. «Dann können Sie auf meine Zustimmung bestimmt verzichten. Ich bin ja nur vom Sport.» Dr. Eß wirkte eine Winzigkeit besorgt. Wenn ich nicht so erbost über meine Ohnmacht gewesen wäre, hätte ich dafür gesorgt, daß sich seine Besorgnis zu Fesselballongröße aufgeblasen hätte. Aber ich war ja nur vom Sport.

Auf dem Weg zum Parkplatz bemerkte ich plötzlich etwas im Augenwinkel und ging bis zur Tür zurück, um Zeuge einer albernen Vorstellung zu werden. Hornung stand mitten im Raum, hielt sich einen Strampelanzug vor die Brust und ließ zwei Kollegen bei dieser infantilen Solo-Performance zuschauen.

«Toll», höhnte ich. «Kann der Kleine denn schon ‹Mama› sagen? Oder was sagen Kinder heute als erstes?»

«Essensmarke!» rief ein Kollege, der mir, je länger ich ihn anschaute, um so weniger bekannt vorkam. Am Ende hielt ich ihn nicht mehr für einen Kollegen.

«Einem geschenkten Gaul guckt man nicht ins Maul», sagte Hornung und dachte nicht daran, die Strampelhose mit dem Drachen auf dem Latz zu entfernen. Mir fiel ein, daß Christine vor wenigen Monaten für eine Geburt gesammelt hatte. Ich erinnerte mich nur noch daran, weil sie sich so sehr darüber aufgeregt hatte, daß jemand ein Kondom gespendet hatte.

«Also ich finde das niedlich», sagte Hornung für alle, die es immer noch nicht mitbekommen hatten. Mein Interesse war erloschen, ich wollte los, da rief er mir hinterher:

«Interessiert dich das denn nicht?»

«Was?»

«Wie das mit den Selbstmorden war.»

Ich stand wieder im Büro. «Wieso?»

«Na, weil ich da war, deshalb. Ich war in Saarlouis und in Mainz. Leipzig habe ich nicht mehr geschafft. Das gibt eine affengeile Reportage, Kollegen.»

«Du recherchierst in den Selbstmorden?»

«Logisch. In Saarlouis der Minister, in Mainz dieser Quizmaster.»

«Aber warum?»

«Weil ich so ein Gefühl habe.»

«Als er das letzte Mal so ein Gefühl hatte, war er neun Monate später Vater», krähte einer der anderen dazwischen.

«Was hat dieser Strampelanzug mit den Selbstmorden zu tun?»

«Na, nichts natürlich», sagte Hornung. «Den hat mir nur die Schwester von dem Quizmaster geschenkt.»

«Hast du die etwa angebettelt?»

«Ach was. Da lag Kinderwäsche rum, in der Wohnung von dem Toten. Wenn ihr sehr nett zu mir seid, verrate ich euch, was die Schwester alles in seinem Nachttisch gefunden hat. Die lebt in Spanien, ist erst am Wochenende dazu gekommen, die Wohnung aufzulösen.»

«Nun sag schon, was war in dem Nachttisch?» gierte einer der anderen.

«Ich muß los. Wir reden später darüber», sagte ich und eilte aus der Redaktion. Aus dem Lokalen brüllte mir einer hinterher:

«Wir haben nichts zu den acht Namen. Oder interessiert dich, daß eine der Firmen nicht im Handelsregister steht?» Mir wäre spontan kaum etwas eingefallen, das mich weniger interessierte.

Hedwig war nicht da. Ich besaß keinen Schlüssel für ihr Apartment. Sie drängte ihn mir seit Monaten hartnäckig auf, ich lehnte hartnäckig ab. Es war besser so, ich hätte nur hemmungslos alle Geheimverstecke geplündert, von denen sie annahm, daß ich sie bis heute nicht bemerkt hatte. Ich fand es reizend, mit einer Frau zusammenzusein, die an das Gute im Menschen glaubte. Ich stand noch vor ihrer Tür, als drinnen das Telefon klingelte. Es war garantiert für mich. Vielleicht der nicht mehr erwartete Anruf der ein bis zwei Redaktionen, die noch die Macht besaßen, mich in Versuchung zu führen. Vielleicht Pulitzer, der nur eine Frage hatte: «Woran erkennt man, daß eine Geisel tot ist?» Das Telefon hörte nicht auf zu klingeln, ich kam fast um vor der Tür. An der Ecke zwischen Treppenhaus und Zimmerflur lief mir Agneta in die Arme. Ihr Baby erfüllte bei der Kollision objektiv die Rolle eines Airbag.

«Lungenfunktion eins a», sagte ich und hoffte, daß es Agneta gelingen würde, das Brüllen einzustellen. Endlich trug sie einmal nicht den Persianermantel. Agneta lächelte mich an und liebkoste ihr

Kind. Ich piekte hinein, es war seit dem letzten Mal so weich geblieben. Und dann sprudelte es aus Agneta heraus:

«Er ist ein schlimmer Mann. Er glaubt nichts. Er versteht nichts. Und wovor hat er Angst? Sagen Sie mir, wovor hat der Mann Angst? Erst will er nicht reden mit mir. Dann will er doch. Dann soll er halten das Baby, dann läßt er fallen das Baby. Dann weint er, und ich soll weg. Sagen Sie mir, was soll ich tun?»

Sie ergriff stürmisch meine Hand, und ehe ich mich versah, hatte sie mich auf den Handrücken oder die Finger oder auf beides geküßt. «Hören Sie zu, Agneta, das ist ein Miß...» Verdutzt starrte ich den flaumigen Bewuchs auf dem merkwürdig unrunden Schädel des Säuglings an.

«Sagen Sie selbst, Vater... beim Leben dieses unschuldigen Kindes, das kann er nicht machen!»

Für einen Außenstehenden mag es so ausgesehen haben, als hätte ich ihr das Kind nicht zurückgereicht, sondern zugeworfen. Aber ich hatte plötzlich Angst, daß sie es mir sonst nie mehr abgenommen hätte. Agneta war so arglos und so vertrauensvoll, und ich hörte mich sagen: «Was soll ich tun?» Wieder dieser Angriff auf meine Hand, und mit heißen Augen sagte Agneta: «Sprechen Sie mit ihm!»

Ich fand ihn im Schwimmbad und begriff nicht, wie ein Mann mit solchem Bauch es fertigbrachte, in der Öffentlichkeit eine Badehose und Goldschmuck zu tragen. Schwabbel Diamond belastete eine dieser weißen Plastikliegen, die einem 500 Streifen auf die Rückseite prägen. Er hielt ein hohes Glas in der Hand, auf seinem Bauch lag ein Kriminalroman.

«Lieg bequem, mein Sohn.»

«Gut, daß ich Sie treffe. Kann ich Ihnen etwas kommen lassen?» Er hob das Glas, ich schaute zur Pool-Bar und orderte bei dem Mädchen etwas, das auf der Tafel «Frauenkirchen-Flip» hieß.

«Darf ich offen zu Ihnen reden?» fragte Diamond. Während ich überlegte, ob es in der Hölle eine Tageszeitung geben könnte und wie sie wohl heißen würde, sagte Diamond:

«Mir ist ein ungeheures Ding passiert. Sie dürfen mich deswegen aber nicht verachten, das müssen Sie mir versprechen.»

«Deswegen verachte ich dich nicht. Deswegen nicht.»

«Danke. Ich habe nämlich gesündigt.»

«Du hast gesungen.»

«Was?» Er lachte unsicher. «Nein. Ich werde erpreßt. Oder ich bin erpreßt worden. Ich schaue da nicht mehr durch. Das macht mich völlig fertig.»

Ein Paar betrat die Schwimmhalle, aber sie suchten sich Liegen auf der anderen Seite des Beckens.

«Es war vor sieben Monaten», fuhr Diamond fort, während ich an meinem stark nach Karotten schmeckenden Drink nippte. «Da ist eine Frau gekommen. Sie hat gesagt, daß das Kind jetzt zur Welt gekommen sei. Und es würde 100000 Mark kosten, wenn sie das Foto nicht an die Presse weitergeben soll. Sie hat ein Foto dagelassen. Da war ein Baby drauf.»

«Haben Sie gezahlt?»

«Halt, stopp! Ich bin nicht Vater geworden. Ich habe nicht... Früher war das anders, da ging es juppheidi und juppheida, wenn Sie wissen, was ich meine. Das bringt mein Beruf so mit sich.»

«Tut er nicht.»

«Das stimmt. Aber mir war danach. Und sie waren auch alle so süß. Und ich wäre doch blöd gewesen, wenn ich nein gesagt hätte, so, wie ich aussehe.»

Ich starrte ihn an, er zog das Badetuch höher.

«Außerdem bin ich doch verheiratet. Und Tanja hat gesagt, daß wir uns treu sind, das steht auch in dem Ehevertrag drin. Und die Strafe, wenn nicht.»

Meine Kopfhaut kribbelte, ich schaute aufs Wasser. Diamond bekam das wohl mit, er zauberte eine Badehose für mich herbei, keine fünf Minuten später schwammen wir zwischen Strömungskanal, Ruhezone und den überm Wasser hängenden Reckstangen.

«Ich habe natürlich nicht gezahlt, ich habe ihr gesagt, daß ich sie anzeige, wenn sie sich noch mal sehen läßt. Dann haben sie mir den Brief geschickt.»

«Noch mehr Fotos? Unanständige Fotos vielleicht?»

«Ach, ihr Pfarrer denkt immer nur an das eine. Kein Foto. Nur Chromosomen.»

«Bitte?»

«Na, wie heißt das denn? So ein Test, eine Gen-Analyse, ja, Gen-Analyse. Von dem Kind. Damit wollten sie beweisen, daß ich der Vater bin.»

«Und dann bist du zur Polizei gegangen.»

«Nein, ich habe die Analyse einem Freund gezeigt, der ist Arzt. Und der hat sie einem Freund gezeigt, der sich mit so was auskennt.»

«Ja, und?»

«Der Freund hat gesagt, daß das alles Quatsch ist. Er hat gesagt, er bräuchte meine Erbsubstanz, nein Struktur, Erbstruktur. Das hat er getestet, und dann hat er gesagt, danach könnte ich der Vater sein.»

«Immer noch keine Polizei?»

«Nein. Tut Ihnen was weh? Sie fassen sich immer auf den Rücken. Dann ist die Frau mit dem Baby gekommen. Sie haben das Kind getestet, und bei mir haben sie auch alles getestet. Nur die Mutter von dem Kind nicht, aber von der hat die Frau, die mit dem Baby gekommen ist, alle Daten dabeigehabt. Widerlich. Wie in der Viehzucht. Da kommt man sich richtig erniedrigt vor.»

«Ich glaube, ich weiß, wie die Tests ausgefallen sind.»

«Ich bin der Vater von dem Kind. Aber ich kann's nicht glauben. Wo ich doch so aufgepaßt habe. Ich weiß, Herr Pfarrer, Sie brauchen keine Verhütungsmethoden. Sie haben es gut. Aber ich habe immer rechtzeitig rausge... und ich war ja auch meistens nüchtern. Und ich habe mich informiert, wie lange diese Bengels lebendig bleiben.»

«Ich glaube, ich verstehe nicht.»

Diamond wurde entzückend verlegen und führte mich aus der Hörweite des mittlerweile ebenfalls badenden Paars.

«Die Spermien», flüsterte er, «die sind ja so was von zäh. Richtige Kämpfer. Ich dachte immer, die haben Luft für fünf Minuten und danach geht bei denen das Licht aus. Sie wissen doch, was Spermien sind? Oder heißt das in der Kirche anders?»

Ich forderte ihn auf weiterzureden und brachte mein Gesicht unter Wasser in Sicherheit.

«Ich bin jedenfalls der Vater von dem Baby. Sie haben das alles doppelt und dreifach getestet. Das Baby muß ja auch erst einige Monate alt sein, damit man das mit Sicherheit feststellen kann. Und sie wollten mir ums Verrecken nicht sagen, wer die Mutter ist. Dann haben sie wieder Bilder geschickt und Fotokopien von den Anschreiben an die Presse beigelegt, die sie in der nächsten Woche rausschikken wollten, diese Schweine.»

Den nächsten Drink ließen wir uns ins Wasser reichen. Sie hatten keinen Alkohol im Angebot, nicht einmal in einem Geheimfach.

«Ich habe zwei der besten Anwälte gefragt», sagte Diamond trübe. «Sie haben gesagt, wenn ich es auf einen Vaterschaftsprozeß ankommen lasse, werde ich ihn verlieren. Mit Pauken und Trompeten. Das habe ich mir gemerkt, weil ich ja Musiker bin. Und ich konnte auch nicht schwören, daß ich mit meinem Diamond seit meiner Hochzeit nie mehr eine andere glücklich gemacht habe.»

«Und dann haben Sie gezahlt.»

«Dann habe ich gezahlt. Weil ich keine andere Wahl hatte.» Er sah mich scheu an, ich legte ihm eine Hand auf die Schulter und sagte:

«Das Leben ist nicht immer nett zu uns.»

Diamond nickte trübe und sagte:

«100 000 Mark. Sie haben gesagt, damit sei die Sache gegessen und ich könnte alles vergessen. Ich habe verlangt, daß sie mit meinem Anwalt einen Vertrag aufsetzen. Daß die Mutter auf alle Rechte verzichtet. Alimente, wenn Sie wissen, was... okay. Und wissen Sie, was die daraufhin getan haben?»

«Sie haben sich totgelacht.»

«Sie haben zugestimmt. In zwei Stunden war der Vertrag ausgehandelt. 100 000 Mark gegen Verzicht auf alle weitergehenden Rechte.»

«Hört sich professionell an.»

«Mein Anwalt hat eine Kanzlei in London. Und eine in New York.»

«Und die Gegenseite?»

«Mein Anwalt sagt, der Typ ist allererste Sahne.»

«So weit, so schlecht. Aber wie man von Erpressern weiß... eines Tages steht die Frau mit dem Baby wieder vor der Tür. Der Junior ist in der Zwischenzeit gewachsen, hat ständig Kohldampf, und nun will sie Nachschlag. 100 000 Mark zum zweiten. Richtig?»

«Falsch, ganz falsch.»

Wir verließen das Becken. Dusche, Kleiderwechsel, Fön, Rückgabe der Hose, Treffen im Wintergarten. Diamond hatte Kaffee organisiert und ich noch eine halbe Stunde Zeit, bevor ich Richtung Meißen aufbrechen mußte.

Agneta war nicht die Frau, die seinerzeit mit ihm Kontakt aufgenommen hatte, das Kind dagegen war angeblich der Originalsäugling, der Sohn von Diamond. Agneta behauptete, die Mutter des Kindes zu sein, die Originalmutter. Diamond blickte mich an, es war spürbar, wie es in ihm arbeitete. Und dann sagte er:

«Sie heißt Agneta. Agneta Koppel. Sie kommt aus Polen, und ich habe sie garantiert noch nie im Leben gesehen. Sie sagt, sie liebt mich mehr als alles auf der Welt, mit Ausnahme von Antonia. ‹Antonia› ist mein größter Hit gewesen. Ich kenne Agneta erst seit ein paar Stunden und habe sie schon so gern wie noch keine vorher. Dabei haben wir uns noch nicht einmal angefaßt. Ich verstehe die Welt nicht mehr.»

## 34 Das blonde Schaf der Familie

Wir trafen uns in der Wohnung von Bibiane Rottluff. Weil ich spät dran war, fand kein Small talk statt. Das war mir sehr recht, denn die Hauptmieterin wirkte leidend.

«Sie quält sich», sagte Anton, während er mich durch unbekannte Viertel Meißens bis zur Manufaktur und weiter stadtauswärts dirigierte. Hier sah es teilweise noch aus wie in der DDR.

Jakob Zinner war über 70. Er trug eins dieser altmodischen Oberhemden, die man nur bis zur Hälfte knöpft, darüber eine Weste. Sein Blick war intensiv, ich durchlief sekundenlang eine strenge Prüfung. Dann durften wir über die Schwelle treten. Die Räume waren klein. Ich sah kaum Porzellan, eigentlich nur einen Schrank voll – abgesehen von dem Kaffeegeschirr auf dem Tisch. Anton stand gleich vor dem Schrank. Das Haus war aufgeräumt, wirkte aber nicht steril.

Anton rief mich zum Schrank und stimmte ein Loblied auf die anmutige «Kugelspielerin» von 1898 an. Ich musterte ihn von der Seite, aber er schien nicht zu wissen, daß ich als ehemaliger deutscher Meister im Kegeln gerade zu dieser Figur eine kreatürliche Nähe verspürte. Das Kleid der Frau schimmerte in mattem Grün, die Kugel in ihrer rechten Hand in fettem Gold. Wie professionell die Frau ihren freien Arm auf den Rücken legte! Eleganter sah es bei mir auch nicht aus. Das war Kunst, die ich mir gefallen ließ. Ich ließ Antons Schwärmerei über mich ergehen, schwieg selbst noch, als Zinner hinzutrat und die beiden über Glüh- und Glattbrand, die 36 Grundblumen der Bemalung sowie die Qualität der Farben aus dem firmeneigenen Labor fachsimpelten. Immerhin setzten sie sich endlich an den Tisch, an dem ich schon längst saß.

«Aus so einer Schale schmeckt der Keks einfach besser», sagte Anton. Nachprüfen konnte er es nicht, denn die Kekse hatte ich in Windeseile allein vertilgt. Zinner rückte in weiser Einschätzung meiner Verfressenheit eine dieser Dosen heraus, die ich über alles liebte: Sie enthielten ein Kilo Kekse. Zeitweise wurde ich von einer gemütlichen Benommenheit eingelullt. Meine Nierenregion schmerzte, im Schwimmbad hatte ich gesehen, daß mein Rücken sich ins Dunkelbläuliche verfärbte. Am Tisch drehte es sich zunächst um einen Riesenauftrag für Meißen, der aus einem bettelarmen afrikanischen Staat eingegangen sei. Dann riß ich das Heft des Handelns an mich. Ich schilderte Zinner den Mord an Strindberg und die Drohbriefe, ich zog das Gedächtnisprotokoll von Antons Geliebter aus der Tasche, las einiges vor, das meiste nicht und ließ das Blatt auf dem Tisch liegen.

«Ich brauche jetzt den ganzen Schatz Ihrer Lebenserfahrung, Herr Zinner. Gibt es in Meißen Beschäftigte, denen Sie dieses Maß an Fanatismus zutrauen würden?»

«Mörder?» fragte er schockiert zurück.

«Möglicherweise Mörder. Aber verbeißen Sie sich bitte nicht in diese Möglichkeit, lassen Sie uns über die Drohbriefe reden. Bei denen wimmelt es meiner Meinung nach von Hinweisen auf einen Verfasser, der viel von Sachsen und Meißen und Porzellan und Tradition hält.»

Zinner nahm das Blatt und studierte es. «Das ist er also. Der Tennisspieler heißt Strindberg», murmelte er. Ich nickte, aber er schien keine Bestätigung zu erwarten. Zinner, der zum Lesen keine Brille aufsetzte, blickte länger auf das Blatt, als er für die bloße Lektüre benötigen konnte. Dann hob er den Kopf, sah mich an, sah Anton an, sah wieder auf das Papier. Dann seufzte er. Wir wurden Zeugen eines mächtigen Ringens. Er stand auf, verließ das Wohnzimmer. Ich mußte nur irgendein Haus betreten, schon geriet der gemächliche Ablauf des Alltags aus den Fugen. Ich hatte die Kollegen in der Redaktion hängenlassen. Ein Anruf wäre das mindeste gewesen. Ich war fast schon auf dem Weg zum Apparat auf dem Beistelltisch neben der Stehlampe, als Zinner in der Tür erschien. Er sagte nur drei Worte:

«Kommen Sie mit.»

Zinner verließ das Haus, wandte sich nach links und klopfte an die Tür der zweiten Haushälfte. Ohne eine Reaktion abzuwarten, trat er ein.

Anton und ich trabten hinterher. Die Enge begann bereits im Flur. Deckenhohe Regale an den Wänden verengten den Eingang zu einem Schlauch. Aktenordner, Karteikästen, Kassenbücher im Riesenformat. Das Papier war gelb, altmodische, weitausholende Handschriften aus der Zeit, als es nur Tinte gab.

«Ist das ein Museum hier?» murmelte ich. Zinner drehte sich um, sein Blick verschloß mir den Mund. Er öffnete die Tür zum Wohnzimmer, beide Wohnungen wiesen den gleichen – nur spiegelverkehrten – Grundriß auf. Wo zwei Regale nicht direkt nebeneinander standen, hingen Wappen an der Wand, Fotografien hinter Glas, alte Motive, Dampfschiffe im Hafen, dramatische Zeichnungen von Schiffskatastrophen, Menschen im tobenden Meer, mit weitaufgerissenen Augen um ihr Leben kämpfend.

Zinner schloß mir die Tür vor der Nase und stieg in den ersten Stock. Oben ging es mit der klaustrophobischen Enge weiter. Kleiner Flur mit vier Türen. Der Mann saß hinter der ersten. Er war einige Jahre jünger als Zinner, aber ein ganz anderer Typ. Schmal der Körper, scharf geschnitten das Gesicht.

«Leopold, es ist soweit», sagte Zinner. Der Mann an dem überfüllten Schreibtisch nahm die Brille ab. Das rechte Auge wirkte starr. «Der Sportreporter», sagte Zinner.

Plötzlich fühlte ich mich eingekreist. «Halt mal, Leute, worum geht es hier?» fragte ich und sorgte dafür, daß ich mit dem Rücken an einer Wand stand.

«Soll ich mit ihm reden?» fragte Zinner den Mann mit dem vielen Papier. Sie unterhielten sich über mich, als wäre ich Kilometer entfernt gewesen. Antons Gesicht gab mir keinen Hinweis auf das, was mich erwartete. Ich hielt ihn für den gefährlichsten. Und ich hatte niemandem gesagt, wohin ich fahren wollte. Ich wurde vertrauensselig auf meine alten Tage.

«Bringen wir's hinter uns», sagte Leopold und stand auf. Er war überraschend groß. Er trat vor mich hin, unangenehm dicht, und studierte mich wie etwas, das man nicht oft zu sehen kriegt. Dann nickte er und sagte: «So sind sie.» Mein Arm zuckte, aber ich schlug ihn nicht, denn ich hätte später keinen Grund für meine Attacke nennen können.

Wir stiegen ins Erdgeschoß hinunter und landeten in der Küche. Leopold besaß einen alten gußeisernen Herd, neben dem Anmachholz und Papier gestapelt waren. Auf dem Herd stand ein großer Topf, mit einem Teller abgedeckt. Es roch nach Linsen. Wir verteilten uns um den Tisch, auf dem nur ein Gegenstand lag: die Samstag-Ausgabe meines Blatts. Dann sagte Leopold:

«Er hat den Tod verdient.»

«Reden Sie von dem Tennisspieler?»

«Reden Sie nicht von ihm?»

«Ist Ihnen klar, daß wir nicht über einen Schädling reden, sondern über einen Menschen?»

«Tun wir das? Ich denke, wir reden über ein Monster. Eines dieser geldgierigen Monster, die die heutige Zeit hervorbringt und an denen wir zugrunde gehen werden.»

«Sie kennen Strindberg doch gar nicht. Was haben Sie denn mit einem Sportler aus Schweden zu tun?»

«Er ist mein Urgroßneffe. Nächste Frage.»

Irgendwo in der Küche mußte eine versteckte Kamera sitzen, die meine Reaktionen aufzeichnete.

«Was soll ich Ihnen meine Familiengeschichte herunterbeten?» sagte Leopold. «Wichtig ist nur, daß dieser Sportler und ich dieselben Wurzeln haben. Unsere Familie stammt aus Sachsen. Eine Linie ist in den vierziger Jahren des vorigen Jahrhunderts in die Vereinigten Staaten ausgewandert. Dort haben sie sich fleißig vermehrt und vermischt, und eine Linie ist in den neunziger Jahren zurück nach Europa. Es wurde Schweden. Was gucken Sic so? Glauben Sie mir etwa nicht? Jakob, er ist wie alle anderen.»

Mit vereinten Kräften brachten wir ihn zum Weiterreden.

«Ich habe ihm mehrere Male geschrieben. Wegen unserer Familie. Er hat nicht geantwortet. Nur einmal hat mich jemand angerufen, sein Arzt oder Betreuer. Er hat gesagt, daß Lars kein Deutsch versteht. Ich habe ihm gesagt, daß das nicht sein kann. Er hat aufgelegt. Dann hat in der Zeitung hier gestanden, daß er in Dresden Tennis spielen will. Ich habe mich sehr darüber gefreut, ich dachte, daß er sich besonnen hat. Aber er wollte immer noch nicht mit mir reden. Ich habe ihm Fotos geschickt, von der Fabrik und von meiner Arbeit. Damit er weiß, wie es der Familie ergangen ist. Er hat alles zurückgeschickt. Dabei bin ich der letzte, der hiergeblieben ist. Und dann kam die Schande.»

Zinner berührte seinen Unterarm, und Leopold sagte:

«Nein, ich bringe das hinter mich.» Er sah mich an: «Lars war bereit, Geld zu nehmen. Von den Fremden.»

«Sie meinen Fabarius.»

«Den Namen werden Sie aus meinem Mund nicht hören. Diese Plagiatoren, diese Kriminellen. Ohne Tradition, ohne Würde. Jemand aus meiner Familie. Es ist so peinlich. Ich habe natürlich die Fabrik informiert.»

«Aber warum denn bloß?»

«Weil es meine Pflicht ist. An wen sollte ich mich sonst wenden? In dieser Zeit, wo nichts mehr Gültigkeit hat, wo sich alles verändert.»

«Wie hat die Firma reagiert?»

Ich sah, wie seine Wangenknochen mahlten. «Das war die größte Enttäuschung für mich. In der Fabrik denken sie mit den Rechenmaschinen, nicht mit dem Herzen. Ich mußte Lars persönlich sprechen, er sollte es ja verstehen. Aber er hat nichts begriffen. Auch im Hotel nicht.»

«Moment. Sie haben mit ihm geredet? Mit Strindberg?»

«Junger Mann, davon rede ich die ganze Zeit. Im Hotel hat er sich verleugnen lassen. Die junge Frau an dem Pult, wo die Schlüssel hängen, ist unverschämt geworden. Aber Lars konnte nicht im Ernst glauben, daß er ...»

Ich stürzte aus der Küche, stieß gegen ein Regal, riß die Haustür auf. Ein ovales Namensschild aus Porzellan. L. Strindberg.

«Okay», sagte ich und ließ mich wieder auf meinen Stuhl fallen.

«Haben Sie etwa in den Garten gestrullt?» fragte Leopold streng. Ich winkte bloß ab.

«Zwei Verwandte finden keine Gelegenheit, sich zu umarmen und über alte Zeiten zu plaudern. Was für eine Welt, was für eine Welt. Ich mußte zu anderen Mitteln greifen.»

«Sie schrieben den ersten Drohbrief.»

«Kein Drohbrief. Eine freundliche Warnung.»

«Sie sind gut. Der Brief klingt wie die Ankündigung einer Gewalttat.»

«Lachhaft. Ich wollte ihm ins Gewissen reden. Ich habe dazu die Sprache gewählt, die er versteht. Mit meinen anderen Versuchen bin ich ja gescheitert.»

«Und? Hat er reagiert? Aber wie sollte er, bei einem Brief ohne Absender?»

«Ich habe ihn wissen lassen, von wem der Brief ist.»

«Was? Sie haben …? Wann? Wo?»

«In diesem Lokal für junge Leute, wo es so laut ist, daß man sein eigenes Wort nicht versteht.»

«Die Diskothek?! Sie waren im *Hollywood*?»

«Möglicherweise heißt das Lokal so.»

«War Lars denn häufiger da? Mir hat er gesagt, er hat den Schuppen erst an dem Abend kennengelernt, wo wir alle …» Ich starrte Leopold an. «Sie waren an dem Abend da, an dem er ermordet wurde.»

Jetzt war es, als wären Anton und Zinner nicht mehr anwesend.

«Er hatte zuviel getrunken, er hat gelacht und abfällig über unsere Familie geredet. Ich habe ihn dringend ersucht, sich zusammenzunehmen, damit sich seine Eltern nicht wegen ihm schämen müssen. Aber er hat nur gelacht. Lars hat mich gedemütigt.»

«Quatsch. Der Junge war duhn.»

«Er konnte nicht glauben, daß er damit durchkommt.»

Wo hatte er plötzlich das Messer her? Ein Steakmesser, dünne Klinge, Scherenschliff, er spielte damit herum, als wäre es ein Zahnstocher. Der Mann war geisteskrank. Diese Sachsentümelei und der Familienwahn – ein explosives Gebräu. Und keiner saß näher bei Leopold als ich.

«Was haben Sie danach gemacht?» fragte ich. «Als Sie mit Lars in der Diskothek nicht klargekommen sind?»

«Ich bin dahin gegangen, wo alle hingegangen sind. In das Bordell. Sie waren auch da, ich habe gesehen, wie Sie den Mädchen hinterhergeglotzt haben.»

«Sie geben zu, daß Sie im *Ambudance* waren?»

«Ich habe nichts zu verbergen. Wenn das doch alle von sich sagen könnten.»

Ich mußte die Polizei anrufen. Ich konnte mich nicht darauf verlassen, daß Anton und Zinner auf meiner Seite standen. Sie wirkten durchaus aufmerksam und gespannt, aber sie sahen nicht so aus, als wären sie sich bewußt, daß sie soeben Ohrenzeugen eines Mordgeständnisses wurden. «Was haben Sie im Bordell gemacht?» fragte ich vorsichtig. Es mußte jetzt heraus.

«Ich war auf dem Zimmer.»

«Sie haben sich ein Mädchen genommen?»

«Mein Herr, ich muß doch sehr bitten. Ich war mit Lars auf dem Zimmer.»

«Ich verstehe nicht.»

«Was gibt es daran nicht zu verstehen? Ich war in dem Zimmer mit den vielen Schwänen.»

«Während Lars auch drin war?»

«Das sagte ich doch.»

«Und während die Frau drin war?»

«Ja, natürlich. Wenn er nicht auf mich zuging, mußte ich eben auf ihn zugehen. Und in dem Zimmer hatte ich ihn ganz für mich. Ohne 50 andere Gäste. Und ohne Lärm.»

«Aber Mann Gottes, der wollte mit der Frau doch...»

Jetzt lachte Leopold zum ersten Mal. «Möglich, daß er gern gewollt hätte. Aber gekonnt hat er nicht mehr.»

«Woher wollen Sie das denn wissen?»

«Ich habe zugeguckt.»

Ich vergrub mein Gesicht in beiden Händen. Anton wirkte amüsiert, Zinner sah aus wie die personifizierte Fürsorge.

«Nicht, was Sie denken», sagte Leopold. «Ich habe zugesehen, wie die Hure mit Lars umgesprungen ist. Er war so betrunken, daß er ins Waschbecken gestrullt hat. Das heißt, er wollte. Aber sie hat es ihm verboten. ‹Dies ist ein anständiges Haus›, hat sie gerufen. Er sollte eine Toilette aufsuchen. Da hat er salutiert wie ein Soldat, mit Hacken zusammenschlagen und Hand an die Schläfe, und das alles in seinen neumodischen Unterhosen. Und dann ist er raus auf den Flur, hat dort wohl die Toilette gesucht. Die Hure hat ihm noch hinterhergerufen, daß er dazu doch nicht auf den Flur... Aber dann hat er schon geschrien.»

«Er hat geschrien? Bitte, Herr Strindberg, sagen Sie mir jetzt die Wahrheit. Es ist sehr wichtig.»

«Ich sage immer die Wahrheit. Lars hat laut geschrien auf dem Flur. Erst haben wir gar nicht gewußt, wo er steckt. Aber er war nur zwei, drei Türen weiter. Er hatte kein Licht gemacht in dem Raum, er lag auf dem Boden, gewimmert hat er ganz leise, ‹kalt›, ‹eiskalt›, und wir sollten ihm helfen, den Arm hat er sich gehalten, und aus dem Gefäß kamen Dämpfe raus. Und dann waren die vielen Frauen da. Das ist mir gleich aufgefallen: kein einziger Mann. Dabei nimmt man doch an, daß in so einem Haus...»

«Dämpfe? Was für Dämpfe?»

«Na, die aus dem Gefäß kamen.»

«War das so eine kleine Teeküche mit zwei Heizplatten?»

«Ach was.»

«Was für ein Gefäß denn, Mann? Es war ein Uhr nachts. Oder zwei Uhr! Da wärmt sich doch keiner eine Dose mit Würstchen auf.»

«Und warum kalt?» fragte Anton. Ich wußte erst gar nicht, was er meinte. «Er kann doch nicht gesagt haben, daß ihm kalt war, wenn er sich verbrannt hat. Sie müssen sich verhört haben.»

«Ich verhöre mich nie», entgegnete Leopold stolz und störrisch. Und nichts lag auf diesem verdammten Tisch, mit dem ich meine Finger beruhigen konnte. «Lars hat sich verkühlt.»

«Woran?»

«Sie müssen mich nicht anschreien. Ich höre sehr gut.»

«Aber im Bordell, da haben Sie sich verhört. Lars hat sich verbrannt, er ist in einen Kerzenleuchter gefallen. Sie haben ja selbst gesagt, daß er sturzbetrunken war.»

Anton schaltete sich ein: «Was ist danach weiter passiert?»

«Die Frauen haben mich an die Luft gesetzt. Sie waren nicht höflich. Als alter Mann habe ich Anspruch auf ein Minimum an ...»

«Weiter, weiter. Schweifen Sie nicht ab», fauchte ich ihn an.

«Ich bin die Treppe hinuntergegangen und in die Bar. Haben Sie mich nicht bemerkt?»

«Was soll die Frage? Zu diesem Zeitpunkt war ich nicht mehr in der Bar.»

«Aber doch. Sie haben an einem der kleinen Tische gesessen, mit einem Herrn. Oder zweien.»

«Quatsch. Ich war draußen, erst an der Treppe. Und als Strindberg runtergestürzt kam, bin ich ihm nach draußen gefolgt.» Alle schauten mich an.

«Nein», sagte Leopold. «Sie waren in der Bar, und Lars war oben, ich kam ja von ihm. Runtergestürzt ist er erst später.»

Es klingelte, Zinner verließ die Küche.

«Wieviel später?»

«Fünf Minuten vielleicht. Oder zehn. Dann sind alle aus der Bar gerannt. Jedenfalls die meisten. Ein Herr, der an der Bar saß, hat in dem Durcheinander eine Flasche Cognac gestohlen. Ich habe es genau gesehen.»

Eine Hand legte sich auf meine Schulter, quietschend vor Schreck fuhr ich hoch. Beinahe hätte ich Hedwig geschlagen. Zinner stand in der Tür und wunderte sich über mich.

«Hedwig, um Gottes willen. Wie kommst du hierher? Es weiß doch niemand, wo ich...»

«Du hast von Meißen geredet. Ich habe Frau Rottluff angerufen. Vorher hat mich dein Volontär angerufen. Er sagt, du müßtest unbedingt diese Unterlagen lesen. Und dann hat er ge... heh! Du tust mir weh!»

## 35 Das Inferno in der Altbauwohnung

Ich mußte sie regelrecht ins Auto hineinstopfen. «Was soll mit meinem Wagen werden?» fragte Hedwig entrüstet.

«Ich schicke einen Kollegen vorbei, der holt ihn ab.»

«Wann?»

«Bald.»

«Schnell.»

«Okay. Schnell.»

Auf der Fahrt nach Dresden berichtete sie. Pulitzer hatte angerufen.

«Er hat keine Fragen zugelassen. Hat nur gesagt, du müßtest die Unterlagen haben. Er hat das angeblich alles aufgezeichnet, während er im Bordell war.»

Weil es so umständlich war, während der Fahrt zu lesen, wechselten wir die Plätze, und zwar, ohne auszusteigen. Das brachte in einem Corsa viel Freude.

«Wo habt ihr euch getroffen?»

«Bist du stark?» Ich nickte. «In deiner Wohnung.»

Wir kamen um 17 Uhr in Dresden an.

Ich klopfte so, wie Hedwig es mir soufflierte: zweimal, Pause, viermal, Pause, einmal, Pause, fünfmal. Drinnen wurde etwas Schweres verrückt, dann stand ich Pulitzer gegenüber.

«Hallo, Chef. Wollen Sie nicht reinkommen?»

Wir betraten die Wohnung. Pulitzer schaute sich draußen um, schloß die Tür und rückte die Kommode vor die Tür. Ich hielt den

Drücker der Wohnzimmertür in der Hand und stellte mich auf etwas Ekelhaftes ein.

«Nein!»

Hedwig berührte meinen Arm. «Ich habe dir gesagt, du sollst stark sein.» Ich stürzte in die Küche, stürzte ins Badezimmer, dann stürzte ich, halb ohnmächtig vor Zorn, auf Pulitzer zu und packte ihn trotz meiner Nierenschmerzen am Kragen:

«Wer hat dir erlaubt, meine Wohnung aufzuräumen?»

«Aber ich...»

«Woher hast du meinen Schlüssel, du Dieb?»

«Ich hab Ihnen den vor ein paar Tagen nur als Sicherheit weggenommen.»

«Woher wußtest du, daß ein Schlüssel in meinem Schreibtisch liegt?»

«Das weiß doch jeder in der Redaktion.»

«Und wo zum Teufel steckt Box? Wo steckt deine Freundin? Warum hast du nicht schon am ersten Abend gemerkt, daß sie von der Polizei ist?»

Pulitzer sank nieder und begann bitterlich zu weinen. Aber er saß nicht auf dem Boden, sondern auf der linken Hälfte meines Sofas. Ich konnte mich nicht erinnern, daß das Sofa so lang war. Ich ließ den Kerl weinen, für Tränen war Hedwig besser geeignet. Noch ein Blick in alle Räume, Pulitzer hatte gehaust wie eine Putzfrau. Ich würde Wochen brauchen, um alle lebenswichtigen Gegenstände wiederzufinden. Er hatte sogar die Kaffeemaschine entkalkt. Als ich sie anstellte, gab sie nie gehörte Geräusche von sich. Wahrscheinlich stand sie unter Schock. Meine schmutzige Wäsche suchte ich mehrere Minuten, bevor ich erkannte, daß ich keine schmutzige Wäsche mehr besaß. Der Kleiderschrank war wohlgefüllt, und es roch so seltsam. Ich rief Hedwig und ließ sie riechen.

«Was ist das?» rief ich anklagend.

«Weichspüler, mein Lieber.»

Ich deckte den Küchentisch und stellte aus alter Gewohnheit alle Teller auf die rechte Seite. Danach zog ich sie auseinander, denn ich besaß nach Entfernung von zwei Monatsausbeuten Tageszeitungen jetzt wieder eine komplette Tischplatte. Die Wohnung wirkte insgesamt größer, langsam verlor ich meinen heißen Wunsch, Pulitzer zu verprügeln.

Wir führten ihn an den Küchentisch. Er trank, schneuzte sich, knabberte Kekse. Während ich darauf wartete, daß er zu reden anfing, klingelte das Telefon. Ich war nicht langsam, aber Pulitzer hängte mich ab. Er riß den Hörer ans Ohr, sagte kein Wort und hielt mir dann den Hörer hin.

Besendahl sagte nur: «Ich fahre jetzt raus. Tamara und Zapf erledigen in der Redaktion den Rest.»

«Mach's gut, Egon. Nur beobachten, kein Held sein.»

«Ich und ein Held», schnaufte er und legte auf.

Mit Pulitzer ging es aufwärts. Er sah immer noch käsig aus, aber er war jung und sollte sich nicht so anstellen. In seinem Alter war ich schon Niedersachsen-Meister gewesen. Zum Glück fing er mit dem Wichtigsten an:

«Box geht es gut.»

«Gott sei Dank. Wie hast du den Kerl in deine Gewalt gebracht? Du hast ja verborgene Talente.»

«Ich? Nein. Annegret hat ihn in ihre Gewalt gebracht. Und bei ihr sind die Talente nicht verborgen. Im Gegenteil.»

Ich blickte zur Spüle hinüber. Entweder hatte Pulitzer Kacheln geklebt, oder die Dinger waren schon vorher an der Wand gewesen.

«Annegret hat mich reingelegt», sagte er leise. «Und ich dachte, ich kenne alle Tricks der Frauen.»

«Sie ist Polizistin.»

«Aber eine Frau.»

«Das verliert sich mit der Zeit, wenn sie bei der Polizei sind.» Er sah mich hoffnungsvoll an, ich nickte bestätigend.

«Sie hat sich in ihn verliebt», sagte Pulitzer trübe. «Und er sich in sie.»

«Aber er ist verheiratet.»

«Dann passen sie ja gut zusammen. Sie ist auch verheiratet.»

«Sag mal, Junge, hast du dich ganz aufrichtig in diese Frau verliebt?»

Salzwasser schoß in Pulitzers Augen. «Sie wollen beide von vorn anfangen, hat Annegret gesagt. Mich hat sie nur benutzt.»

«Hast du wenigstens ab und zu eine Freude gehabt?»

«O doch, danke. Siebenmal insgesamt.»

«Weißt du, Pulitzer, das kann dir keiner mehr nehmen. Die Erinnerung ist ein großer Schatz.»

Er nickte selig und sagte: «Vielleicht schreibe ich ein Buch darüber.» Während ich mir vornahm, ihm zur Not die Hände persönlich zu brechen, fuhr er fort:

«Sie wollten genug Vorsprung haben, bevor seine Frau und ihr Mann mitkriegen, woher der Wind weht. Deshalb hat sich Annegret die Geschichte mit der Entführung ausgedacht. Und ich, ich war ihr Instrument.»

«Aber wie bist du in meiner Wohnung gelandet?»

«Ich habe solche Angst gekriegt. Entführung! Da rückt die Polizei doch mit Hundertschaften an. Und sie schießen so gern! Und manchmal treffen sie sogar. Steht oft genug in der Zeitung. Annegret hat auch gesagt, es wäre besser, wenn ich für einige Zeit untertauchen würde. Und Sie haben selbst gesagt, daß ich immer zu Ihnen kommen kann, wenn's mir mal dreckig gehen sollte.»

Ich hatte es nicht ganz so wörtlich gemeint, aber war natürlich froh, daß er keine Schwerverbrechen begangen hatte. Ich war nicht sicher, ob sein Verhalten Vortäuschung einer Straftat war, aber es würde nicht halb so spektakulär sein wie der Coup des durchgebrannten Liebespaars: ein Bordellmanager und eine Fahnderin der Polizei.

«Sag mal, Pulitzer, fühlst du dich stark genug, um die Geschichte aufzuschreiben?»

Er sprang mir fast auf den Schoß. «Sofort? Mit allen Hintergründen? Ich habe auch Fotos gemacht und mit allen geredet. Das meiste steht schon in den Unterlagen, die ich Ihrer Frau gegeben habe. Oder nein, Frau ist sie ja nicht. Wie sagt man...?»

«Frau ist schon in Ordnung.»

«Und ich kriege eine ganze Seite? Morgen schon? Oder Dienstag? Wahnsinn!» Ich hatte einige Male zu viel genickt, die Geschichte fiel ja überhaupt nicht in mein Ressort, und einige Kollegen waren nicht scharf darauf, einmal pro Woche mit mir über die Trennlinien zwischen Lokalem und Sport diskutieren zu müssen. Aber es konnte nicht schaden, Pulitzer an die Arbeit zu bringen. Und wenn er nur die Hintergrundinformationen für den zuständigen Redakteur liefern würde. Ich brachte ihn dazu, meine Privatmaschine zu benutzen und blätterte endlich seine Unterlagen durch. Er hatte alles aufgeschrieben, was er erlebt hatte, auch den Sex. Biographien von Gästen, mit denen er ins Gespräch gekommen war, Charakterbilder von Huren und anderen Angestellten, Grundrisse der einzelnen Etagen, technische Ausstattung des Zimmers von Mona/Annegret samt Preisliste von einfachen Handreichungen bis zur Krönung: zwei oder drei Mädchen für alle Körperöffnungen plus Champagnerbad. Pulitzer glaubte sogar herausgefunden zu haben, daß auf Wunsch zwei Hunderüden aus einem nahegelegenen Zwinger herangeschafft wurden, um unter den Augen der Gäste den Akt mit der hartgesottensten aller Huren zu vollziehen. Mein Geheimagent hatte sich auch in der Küche herumgetrieben, Liefermengen an Gemüse, Fleisch, Fisch und Getränken waren penibel vermerkt, genauso wie Namen und Adressen der Firmenwagen, die im Lauf des Tages vor dem Nebeneingang parkiert hatten. Muhs. Klempnerei; Pneuma. Kühltechnik; Nep-Tun. Wasserbetten und Futons; Nett-work. Video- und CD-Verleih.

Eine imponierende Fleißarbeit, die Pulitzer da abgeliefert hatte. Aber ihr fehlte auch nur die Andeutung eines roten Fadens, unschlüssig wog ich das Konvolut in der Hand. Ich hatte den Volontär ins Bordell geschickt, um Hinweise auf den Mörder von Lars Strindberg zu finden. Hatte ich etwas erfahren, was ich vor drei Tagen noch nicht gewußt hatte? Was waren die Erzählungen von Leopold Strindberg wert? Ich verscheuchte Pulitzer von der Maschine und hämmerte ein Gedächtnisprotokoll in die Tasten. Das Fazit auf einem Extrablatt:

«Verfasser der Drohbriefe bekannt. Mörder unklarer denn je. Motiv ebenso. Zeitproblem: Wie oft hat Strindberg geschrien? Grund für die Schreie? Schräge oder Staatssekretär fragen: Einer von ihnen will einen Schrei im Treppenhaus gehört haben. Zeitlich vor ‹meinem› Schrei. Wenn der alte Leopold recht hat, könnten Schräge / Staatssekretär und er denselben Schrei gehört haben. Laut Leopold eindeutig der Schrei des Tennisspielers. Aber mein Schrei stammt auch von ihm. Kein Mensch verbrennt sich in zehn Minuten zweimal. Und Strindberg nennt es ‹verkühlen›.»

Zum Schluß wurde ich doch noch einmal sauer auf Pulitzer, weil ich in der Wohnung auf Anhieb kein Versteck für mein Gedächtnisprotokoll fand. Als Hedwig und ich die Wohnung verließen, erklang aus dem Wohnzimmer eifriges Tippen.

Wir befanden uns zwischen Wohnungs- und Haustür, als oben die Tür aufgerissen wurde. «Grüßen Sie Herrn Hornung von mir!» rief Pulitzer. «Er soll sich keine Sorgen machen.»

«Ich würde ja noch etwas lauter schreien.»

«Er ist bestimmt so nett, weil er gerade ein Kind gekriegt hat. Da ist man nicht mehr so kalt gegenüber anderen.»

Nach Pulitzers Worten war nichts mehr, wie es vorher war.

## 36 Wiedersehen macht Freude

Hedwig konnte sich etwas Schöneres vorstellen, als mich in die Redaktion zu fahren. Aber ich nicht. Dafür ließ ich ihr meinen Wagen, und sie zwang mir den Schlüssel zu ihrem Apartment auf. «Damit ich nicht jedesmal aufstehen muß, wenn mein Held mitten in der Nacht von der Schlacht heimkommt.»

Als Hornung gegen 19 Uhr das Büro betrat, sagte er: «Holla! Vaterfreuden im vorgerückten Jugendalter?»

«Ich kriege keine Kinder. An meinem Vorbild würde jedes Kind zerbrechen. Denk dran, wie es Goethes Sohn ergangen ist.»

«Und weshalb spielst du mit meinem Strampelanzug herum?»

«Erzähl mir mehr davon.»

«Wovon?»

«Von deinen Besuchen bei den beiden Toten. Beziehungsweise deren Angehörigen.»

Hornung besaß so viel Routine, daß er nebenbei am Bildschirm weiter die Seite 8 zusammenbaute. Ein Minister und ein Quizmaster aus dem Privatfernsehen. Zwei Selbstmorde, die seinerzeit die Menschen beschäftigt hatten. Saarlouis und Mainz. Kein Sittenskandal, kein politischer Skandal, einfach zwei Rätsel. Und nun Hornung. Er hatte den Hausarzt des Ministers ausgefragt und seine engsten politischen Freunde. Er hatte sich sogar mit seiner verflossenen Liebe getroffen. Die Frau hatte einige Geschlechtsakte eingestanden, mit mehr konnte sie nicht dienen. Die gemeinsamen Freunde, der Parteivorsitzende, die erste Mannschaft des Hockeyklubs – nirgendwo ein Hinweis, was den Minister zu Tode gequält haben könnte.

«Sie war sehr offen», sagte Hornung. «Kehrt für meinen Geschmack zu sehr die edle Witwe heraus, aber jedem Tierchen sein Plaisierchen. Ich mußte sie natürlich nach den Bordellbesuchen ihres Gatten fragen. Sie hat zugegeben, daß die Ehe gescheitert war. Stand ja in allen Zeitungen. Sie hat mir auch den Karton gezeigt, den sie ihr kürzlich aus dem Ministerium nach Hause geschickt haben. Ein halbes Jahr später, wirklich sehr fix.»

In diesem Moment schoß einer der Laborfritzen herein, warf einen Packen Bilder auf den Schreibtisch und schoß wieder raus. Ich blätterte die Fotografien durch, die Hornung gemacht hatte.

Arbeitszimmer, Wohnzimmer und Bauerngarten, das Hobby des Ministers. Dazwischen ein Bild der Jugendfreundin. Dann die Witwe vor dem Karton aus dem Ministerium. Hornung korrigierte am Bildschirm die Überschrift.

«Was ist das hier?»

«Was? Das? Siehst du doch. Die Witwe.»

«Was liest sie da?»

«Weiß ich doch nicht.»

«Dann sieh hin.» Ich pappte ihm das Foto auf den Bildschirm. «Die Witwe guckt sich ein Papier an. Das ist ein ganz spezielles Papier.»

«Ohne Schrift.»

«Richtig, Hornung. Und was sehen wir auf dem Bild?»

«Tabellen, Grafiken. Was weiß ich!»

«Habt ihr darüber gesprochen?»

«Nein. Hätten wir sollen?»

In Windeseile flöhte ich alle Fotos. «Leihst du mir dieses Bild?»

«Wiedersehen macht Freude.»

«Okay. Und nun der Quizmaster.»

Hornung hatte dessen Schwester beim Auflösen des Nachlasses angetroffen. Sie war so peinlich berührt von Brief- und Pornosammlung des Toten, daß sie Hornung mehr Fragen beantwortet hatte, als es wohl mit größerem zeitlichen Abstand der Fall gewesen wäre. Auch in Mainz hatte er fotografiert, Großkotz-Penthousewohnung am Rhein, viel Leder, viel Chrom, wohnlich wie ein Operationssaal. Viele nackte Frauenkörper auf den gerahmten Bildern, und wie in Saarlouis war Hornung nicht in Sichtweite von Kontoauszügen gekommen. Die Fotografien gaben nichts her außer dem Anblick einer strohblonden, gebräunten Frau von übergewichtiger Gemütlichkeit.

«Und da hast du die Strampelhose abgestaubt.»

«Keine Hose, ein Anzug.»

«Oder so. Hat der Quizmaster Kinder?»

«Natürlich nicht. Das ist für beide Seiten auch besser so.»

«Und der Minister?»

«Zwei. Waren übers Wochenende bei den Großeltern. Wieso?»

«Egal. Hat die Schwester von dem Quizmaster eine Erklärung für den Strampelanzug?»

«Den hat eine seiner Freundinnen dort liegenlassen.»

Das war aber nichts weiter als eine Vermutung.

«Ich habe noch eine Bitte, Hornung.»

«Nimm dir schon ein Bild von der Schwester. Aber paß auf, daß Hedwig nicht auf deine Fotosammlung stößt.»

«Ich will kein Bild.»

«Was willst du dann?»

«Den Strampelanzug.»

## 37 Der Kampf um den Hubschrauber

Alle Parkplätze waren belegt, nicht einmal für mein Miniauto fand sich ein Plätzchen. Grollend stieß ich auf die Straße zurück. Beim Abschließen fiel mir ein, daß auf dem Rücksitz zwei Autogrammkarten lagen. Weil ich mir Moritz für die Zukunft warmhalten wollte, eilte ich in den Küchentrakt und pinnte die Fotos ans Schwarze Brett neben die Urlaubskarten und Rundschreiben der Verwaltung. Tiefer im Bauch des Hauses standen Angestellte klönend zusammen. Ich hatte mich schon abgewendet, als nach der dauerredenden weiblichen eine männliche Stimme ertönte. Mit großer Wahrscheinlichkeit hätte ich immer noch nicht geschaltet, aber die Männerstimme in Verbindung mit dem Golf, hinter dem ich soeben eingeparkt hatte, gab den Ausschlag.

Es war kein Anschleichen, ich ging einfach bis zur Stelle des Flurs, wo der Zugang zum Frühstücksraum abzweigte. Warsteiner sagte gerade:

«... wie abgemacht. Ein Hunderter für praktisch Nichtstun. Sie benutzen ja selbst zum Telefonieren einen Klinikapparat.»

«Mit dem Hunderter ist aber nur Diamond abgedeckt.»

«Logo. Promis gehen an den *Elb-Boten*. Eine Hand wäscht die andere.»

«Aber sonst hätten Sie nie was von dem Manager erfahren.»

«Mädchen, mach halblang. Dieser Pickelschweizer ist für dich doch ohne Wert.»

«Ich bin nicht Ihr ‹Mädchen›. Und Sie haben selbst gesagt…»
«Ja, ja. War nicht unnett, davon Wind zu kriegen.»
«Es ist doch nicht Ihr eigenes Geld.»
«Wir verdienen nichts an dem Tennisonkel.»
«Weshalb haben Sie ihn dann mitgenommen?»
«Wer sagt das denn?»
«Er ist weg.»
«Ja und?»
«Und vorher waren Sie drin. Sie und die Frau.»
«Moment, Moment. Spionieren wir vielleicht anderen Leuten hinterher?»
«Klar.»
«Haben wir einen Auftrag dafür?»
«Vielleicht.»
«Ach nee. Und wen? Spuck's schon aus. Ich weiß ja sowieso Bescheid. Er hat euch also auch becirct, was? Immer locker, immer vergnügt, und nur weil er eine Ärztin vögelt, ist er ein besserer Mensch. Wieviel zahlt er? Bestimmt nicht mehr als wir, geizig wie er ist.»
«Ich will jedenfalls Nachschlag, sonst können Sie sich eine andere suchen, die euch die Prominenten durchsagt.»
Vor mir entstand Geräusch, ich zuckte zurück, eine dritte Stimme, weiblich, offenbar eine Angestellte. Ich hatte es sehr eilig, aber soviel Zeit mußte sein. Zufällig wußte ich, daß der Golf Warsteiner privat gehörte. Damit war gewährleistet, daß ihn auch der Schmerz über das, was ich dem Gefährt im Schutz der Dunkelheit antat, privat berühren würde.

Er öffnete nach dem vierten Klopfen. Er trug einen Hausmantel, das unvermeidliche Goldgeschmeide und eine Frisur, der man ansah, daß sie in aller Eile glattgestrichen worden war.
«Sie!» sagte Schwabbel Diamond erstaunt. «Um diese Zeit?»
«Ich suche Agneta.»
Reizend, wie sich die Röte mit dem falschen Braunton seiner Haut duellierte. Ich kürzte das Gestammel ab und betrat die Suite. Der Anblick hätte einem rührselig veranlagten Menschen das Wasser in die Augen getrieben. Agneta lag in der rechten Hälfte des Doppelbetts, links hatte Diamond seine zentnerschweren Spuren hinterlassen. In der Mitte lag schlafend das Baby.

«Es ist nicht das, was Sie denken», sagte Diamond.

«Du weißt doch gar nicht, was ich denke.» Schon saß ich auf Agnetas Seite. Sie trug ein altmodisches Nachthemd zu einem vor Scham dunkelrot angelaufenen Gesicht.

«Wir müssen miteinander reden», sagte ich zu ihr.

Sie senkte den Kopf auf die Brust und hauchte:

«Ich weiß, daß es Sünde ist.»

«Lassen wir mal kurz die Sünde beiseite. Die läuft uns ja nicht weg.» Diamond legte sich auf seine Betthälfte und begann, mit der Hand des Babys herumzuspielen. «Agneta», sagte ich eindringlich, «du willst doch sicher, daß dein künftiges Leben unter einem glücklichen Stern steht.»

«Mein Leben und meine Liebe. Und ich wünsche mir den Segen der Kirche.»

«Logisch. Das ist alles machbar. Aber du mußt reinen Tisch machen. Weißt du, was das im Deutschen bedeutet: reinen Tisch machen?»

Sie schien zu zögern, ich legte den Strampelanzug auf die Bettdecke, die sie in den letzten Minuten immer höher gezogen hatte.

«Das ist ja witzig», rief Diamond. «Noch ein Drachen. Jetzt sind es schon zwei.» Dann stutzte er und fragte ungläubig: «Wo haben Sie das her? Ausgerechnet Sie, da denkt man doch nicht, daß...»

«Ja, Agneta, wo habe ich das wohl her?» Ich wußte, daß diese Sekunden alles entscheiden würden. Entweder konnte ich meine Klamotten packen und die Stätte meiner Niederlage verlassen, während mir Diamond einen Stimmungsschlager hinterherschicken würde. Oder ich deutete das Zittern von Agnetas Hand richtig. Sie nahm den Strampelanzug in die Hand. «Sag mir, was du weißt, Agneta.»

«Das kann ich nicht.»

«Es ist sehr wichtig. Es hat schon viel Unheil gegeben.» Sie nickte, sie nickte! Und jetzt den nächsten Treffer. «Du kannst verhindern, daß das so weitergeht. Du kennst den Schuldigen, nicht wahr? Ich und Gott, wir beide wären sehr, sehr traurig, wenn dein Kindchen mit so einer Schuld aufwachsen müßte.»

Diamonds Gesicht war eine Offenbarung. Er verstand kein Wort. Aber Agneta verschloß sich, abwesend begann sie, den Kopf des Babys zu kraulen. Das Kind schlief weiter, es konnte unmöglich kitzlig sein.

«Dein Freund hat mir Dinge erzählt», fuhr ich fort. «Ich mache mir Gedanken. Willst du für ihn wirklich nur das Beste?»

«Aber ja!»

«Dein Freund ist bedroht worden.»

Sie sank zurück und hauchte: «Ich weiß.»

«Was genau weißt du darüber?»

Und dann platzte das dumme Fettgesicht dazwischen:

«Hören Sie auf, ihr angst zu machen.»

«Schweig, mein Sohn. Du hast jetzt Sendepause.»

«Aber ich werde nicht zulassen, daß Sie ihr...» Er blies sich auf, war Ritter, Kavalier, Beschützer, und ich fragte ihn: «Willst du noch einmal 100000 Mark zahlen? Oder auch zweimal?» Es war sinnlos, Schwabbel mußte Agnetas Ehre verteidigen, und ich wurde so wütend, daß ich aus der großkotzigen Suite stürmte. Das Baby war immer noch nicht aufgewacht.

Meine Annäherung an Hedwigs Tür mußte einen Mechanismus auslösen, denn auch diesmal begann drinnen das Telefon zu klingeln. Aus alter Gewohnheit versuchte ich es erst mit Klopfen. Dann fiel mir der Schlüssel ein, es war eine dieser modernen Karten.

«Du mußt sofort herkommen!»

«Wer...? Egon! Egon, bist du das! Was ist...?»

«Sie haben mich entdeckt, ich konnte erst noch in die Büsche, aber sie sind überall.»

«Hau da ab! Verschwinde! Du hast keine Chance. Die spielen mit der ersten Mannschaft.»

«Das kriege ich auch gerade mit.»

Ein Hubschrauber knatterte über die Klinik.

«Wo bist du genau? Von wo rufst du an?»

Und dann der Schrei: «Da! Mist verfluchter! Den hab ich überse... Nein, Hilfe! Nicht!»

«Egon!»

«Nicht! Weg! Ich kann doch nicht...» Das Telefon war tot.

Ich sank aufs gemachte Bett. Mir schlotterten die Knie. Besendahl in Todesangst, sie hatten Besendahl am Haken, und ich hatte ihn hingeschickt, jedenfalls gestern. Und heute hatte ich ihn nicht zurückgehalten. Ich brauchte ein Auto, aber Hedwig war mit meinem unterwegs, und ihr eigener Wagen rostete sinnlos in Meißen. Über

60 Minuten Fahrt bis zu Kurlands Anwesen, und wenn unterwegs etwas schiefging, auch eine halbe Stunde mehr. Meine Panik, das Telefon, die Idee. «Katinka, verdammt, geh sofort ins Bett.» Kinderplärren, danach Frau Schlund, bereit, den Telefonfrevler zu vierteilen. «Großalarm. Bitte sofort Ihren Mann.» Immerhin plärrte sie nicht. «Bist du das? Ich hier. Ich brauche einen Hubschrauber.» Er kapierte nichts und sagte dann geistreich:

«Aber das geht nicht. Du bist kein Politiker.»

«Ich muß zu Kurland. Sie bringen einen meiner Leute um.»

Nun wurde er rührend, sagte: «Kann nicht sein. Das sind unsere Leute» und ähnliche Scherze.

«Eben ist ein Hubschrauber gelandet», rief ich. «Vor deinem Ministerium.»

«Ich kann dir nicht helfen.»

«Gib mir Dumonts Nummer.»

«Habe ich nicht.»

«Hast du doch. Gib sie mir, ich komme an Geheimnummern nicht so schnell ran.»

«Da kommst du gar nicht ran.»

«Ich lache hinterher darüber. Also los.»

Er rang sich die Nummer ab, eine Zehntelsekunde nach der letzten Ziffer hatte ich ihn abgehängt.

Dumont reagierte auf mein Ansinnen viel staatsmännischer:

«Sie sind betrunken.»

«Ich brauche den Hubschrauber, der unten an der Elbe vor den Ministerien steht. Es geht um ein Menschenleben. Wenn Sie mir nicht helfen und mein Freund stirbt, können Sie anfangen, Ihre Umzugskartons zu packen. Wenn Sie mir helfen, gebe ich Ihnen die Liebeslust-Liste. Mehr Angebote kriegen Sie nicht. Also was ist?»

«Ist die Polizei informiert?»

«Was glauben Sie denn?»

«Daß Sie ein Einzelkämpfer sind.»

«Die Zeit drängt.»

«Ich kann mich auf Sie verlassen?»

«So wie Sie sich auf mich.»

«Wie komme ich an die Liste?»

«Ich hinterlege sie in zwei Minuten am Empfang.» Ich nannte ihm die Adresse der Klinik.

Die Frau am Empfang spendierte mir einen Umschlag, ich steckte das Papier hinein, schrieb «Dumont» auf die Vorderseite. Dann rannte ich aus dem Haus und sprang in eins der beiden Taxis.

«Zum Innenministerium.»

«Da arbeitet heute doch keiner.»

«Auf mich wartet ein Hubschrauber. Bitte zügig.» Das war die Art, respektvolle Blicke von seinen Mitmenschen einzusammeln. Er fuhr am oberen Limit des gerade noch Zulässigen. Weil er auch Spätgelb ignorierte, waren wir in weniger als zehn Minuten an der Elbe. Er fand die Zufahrt auf die Wasserseite beim ersten Versuch, der Motor des Hubschraubers lief bereits oder immer noch. Ein dunkler Pkw stand zwischen Fluggerät und Ministeriumsgebäude, der Fahrer stieg in dem Moment ein, in dem ich aus dem Taxi sprang. Der Pilot rief meinen Namen, gebückt eilte ich auf ihn zu.

## 38 Fliehende Pferde

Der Start war furchtbar. Die kleine Maschine rangierte viel zu eckig, einige Sekunden schämte ich mich vorbeugend über mein Erbrechen. Dann zwang ich mich, normal zu atmen, den Rest erledigten die ungewohnten Eindrücke: der Lichterbaum im Cockpit und die Zwergenwelt zu meinen Füßen. Der Pilot mußte mir gleich zu Anfang mitteilen, daß ich ihn um seinen Feierabend gebracht hatte. Dann fragte er:

«Wie gut kennen Sie sich am Zielort aus? Komme ich problemlos runter?»

Damit waren wir beim Problem. Nachdenklich den Sprechfunk betrachtend, dachte ich über Sinn und Funktion der Polizei im demokratischen Rechtsstaat nach. Es wäre so naheliegend gewesen, die Kollegen meiner speziellen Freundin Panzer zu alarmieren. Immerhin hatte ich am Telefon einen Hilferuf vernommen. Allerdings waren die Chancen ziemlich groß, daß Kollegen von Frau Panzer den Angriff auf meinen Kollegen durchgeführt hatten.

Wie würden sie auf das Erscheinen eines Hubschraubers reagieren? Würden sie warten, bis wir gelandet waren, oder würden sie uns noch in der Luft mit einigen Salven begrüßen? Sicherheitshalber gestand ich dem Piloten, daß ich die Topographie am Ziel nicht besonders gut kannte. Ich war allerdings sicher, daß keine Hochspannungsleitungen den Frieden vor Kurlands Paradies störten. «Hoffentlich sehen wir genug», sagte der Pilot.

Wenige Minuten später erkannten wir, wie sinnlos seine Befürchtung gewesen war. «Was ist das denn?» fragte der Pilot.

«Das ist ein Großfeuer.»

«Ja, was brennt denn da? Eine Scheune?»

«Ein Gutshof und diverse Nebengebäude. Praktisch ein halbes Dorf.»

«Davon war vorhin aber nicht die Rede.»

«Es ist auch für mich eine Überraschung.»

Erst war das Feuer nur ein Widerschein am Horizont gewesen, aber wir kamen schnell näher, und nun waren es Gebäude, lichterloh brennende Gebäude in schwarzer Dunkelheit.

«Da kann ich nicht runter», sagte der Pilot.

«Landen Sie so dicht wie möglich.»

«Sind Sie sicher, daß Sie da hinwollen? Sieht mir aus wie die Hölle.»

Ja, ich war sicher. Jetzt noch mehr als vor einer halben Stunde. Was war da unten schiefgegangen? Oder hatte alles geklappt? Auftrag ausgeführt? Plötzlich bekam ich auch noch Angst um Kurland, vielleicht hatten sie ihn rechtzeitig freigelassen, damit er Gelegenheit erhielt, zu Hause zu sein und zusammen mit seinem Besitz zu verbrennen. Am liebsten hätte ich den Piloten geschlagen, er gehörte doch zu der Bande: Polizei, Verfassungsschutz und ein Haufen Legionäre, die auf keiner Gehaltsliste auftauchen, aber immer zur Stelle sind, wenn der Staat sich nicht persönlich die Hände schmutzig machen will.

«Ich geh da nicht runter», sagte der Pilot. «Ihr Termin ist ja offensichtlich geplatzt. Wir drehen um.» Ich redete auf ihn ein, schmeichelte, bat, log, verdrehte, und eine Prise Drohung war auch dabei.

Erstaunlicherweise reagierte er am nachhaltigsten auf den Namen Dumont.

Die Feuerwehr war vor Ort, eine Handvoll Wagen. Aber sie löschten nicht. Der Pilot nahm Kurs auf die Finsternis, schaltete die Suchscheinwerfer an. Sie beleuchteten ein Feld, auf dem irgend etwas wuchs, Weizen, Zuckerrüben, Mais, ich hatte keine Ahnung. Aber es war niedrig.

«Zu naß der Boden», sagte der Pilot und suchte weiter. Ich hielt nur mit Mühe den Mund, nach einer halben Stunde Flug fühlte ich mich schon recht kompetent. Hier wurden die Felder noch durch Hecken getrennt, selbst im gespenstischen Kunstlicht sah die Landschaft harmonischer aus als die industriellen Landwirtschaftsflächen.

«Da! Was ist das?» Es waren fliehende Pferde, weiße, schwarze, braune Körper, die vor dem Licht davongaloppierten. Es tat mir in der Seele wohl, daß einige Lebewesen den Brandanschlag überleben würden. Auf dieser Weide landeten wir.

## 39 «'n Abend, Arschloch»

Mit einem Satz war ich draußen, der Rotorensturm zerrte an meinen Haarwurzeln. Bald würde Hedwig, die Haare so liebte, mich am Brustbein kraulen müssen, wenn sie in den Genuß kommen wollte. Ich hatte das Gefühl, als hätte ich seit Jahren netto kein einziges Haar verloren. Allerdings fand eine dramatische Umgruppierung statt: weg vom Kopf, hin zu Nasen, Ohren, Schulterblättern. In 20 Jahren würde ich aussehen wie der Leiter des Ressorts «Primaten».

Nach wenigen Metern stand ich im Dunkeln, aber nicht in pechschwarzer Nacht. Ich hörte den Lichtdom prasseln, und mein Herz tat weh. Vom Herrenhaus hatte ich nur zwei oder drei Räume gesehen, aber der große Rest würde nicht schäbiger sein. Und ich konnte nur ahnen, welche Schätze Kurland in den anderen Gebäuden gehortet hatte. Mir war schleierhaft, wie ich Besendahl hier finden sollte. Ich kannte den Platz vor dem Herrenhaus, sonst nichts. Dort mußte ich hin, dort oder in der Nähe war mit Sicherheit Besendahls Standort gewesen.

Etwas brach zusammen, ein Dach vielleicht, das Feuer brannte nicht erst seit zehn Minuten. Aber Besendahl hatte am Telefon nichts von Feuer gesagt. Oder hatte er doch? Vielleicht hatte er nicht von hier aus angerufen, vielleicht war er auf der Flucht gewesen. Besendahl war für jede Verfolgungsjagd der geborene Verlierer. Sein Auto war langsam, er selbst nicht mehr der Jüngste, und nie war die Rede davon gewesen, daß er sich in der Freizeit sportlich betätigte. Er rauchte Kette, Herz und Kreislauf waren nicht in Ordnung. Und ich wußte nicht, ob er sich in dieser Gegend auskannte.

Ich erreichte die Allee zum Herrenhaus. Ein Feuerwehrwagen fuhr an mir vorbei, bezeichnenderweise vom Feuer weg. Sie arbeiteten wirklich mit vollem Einsatz.

Ich kam nur bis zum Tor, es war geschlossen, die neugierigen Bewohner aus den umliegenden Dörfern wurden von uniformierten Polizisten bewacht. Weil ich nicht erwartet hatte, ein bekanntes Gesicht zu treffen, brauchte ich einige Sekunden. Dann schlich ich mich von hinten an.

«Na? Planen Sie ein Service mit Feuermotiven? Schickes feuerfestes Geschirr?»

Vor Schreck stieß sie einen leisen Schrei aus. Ich hatte Sylvia Spring dynamischer in Erinnerung. Selbstbewußter. Es war ihr unangenehm, mich zu treffen, und es gelang mir nicht, sie zum Reden zu bringen. Die beiden Frauen in Trainingsanzügen verfolgten meine Gesprächsversuche, dann sagte eine von ihnen:

«Die steht schon eine Zeitlang hier. Ist von da vorn gekommen.»

«Was heißt ‹von da vorn›? Da vorn brennt alles.»

«Sag ich doch.»

Ich zog Sylvia Spring von den Menschen weg. Sie sah mich nicht an, ich faßte ihren Kopf und zwang sie so zart wie möglich, mich anzusehen.

«Was ist passiert? Was haben Sie gesehen? Oder ist Ihnen... hat Ihnen jemand was getan?»

Ich lernte, daß man hysterisch lachen und dabei ganz leise, fast stumm bleiben konnte.

«Sie waren bei Kurland.»

Das Licht war schlecht, aber hell genug, um mir zu zeigen, daß sie mich verachtete.

«Keine Journalisten mehr. Mein Bedarf ist gestillt. Für mehrere Jahre.»

«Hat Sie einer reingelegt?»

«Wie halten Sie es hier eigentlich aus?»

«Wo? In Deutschland? Sachsen? Dresden? Was?»

Aber die Frau war fertig, jede logische Antwort reine Glückssache. Und sie redete so leise.

«Größenwahnsinnig. Und verlogen. Er und Sie und alle anderen.» Mit tatü und tata preschten zwei Löschzüge heran.

«Legt euch doch in sauer ein», sagte die Spring.

«Meinen Sie Frau Rottluff?»

«Alle verrückt hier. Zaun drum herum, Draht rauf, fertig. Alle verrückt. Gold! Sie hat gedacht, sie kann mich auf die falsche Fährte locken. Dachte, sie kann mir die Information zuspielen, und ich falle darauf rein. Aber ich bin zu schlau für sie. Und dieser Scharlatan da...» Sie wies mit dem Kopf zum Herrenhaus «...Größenwahn. Wie Jakob.»

«Reden Sie von Warsteiner?»

«Er kann Sie nicht leiden.»

«Sie kennen ihn also tatsächlich.»

«Er hätte Sie am liebsten noch mehr geschlagen. Ich habe ihn gefragt, was er gegen Sie hat. ‹Ich mag keine Grinser.› Ende. Männer. Geh mir los.»

«Sie waren der zweite Schläger.»

«Hören Sie doch auf. Dieser kleine Klaps.»

«Das war ein Überfall.»

«Wieso? Hatten Sie ein Recht, in dem Zimmer zu sein? Haben Sie mit Köchlin in einem Zimmer gewohnt?»

«Warum haben Sie das gemacht?»

«Partielles Irresein, nehme ich an. ‹Du mußt mir helfen, Sylvia. Du kennst Köchlin über Bergander, den neuen Tennisgott, dir macht er die Tür auf. Köchlin muß etwas über Strindberg wissen, sonst hätte mein Lieblingsfeind ihn nicht aus dem Verkehr gezogen. Wir holen Köchlin aus der Klinik und öffnen ihm die Augen. Du machst ihm den Mund wäßrig und lügst ihm fette Zahlen aus dem Fabarius-Werbeetat vor. Ich quetsche ihn aus, schreibe die supermegageile Strindberg-Enthüllungsstory, und dann werde ich der neue Chefredakteur. Ich. Ich. Ich›.»

Sie äffte Warsteiners Tonfall nicht übel nach.

«Liebe?» fragte ich vorsichtig.

«Er hat gesagt, wenn er Chef ist, macht er in seinem albernen *Elb-Boten* jeden zweiten Tag Stimmung für Fabarius. Meißen ist gestern. Die Zukunft heißt Fabarius»

«Na Wahnsinn. Und wo habt ihr Köchlin untergebracht?»

«Der ist mit der Mutter auf und davon.»

«Welcher Mutter?»

«Von Bergander.»

«Hat er irgend etwas gesagt, was den Strindberg-Mord lösen könnte?»

Sie spuckte nicht vor mir aus. Sie war sehr müde. Aber eins mußte ich sie noch fragen:

«Wie geht es Kurland?»

«Gut... wenn er schnell genug laufen kann.»

Ich zückte meinen Presseausweis, überwand damit einen Untergebenen und drang zu dessen Chef vor.

«Kein Kommentar. Wenden Sie sich an die Pressestelle. Sehen Sie nicht, daß wir beschäftigt sind?» Er tat nichts anderes, als sich die Beine in den Bauch zu stehen. Ich versuchte es mit Name-dropping, aber er reagierte nicht. Zum Schluß sagte ich: «Matthias Sammer.» Da wurde er wach und fragte wieso und weshalb. Aber ich hatte mit dem Namen von Sachsens Paradefußballer nur seine Reflexe testen wollen. Dann stellte ich die naheliegenden Fragen:

«Wie ist das Feuer entstanden? Wann? Wer hat die Feuerwehr alarmiert? Warum wird nicht gelöscht? Sind Menschen zu Schaden gekommen? Oder Tiere?» Alles umsonst, er wußte mit Mühe und Not seinen Namen. Und den von Sammer.

«Wer hat hier das Kommando? Bringen Sie mich zu ihm!» Er hatte keine Lust dazu. Ein Helot kam angetrabt und wollte etwas wissen, ich nutzte die Gelegenheit, weiter zum Zentrum des Geschehens vorzudringen. Nach 30 Schritten war Schluß mit Gehen. Alle Gebäude standen in Flammen. Mir war schleierhaft, wie sie bei dieser Sachlage morgen die Theorie von der umgefallenen Kerze oder dem überhitzten Ölofen in die Öffentlichkeit lancieren wollten.

«Sie da vorn! Kommen Sie da weg! Glauben Sie, ich habe Lust...? Ach, der Reporter.»

Der Stinker aus der Hauptstadt, den ich im Wohnzimmer des Staatssekretärs getroffen hatte, sah aus, als wollte er ein Bergwerk besichtigen: Mantel aus Gummi, Helm aus Hartplastik. Nur das Hirn war immer noch aus Weichplastik, an seinem «Zack-Zack»-Tonfall hatte sich nichts geändert. Er tat erst so, als würde er allein die Feuersbrunst in Schach halten müssen, aber ich sagte gleich:

«Bei uns ist ein Bekennerschreiben eingegangen. Absender ist eine Wehrsportgruppe Bundesgrenzschutz. Wollen Sie dazu etwas sagen, bevor wir's in Druck geben?»

«Um Gottes willen! Wann ist Druckbeginn?»

«Vor zwei Stunden.»

Zwei Minuten später krabbelte ich in die Zentrale. Sie hatten es sich in einem VW Sharan gemütlich gemacht, gleich daneben residierte die Führungsebene der Feuerwehr. Den Anführer von Zack-Zack sah ich zum erstenmal. Er hatte alles im Griff, er war der Erfinder von Professionalität und Menschenführung. Zack-Zack berichtete von dem Bekennerschreiben, der Chef pumpte sich auf, seine Hand lag auf dem Telefon, und ich sagte:

«Das Bekennerschreiben behauptet, daß einer meiner Kollegen zu Schaden gekommen ist. Egon Besendahl. Er wird tatsächlich seit dem Nachmittag vermißt. Was können Sie mir dazu sagen?»

«Sie!» fauchte er. «Dieses Spiel können Sie mit den trüben Tassen vor Ort abziehen. Mit mir nicht. Ich bestätige nichts und leugne einstweilen alles.»

«Wo steckt Kurland? Haben Sie ihn vorher in einen Schrank eingesperrt?» In dieser Sekunde hielten die beiden, die in der Sitzreihe vor uns geplaudert hatten, den Mund. Ab dieser Sekunde fühlte ich mich eine Winzigkeit weniger wohl. Die anderen waren in der Mehrheit. Aber mir blieb ein Trost: Ich war in meinem ganzen Leben noch nie Teil der Mehrheit gewesen, und ich hatte gelernt, damit zu leben. «Diese Unterstellung nehmen Sie zurück», sagte der Chef.

«Einfach nicht reden mit dem Burschen!» rief Zack-Zack.

«Wieso denn nicht?» fragte ich. «Sie haben doch sonst nichts zu tun. Und wenn das Feuer auszugehen droht, kann ja einer Ihrer Hiwis einen Kanister Benzin nachgießen.»

«Das ist ungeheuerlich», fauchte der Chef. Ich hatte einen Verdacht, mit welcher Waffe er angreifen würde: mit seinen Zähnen. «Sie sind wahnsinnig. Was glauben Sie eigentlich, wo Sie hier sind?»

«Im Niemandsland zwischen Pressefreiheit und massiver Verfälschung von Informationen. Plus Brandstiftung natürlich. Bevor Sie's leugnen: Wir hatten gleich zwei Fotografen in der Nähe.»

«Er blufft!» rief Zack-Zack.

«Sie stinken nach Benzin», sagte ich.

«Kann gar nicht sein! Ich habe doch gar nicht...» Er hielt die Klappe. Der Chef warf ihm einen Blick zu, Zack-Zack verließ den Wagen.

«So ist das», sagte ich. «Jeder Häuptling ist letztlich nur so schlau wie der dümmste seiner Indianer.»

«Verschwinden Sie, oder ich lasse nachhelfen», knirschte der Chef.

«Sollen wir ihn begleiten?» erklang es vom Vordersitz. Mein Hodensack zog sich zusammen.

«Warum eigentlich nicht?» sagte der Chef. «Nachher fällt ihm noch ein Ziegel auf den Kopf, und wir sollen dann schuld sein.»

«Wo sollen wir ihn hinbringen?»

«Wo es schön friedlich ist. Wo kein Feuer ist. Und vor allem kein unbeteiligter Bürger. Und bitte schnell, mir verursacht diese Visage Übelkeit.»

Der in der ersten Reihe öffnete die Tür und rief:

«Hey, ihr beiden. Der Mann hier drin sagt, daß ihm übel wird, wenn er die Fresse vom Einsatzleiter sieht. Na, was sagen wir denn dazu?»

«Daß er eine Lektion aus unserem Höflichkeitskurs braucht», rief einer der beiden Angesprochenen fröhlich zurück.

«Bedient euch», rief der von vorn. Ich schwieg, mir fiel nichts ein, was meine Lage verbessern konnte. Zwei Männer zogen mich rüde aus dem Wagen. Der Wortführer lachte herzlich und sagte:

«Guten Abend, Arschloch.» Dann trat er mir zwischen die Beine. Beide packten blitzschnell zu und verhinderten, daß ich auf den Boden sackte.

«'n Abend, Arschloch», sagte der zweite nicht weniger herzlich. Seine Augen schwammen in einer Soße aus Vorfreude. Er wollte es seinem Kumpel gleichtun. Doch das klappte nicht ganz, denn ich trat als erster zu. Er fiel aufs Gesicht, denn er hatte niemanden, der ihn am Zusammenklappen hinderte. Meine Augen waren naß vor Schmerzenstränen, reine Glücksache, daß ich so gut getroffen hatte. Der, der noch stand, riß mich herum, holte aus, die Tür des VW wurde aufgerissen, und der Chef fauchte:

«Ich würd's ja gleich drüben bei den Kameras machen.»

Der Stehende entschuldigte sich beflissen. Sie nahmen mich in die Mitte. Der Schmerz in meinen Hoden war unmenschlich, der in den Nieren noch längst nicht abgeklungen. Aufrecht gehen zu müssen machte alles noch schlimmer. Sie brachten mich vom Feuer weg, leider auch weg vom Tor mit den Schaulustigen.

«Das hättest du nicht machen sollen», sagte der, dem auch etwas weh tat. «Du hättest das einfach nicht machen sollen.»

«Halt's Maul», knurrte ich. «Du verlierst beim Reden zuviel Energie.»

Er wollte sofort auf mich los, sein Kumpel stoppte ihn. «Erst ins Dunkle», sagte er. Während der nächsten Minute tröstete ich mich mit der Lebenserfahrung, daß auf jeden Regentag ein Sonnentag folgt. Sie erledigten es nicht hinter der erstbesten Ecke, sondern steuerten das große Etwas an. Im Widerschein der Flammen erkannte ich einen Heuschober oder einen Stall.

«Falls du falsche Zähne hast, darfst du sie rausnehmen», sagte einer der beiden.

«Das gleiche gilt für deine Gehirnprothese», sagte ich. Sie stießen mich mit dem Rücken an die Holzwand, einer der beiden zog etwas aus der Tasche.

«Sehr fair», sagte ich. Ich sah, wie er sich in Positur stellte. Er holte aus, ich schloß die Augen. Dann krachte es. Ich hielt die Augen geschlossen. Es krachte zum zweitenmal. Ich öffnete die Augen, machte einen Schritt, stolperte. Vor mir kämpften sie, ich fiel nach vorn, riß mit, was ich zu packen bekam. «Sehr nett», keuchte eine Frauenstimme, Faustschläge wie in rohe Steaks, und alle Schläge prasselten zentimeterdicht neben mir in den Körper, den ich festhielt. Ich spürte, wie plötzlich die Spannung aus dem Körper wich. Hände halfen mir auf die Beine, ich ging in Deckung, und die Frauenstimme sagte:

«Es ist gut. Wir haben sie. Beide.» Mein Tunnelblick weitete sich, ich erkannte, wer vor mir stand, und mußte mich dringend hinsetzen.

«Du siehst nur so aus wie Hedwig», murmelte ich. «Und Sie sind auch nicht Anton. Alles klar, alles im Griff. Oh, ist mir schlecht.»

Sie hatten daran gedacht, mir das Leben oder zumindest alle Knochen zu retten. Aber für ein lumpiges Kaugummi hatte es nicht gereicht. Ich machte ihnen deswegen schwere Vorwürfe, Hedwig lachte und sagte:

«So ist er. Genau so.»

## 40 Die schwarze Null

Ich brauchte zwei Minuten, dann stand ich wieder. Ich mußte Anton dringend umarmen. Bei Hedwig war ich weniger zurückhaltend.

«Guckt mich nicht so an», sagte ich beschämt. «Ich habe nur was ins Auge gekriegt. Das könnt ihr gar nicht sehen bei dem schlechten Licht.»

Auf dem Weg zum Hubschrauber berichteten sie. In meiner Tasche steckten die Ausweise meiner beiden Folterer.

«Daß wir hier sind, haben Sie Leopold zu verdanken», sagte Anton. «Er hat gewußt, daß die Staatsschützer etwas mit Kurland vorhaben. Und er war sicher, daß Sie früher oder später zu Kurland fahren werden.»

«Dann ist Anton zu mir gekommen», sagte Hedwig. «Fünf Minuten später sind wir los. Es war natürlich nur ein Verdacht.»

«Natürlich», sagte ich mit belegter Stimme. «Woher wußte Leopold, daß sie Kurlands Anwesen niederbrennen werden?»

«Das wußte er nicht. Er wußte nur, wie groß die Angst ist, die sie vor künstlichem Gold haben. Und es liegt nahe, daß sie die Formel und andere Beweise bei ihm vermuten. Wußten Sie nicht, daß für Kurland ein Dutzend Forscher arbeiten? Er hat ein Toplabor gleich neben dem Herrenhaus. Die von den Banken und von der Wirtschaft sind alle in Panik, behauptet Leopold. Er hat mir die Konsequenzen erklärt. Ich verstehe jetzt, warum sie in Panik sind.»

«Und dann habt ihr aus einem Lehrbuch Verprügeln gelernt.»

«Ach das», sagte Anton lachend. «Das war doch nichts. Das machen wir dreimal in der Woche.»

«Staatsschützer umhauen?»

«Kampfsport. Die üblichen Arten. Ich habe Bibiane in einem Studio kennengelernt.»

«Nicht in der Fabrik?»

«Das denken alle.»

Ich drängte zur Eile. Wir mußten weg sein, bevor die beiden Schläger vermißt wurden. Ich dirigierte meine Retter zum Hubschrauber. Anton sagte:

«Leopold weiß noch einen Grund, warum die Großkopfeten solche Angst vor künstlichem Gold haben.»

«Red schon, Mann. Neugier vertrage ich noch schlechter als Schläge.»

«Es gibt tatsächlich künstliches Gold.»

«Ah ja, haha. Sehr witzig. Erzähl noch einen.»

«Leopold war Buchhalter in der Manufaktur. 45 Jahre. Seitdem er pensioniert ist, forscht er.»

«Was erforscht er denn? Die Entwicklung der Kantinenpreise im Lauf der Jahrzehnte?»

«Nein. Warum Meißen überlebt, obwohl das Geld nicht reicht.»

«Bitte?»

«Leopold hat in seiner aktiven Zeit Einblick in alle Geldvorgänge gehabt. Meißen hat immer gut verdient. Aber sie hatten auch immer hohe Ausgaben. Spätestens 1958 hätten sie Konkurs anmelden müssen.»

«Die DDR-Regierung hat die doch garantiert gesponsert.»

«Keine Mark. Die wären froh gewesen, wenn Meißen pleite gegangen wäre. War doch alles feudalistisch, was die hergestellt haben. Außerdem waren die Meißener unheimlich eingebildet auf ihre Tradition. Die haben die Genossen in jeder Sekunde spüren lassen, daß sie sie für Proleten halten. Und es gab damals genug andere Zwecke, für die man dringend Geld ausgeben mußte.»

«Meißen konnte doch nicht pleite gehen. Die verlangen doch Irrsinnspreise für ihr Porzellan.»

«Langt trotzdem nicht. Leopold hat in den sechziger Jahren angefangen, sich um die alten Bilanzen zu kümmern. Was Sie in seinem Haus gesehen haben, ist sein Schatz. Er besitzt mittlerweile so gut wie jeden Jahrgang. Er kann die Geschäfte der Manufaktur über 280 Jahre fast lückenlos nachvollziehen.»

Ich drückte Hedwigs Hand. Es war so schön, sie in der Nähe zu haben.

«Leopold hat herausgefunden, daß es in den 280 Jahren, seit denen die Firma besteht, wenigstens 40 Jahre gegeben hat, in denen sie katastrophal in die Miesen gerutscht ist. Diese Einbrüche tauchen aber nie in den offiziellen Bilanzen auf. Dort steht immer, wie Leopold es nennt, mindestens eine ‹schwarze Null›.»

«Bilanztricks», murmelte ich. «Liest man doch immer wieder von.»

«Die Vermutung liegt nahe», sagte Anton. «Aber Leopold hat herausgefunden, daß jeder positiven Zahl auch ein tatsächlicher Wert entspricht. Keine Luftbuchungen. Und die Differenz zwischen dem von Leopold errechneten Verlust und der Bilanz der jeweiligen Jahre ist immer nur so groß gewesen, daß es reichte, die Firma am Leben zu erhalten.»

«Hier müssen wir rechts. Den Weg noch, dann sind wir am Hubschrauber. Das hört sich so an, als ob es irgendwo in Meißen einen Keller gibt, in dem ein dicker Tresor steht. Und immer, wenn Matthäi am letzten ist, nimmt der Kellermeister den Schlüssel vom Brett, steigt in den Keller hinab, öffnet den Tresor und nimmt einige Scheine heraus.»

«So ist es.»

«Was? Das sollte ein Scherz sein.»

«Leopold sagt, es gibt nur eine Erklärung: Böttger hat kurz vor seinem Tod tatsächlich noch einen Weg gefunden, Gold aus billigen Stoffen herzustellen. Aber das weiß Kurland nicht. Das weiß keiner von denen, die es seit Jahrhunderten immer wieder ganz genau wissen wollen. Das wissen nur ein oder zwei Leute, und die, beziehungsweise die nachfolgenden Geheimnisträger, arbeiten seit 280 Jahren für die Manufaktur. Sie wissen, wie man Gold auf künstlichem Wege herstellt. Aber sie tun es nicht, weil sie kein Interesse daran haben, reich zu werden. Sie haben nur ein Interesse: Meißen und das Porzellan. Wenn ein Jahr kommt, in dem sie schlecht gewirtschaftet haben, dann nehmen sie den Schlüssel vom Brett, steigen in den Keller hinab und stellen Gold her – genau so viel, wie nötig ist, damit es der Firma wieder gutgeht. Danach hängen sie den Schlüssel wieder ans Brett und bezahlen mit dem Gold ihre Verbindlichkeiten. Hören Sie das? Es kommt von vorn.»

Es war ein Pferd, es kam uns auf dem Weg entgegen, und auf dem Tier lag etwas. Während mich mein Respekt vor diesen immerhin mehr als dackelgroßen Tieren lähmte, klopfte Hedwig auf Kopf und Hals des Recken und redete ihm beruhigend zu. Das, was daraufhin stöhnte, war nicht das Pferd.

«Egon! Verdammt, wie kommst du...?»

Anton half mir, Besendahl auf den Boden gleiten zu lassen. Ich zerrte mir die Jacke von den Schultern, Ende April war die falsche Jahreszeit, um einen verletzten Mann auf die Erde zu legen. «Sei doch nicht so roh», sagte Hedwig, als ich Besendahl auf die Wange patschte. Aber ich ertrug es nicht, ihn ohnmächtig zu sehen. Er sollte gefälligst aufwachen, und zwar ein bißchen zügig, sonst würde ich...

«Aua», sagte er leise, fast freundlich und schlug die Augen auf. Vielleicht hatte er sie schon länger offen, wir sahen ja fast nichts.

«Was haben sie mit dir gemacht?»

Und er sagte leise:

«Ich bin ihnen entwischt, und da war die Weide. – Ich wollte ins nächste Dorf – irgendwohin, wo Menschen sind. Erst war der Gaul in Ordnung ... keine Rakete, aber ich habe ihm wahrscheinlich auch die Luft abgedrückt, so wie ich mich an seinem Hals festgeklammert habe. Dann Nase hoch, einmal gewiehert, 180-Grad-Wende und zurück ging's Richtung Heimat, exakt den gleichen Weg.» Besendahls Stimme war schwach, fast durchsichtig. «Ich konnte nichts machen, er hat mich nicht ernst genommen. Ich schaffe es nicht mal, ein Tier zu beherrschen.»

Hedwig stellte mich in die zweite Reihe, sah sich meinen Kollegen an, tastete ihn ab.

«Er hat innere Verletzungen. Oder etwas anderes Inwendiges. Infarkt vielleicht.»

«Was heißt ‹vielleicht›? Das wird sich doch wohl feststellen lassen, was...»

In diesem Moment hörten wir die Sirenen.

«Los jetzt!» rief ich. «Der Hubschrauber ist keine 100 Meter entfernt.» Ich hatte noch nie Sirenen gemocht, nicht einmal auf Sportplätzen. Heute nacht haßte ich sie. «Der Hubschrauber ist weg!»

Der Pilot mußte sofort nach der Ankunft mit seiner Zentrale gesprochen haben. Dumont hatte den Umschlag in Windeseile aus der Klinik abgeholt. Die Sirenen kamen näher. Aber kein Gedanke an Flucht, nicht, wenn ich einen Blick auf Besendahls Körper warf. Die Sirenen kamen näher, aber nicht nur sie. Einen Moment lang sah ich uns alle mit schiefgelegten Köpfen dastehen. Der Hubschrauber kehrte zurück.

«Er hat sich bloß ein Sechserpack Bier geholt.» Es war Antons witzigste Bemerkung, seitdem ich ihn kennengelernt hatte.

«Komm, Junge, leg einen Zahn zu», sagte ich flehentlich. Plötzlich war Licht am Himmel, zwei Scheinwerfer, wir hievten Besendahl hoch und trugen ihn auf die Weide.

«Wo sucht denn der?» sagte ich ärgerlich. Wir legten Besendahl ab und winkten. Die Scheinwerfer wischten über uns hinweg, waren wieder da, waren weg, fraßen sich an uns fest. Dann setzte die Maschine zur Landung an. Sie fiel praktisch vom Himmel, vorhin war er viel weicher gelandet.

«Das ist eine Falle!» rief ich. «Das ist ein anderer!» Panisch packte ich Besendahls Oberkörper, wo blieb Anton, verdammt noch mal? Wir mußten hier weg, ich schrie ihn an, der Hubschrauber stand doch längst, die Tür war offen, gleich würde herausspringen, was sich da drin versteckt gehalten: vier Profis oder sechs oder ...

«Guten Morgen, Herr Pfarrer.»

«Was soll das denn?» fragte ich fassungslos.

Hedwig sorgte dafür, daß der Verletzte eingeladen wurde. Ich half nicht dabei, ich war damit beschäftigt, Diamond und Agneta anzustarren.

«Das ist ein Trick. Wer hat die Maschine geflogen?»

«Das war er», sagte Agneta. «Er kann das ganz hervorragend. Und ich sage Ihnen jetzt alles. Er hat mich überzeugt. Er ist ein so kluger Mann.»

«Wo haben Sie den Hubschrauber gestohlen? Besitzt die Klinik so etwas?» Hedwig und Anton schoben und zogen mich in die Maschine, die Nacht war voller Sirenen. Und sie waren sehr nah.

«Flughafen», antwortete Diamond und zog die Tür zu.

«Aber doch nicht um diese Zeit.»

«Normalerweise nicht. Aber mit ein paar Scheinen läuft schon einiges.»

«Ja, sind denn mittlerweile alle Deutschen bestechlich?»

«Nicht alle. Aber die paar, die es nicht sind, kennen mein Gesicht. Sie freuen sich, mir einen Gefallen tun zu dürfen.»

Die Maschine hatte vier Sitze und einigen Stauraum, Agneta saß neben Diamond. Ich schnallte mich nicht an, ich wollte sehen, wie er mit den Schaltern und Hebeln umging. Es war unmöglich, daß ein dermaßen dummer Mann in der Lage war, einen Hubschrauber in die Luft zu ...

Im Lichtkegel der Scheinwerfer begann es zu wimmeln. Gestalten liefen gebückt auf uns zu.

«Wird Zeit», sagte Diamond ohne Aufregung, zog einen Hebel zu sich heran, und wir schossen nach oben.

«Mein Kollege muß sofort ins Krankenhaus», sagte ich. «Wie lange brauchen wir bis Dresden zurück?»

«Ich fliege nicht nach Dresden», sagte Diamond. Ich wollte aufbegehren, aber er kam mir zuvor: «Wir machen eine Zwischenlandung in Bad Schandau.»

«Was redest du für einen Unsinn? Das liegt doch in der Gegenrichtung. Hinter Bad Schandau fängt gleich Tschechien an.»

«Das ist richtig», sagte Diamond. «Da wollen wir auch hin.»

Hedwig legte mir eine Hand auf den Arm.

«In zehn Minuten Bad Schandau», sagte Diamond, Agneta kletterte zu uns nach hinten. Ich glaubte das alles nicht. Die Szenerie unten war schon verrückt gewesen, aber so eine Hubschrauberbesatzung wie uns hatte die Welt noch nicht gesehen. Und dieser Pilot. Man sah dem Kerl sogar in der Dunkelheit an, daß er Goldkettchen trug.

«Wo haben Sie Ihr Kind gelassen?» fragte ich Agneta.

«Eine Schwester paßt auf sie auf. Ich werde erzählen», kündigte Agneta an. «Ich will Schluß machen mit dem alten Leben. Philly hat gesagt, daß ich mit Ihnen reden soll. Auf Pfarrer ist Verlaß, sagt Philly.»

«Wo ist denn hier ein Pfarrer?» fragte Anton. Hedwig beugte sich zu ihm, sein Gesicht irrlichterte von Verblüffung über Unglauben zu Amüsement.

«Philly ist der Vater von meinem Kind», sagte Agneta. «Aber ich habe ihn in dieser Woche zum erstenmal gesehen. Verstehen Sie?»

«In der Bibel hat es so einen Fall gegeben», sagte Hedwig. Ihre Ironie erreichte Agneta nicht. Sie war eifrig wie noch nie.

«Ich habe ihn so gern», fuhr Agneta fort. «Ich habe alle seine Schallplatten.» Unwillkürlich tätschelte ich ihre Hand. «Es ist kein Zufall, daß ich sein Kind bekommen habe. Das ist Bestimmung.»

«Erzähl ihnen, wer dahintersteckt», rief Diamond nach hinten. «Das andere weiß der Herr Pfarrer ja schon von mir.»

«Er wird erpreßt», erklärte ich Hedwig und Anton. «Mit dem Baby. Aber er sagt, er hat nicht mit ihr... Und sie sagt, sie hat nicht mit ihm.»

«Künstliche Befruchtung», sagte Anton.

«Aber er hat nie als Samenspender gearbeitet», sagte ich. «Und doch ist er der Vater. Das ist bewiesen. Das sagen die Tests. Das sind unabhängige Leute, die die Tests gemacht haben.»

«Gentests?» fragte Hedwig. Ich nickte.

«Die Erpresser haben 100 000 Mark von Diamond gefordert, damit sie keinen Skandal machen. Als er sich geweigert hat, sind sie mit dem Kind gekommen. Er ist der Vater.»

«Und ich bin die Mutter», sagte Agneta versonnen.

«Wir sind da», rief Diamond. Ich schämte mich, daß ich minutenlang nicht an Besendahl gedacht hatte.

«Woher wissen Sie, wo wir hin müssen?» fragte Hedwig.

«Ich habe mich über Funk einweisen lassen.» Seitdem Diamond auf dem Pilotensitz saß, war er ein anderer Mensch. Es lag schon eine Ahnung von Dämmerung in der Luft, als wir einschwebten. Ich fand es rücksichtslos, Besendahl hier abzuliefern, der Ort wirkte so winzig. Womöglich waren seine inneren Verletzungen schwerwiegend, und man konnte ihn hier nicht ordentlich versorgen.

Diamond machte einen langen Hals, aber es war Agneta, die das Kreuz auf dem Dach entdeckte. Die Landung war butterweich. Ich sprach Besendahl an, er reagierte nicht.

Sie sausten mit der Trage heran und waren begeistert. Ich wollte nicht daran denken, daß wir vielleicht seit Jahren der erste Notfall waren und sie im Haus gerade den Operationssaal entstaubten.

Ich wollte unbedingt an Besendahls Seite bleiben. Agneta und Diamond blickten mich besorgt an, und sie sagte:

«Wir müssen uns beeilen. Wenn sie einpacken, werden wir nichts mehr finden.»

Bevor ich mir wie ein Kameradenschwein vorkommen konnte, weil ich ihn in schwerer Stunde allein zurückließ, drückte Besendahl plötzlich meine Hand und sagte mit schwacher Stimme:

«Panowsky hat mir erzählt, daß er um die Europameisterschaft boxt. Außerdem läßt er dich fragen, warum von unserem Blatt nie einer da ist, wenn er eine Rede hält. Das muß anders werden, sagt Panowsky. Und wenn du nicht endlich losfliegst, erzähle ich allen, was für ein lausiger Reporter du bist. Dann kannst du wieder in den Westen gehen, wo du hergekommen bist.» Keine Minute später stiegen wir auf.

## 41 Das Dorf der Kinder

Und flogen direkt in den Morgen hinein. Plötzlich klaffte ein Riß im Himmel. Er war haarfein, so lang wie der Horizont und prallrotgelb.

Von Bad Schandau bis zur Grenze waren es höchstens 20 Kilometer.

«Wie sieht's mit den tschechischen Abfangjägern aus?» erkundigte ich mich nebenbei. Diamond lachte, und als ich gerade entschieden hatte, mich davon beruhigen zu lassen, sagte er:

«Ich bin auch gespannt.» Meine Hand suchte Hedwigs Hand. Ich war der Älteste in der Runde, vielleicht saß bei mir das Wissen um die Kampfkraft des Ostblocks am tiefsten.

«Es ist gleich hinter der Grenze», sagte Agneta. «Philly hat es auf dem Plan gefunden.»

«Ich bleibe tief», sagte Diamond. «Hubschrauber sind ideal für Invasionen.»

Es wurde mit atemberaubender Geschwindigkeit hell. So intensiv hatte ich diesen Teil des Tages lange nicht mehr erlebt.

Dann ging es ganz schmerzlos. «Wir sind drüben», sagte Diamond, unter uns Anhöhen und Täler, viel Wald, kaum Feld und Weide. Und kein Dorf, keine Stadt, nicht einmal Fahrzeuge auf den wenigen Straßen. Wir waren durch einen ruhigen Hintereingang nach Tschechien eingeflogen.

Diamond hatte ein Auge auf der detailreichen Karte. Wir landeten auf einer Wiese, sehr dicht an einem Waldstück.

«Nicht leicht zu entdecken», sagte er, als wir draußen standen. Dann kletterte er wieder hinein, kam heraus und sagte:

«Besser als nichts.» Ich nahm eine Leuchtrakete, Diamond behielt eine, Anton zog für einen Moment seinen Pullover hoch.

«Aber hallo», sagte ich. «Waren Sie bereit, das gute Stück für meine Rettung einzusetzen?» Er lächelte.

«Zehn Minuten Fußmarsch», sagte Diamond.

Wir setzten uns in Bewegung.

«Kann es gefährlich werden?» fragte Hedwig.

«Ich weiß nicht», sagte Agneta. «Bisher war nie ein Grund dafür.»

«Wofür?»

«Menschen zu töten.»

Der Weg war nicht asphaltiert, aber festgefahren. Er beschrieb eine milde Rechtskurve, aber Agneta ging geradeaus weiter in den Wald, als habe sie die Orientierung verloren. Beim zweiten Blick erkannte man den Trampelpfad, wir folgten ihr. Nach einigen Schritten blieb Agneta stehen. Im Zentrum lag das Forsthaus, riesig, vier Geschosse. Weißer Putz, die Fensterläden aus Holz. Daneben stand die Scheune, dahinter ein Gerätehaus, vor dem ein Jeep und ein Traktor parkten. Beide trugen tschechische Kennzeichen. Dahinter wie hingetupft die kleinen Häuser. Einst wohl gebaut für Wald- und Saisonarbeiter, acht

Häuser aus Holz, aber von massivem Eindruck und kaum kleiner als heutige Einfamilienhäuser.

«Was ist das?» fragte ich. «Eine Sekte oder ein biologisch-dynamischer Bauernhof?»

In diesem Moment wurde die Tür in einem der Häuser geöffnet, eine Frau trat heraus, sie trug ein Kind auf dem Arm. Sie setzte das Kind ab, auf stämmigen Beinen wetzte es zum Nachbarhaus. Dort reckte es sich, aber es reichte nicht an den Klingelknopf heran. Wütend trat es gegen die Tür, sie wurde von innen geöffnet, ein zweites Kind kam heraus. Die beiden rannten sofort zur Seite weg, in der Türöffnung stand nun eine Frau, sie war hochschwanger.

«Das ist das Dorf der Kinder», sagte Agneta.

«Und was ist daran so besonders?»

«Das erste Kind, das Sie gesehen haben, ist der Sohn des besten Torschützen der Fußball-Bundesliga. Das Mädchen, das er abgeholt hat, ist die Tochter eines Ministers. Eines Bundesministers. Und Josepha, die Frau da unten in der Tür, die sich gerade die Haare zusammenbindet, sie kriegt das Kind eines Opernsängers, den jeder kennt.»

«Wie viele Menschen leben da unten?» fragte Anton.

«18 Frauen. Und 14 Kinder. Drei Frauen kriegen bald ihr Kind, Regina bekommt Zwillinge.»

«Wie lange leben die Frauen hier? Bis sie ihr Kind bekommen haben? Aber da sind auch ältere Kinder.»

«Wir kommen hierher, damit wir schwanger werden. Dann gehen wir wieder weg und kommen vor der Geburt zurück. Nach der Geburt kann jede bleiben, so lange sie will.»

«Wie alt sind die ältesten Kinder?»

«Zweieinhalb. Länger besteht das Dorf noch nicht.»

«Und die Geburt», fragte Hedwig, «die findet auch hier statt?»

Agneta nickte. «Die Geburt und die Zeugung.»

Vor uns in der Senke des Tals waren jetzt mehrere Frauen zwischen den Häusern unterwegs, das Anwesen lag noch im Schatten, aber wir auf unserem erhöhten Standort kamen bereits in den Genuß der wärmenden Strahlen.

«Wird man uns Fragen stellen?»

«Drei fremde Männer sind zuviel», sagte Agneta. «Wenn ich eine Freundin mitbringe, ist es gut – weil ich es bin. Männer brauchen einen Grund. Wir haben sie hier nur, um zu...»

«Verstehe. Um zu zeugen.»

«Nein. Für Reparaturen.»

«Männerverbot?»

«Es gibt keinen Zaun. In der ersten Zeit waren häufiger Männer hier, aus den Dörfern. Wir beziehen ja unsere Lebensmittel von dort. Zuerst waren sie natürlich neugierig. Aber als sie gesehen haben, daß es nichts Aufregendes zu sehen gibt, sind sie weggeblieben.»

Nun mischte sich Hedwig ein:

«Eine Frage, Agneta. Woher wissen Sie das alles? Wissen alle Frauen so gut Bescheid?»

«Ach was. Einige sprechen ja kein Wort Deutsch.»

«Aber woher wissen Sie das alles?»

Sie senkte den Kopf, bei ihr das Zeichen für Verlegenheit.

«Versteh mich richtig», sagte Hedwig. «Wenn du etwas weißt, was keiner wissen darf, und sie entdecken dich mit uns zusammen, dann bist du in Gefahr. Und wir auch.»

«Nein, nein», sagte Agneta eifrig. «Keine Gefahr. Sie hat gesagt, sie verrät keinem etwas.»

«Wer ist ‹sie›?»

Wieder die Verlegenheit.

«Montag ist ein guter Tag», sagte Agneta. «Montag kommt der frische Samen.» In mir zog sich etwas zusammen. Auch die anderen Männer hatten schon souveräner ausgesehen. Fünf Minuten später waren die Aufgaben verteilt.

Wir gingen zum Haupthaus hinüber. Man betrat einen Flur, der mich an weitausladende süddeutsche Gasthöfe erinnerte.

«Unten ist das Krankenhaus. Und das Labor. Oben sind die Büros», sagte Agneta. «Oben wohnen auch die Frauen.»

«Welche Frauen?»

«Na, die... die...»

«Die Chefinnen? Die, die etwas gleicher sind als die Gleichen?» Hedwig stieß mich an. «Wie viele von den Chefinnen sind denn im Dorf?»

«Wir sollten nicht hier darüber sprechen», sagte Anton eindringlich. Er wies zur Milchglastür am Ende des Flurs.

Dann ertönte die Stimme: «Guten Morgen.»

Sie war Fleisch gewordene Energie. Sie war der Typ Frau, der es gewohnt ist, alle Fragen beantwortet zu bekommen. Sie trug ein Kostüm, streng, diszipliniert. Wir beeilten uns, den Morgengruß zu erwidern, mir war nicht entgangen, daß Agneta seit der Anwesenheit dieser Frau eingeschüchtert war. Wir nannten unsere Namen, die Frau hieß Gerber, einfach Gerber.

«Schön, daß du wieder da bist», sagte sie zu Agneta. «Wir haben dich schon vermißt.» Agneta reagierte auf die Worte wie auf Schläge. Es wurde Zeit für meine Performance.

«Dieses Gesicht muß ich Ihnen bestimmt nicht vorstellen», behauptete ich. «Herr Diamond, bekannt aus Funk und Fernsehen.» Sie sah Diamond an, er lächelte, sie sah ihn trotzdem weiter an. «Ich bin Phil Diamonds Manager und nur mitgekommen, weil ich ihm ursprünglich seinen Plan ausreden wollte. Jetzt bin ich nicht mehr sicher, ob ich das noch will. Es ist ja so reizend bei Ihnen.»

«Sie wünschen?»

«Phil Diamond hat von der Existenz Ihres Dorfes für Kinder erfahren. Er ist der Meinung, daß so ein Projekt Gold wert ist in unserer kalten Gegenwart, die für die Schwächsten der Schwachen so skandalös wenig übrig hat. Daher hat Phil Diamond spontan gesagt: Dort möchte ich singen. Ein Gratiskonzert als Dank für eine wegweisende Idee.»

Sie blieb nicht unbeeindruckt, zumal Diamond meine Suada mit fortgesetztem Kopfnicken begleitete und am Ende die Hand von Frau Gerber packte, um sie dankbar zu drücken.

«Ja, ich weiß nicht...» sagte sie.

«Sagen Sie jetzt nichts», forderte ich sie auf. «Die Freude folgt ja immer erst am nächsten Tag. Aber wir mußten einfach sofort zu Ihnen kommen. Wir sind auch schon so gut wie weg.»

«Sehen Sie sich in Ruhe um», forderte sie uns auf. «Wir freuen uns über Besuch.» Und als ich dachte, daß wir's damit geschafft hatten, sagte sie noch: «Agneta, du hast einen Moment Zeit für mich.»

Frau Gerber führte die junge Mutter regelrecht ab.

«War alles richtig so, wie ich es gemacht habe?» wollte Diamond wissen. Ich lotste die beiden nach draußen.

«Das gefällt mir nicht», sagte Hedwig. «Wir kennen uns zu wenig aus.»

«Wir sehen uns weiter um», sagte ich. Hedwig schlug vor, daß wir uns trennen. Ich fand die Idee reizvoll, aber riskant:

«Wir kriegen zwar auf diese Weise mehr heraus. Aber wenn einer Hilfe braucht, wird er allein sein.»

Diamond wollte auf Agneta warten, ich wollte Hedwig nicht allein lassen. So gingen wir zu zweit auf das erste Haus zu. Die Frau, die uns öffnete, sprach nicht mehr als 50 Worte Deutsch. Und sie war schwanger. Hedwig outete sich als Ärztin und lotste die Frau ins Schlafzimmer, um dort eine «Untersuchung» vorzunehmen. Ich blieb in der Küche, wo mich eine Katze dazu überreden wollte, ihr etwas Eßbares zu besorgen. Ich streichelte, blieb aber standhaft. Dabei hatte ich selber Hunger. Meine Hoden schmerzten immer noch. Draußen stieg eine Frau, die wir bisher nicht gesehen hatten, in den Jeep und fuhr vom Gelände.

Die Frauen kehrten zurück, Hedwig verabschiedete uns und schob mich ins Freie.

«Sie kommt aus Rumänien», sagte sie und sah besorgt aus. «Ich habe mit meinem Spanisch versucht, was möglich war. Aber alles ohne Garantie. Sie ist künstlich befruchtet worden. Das ist ihr zweites Kind. Das erste hat sie auf normalem Weg empfangen.»

«Und warum diesmal nicht? Was ist der Grund? Etwas Medizinisches?»

«Der Grund sind 20000 Mark.»

Ich sah aus den Augenwinkeln, wie der Jeep zurückkam. Er fuhr schneller als vorhin, und er fuhr direkt auf uns zu. Ich packte Hedwig am Arm, die Kühlerschnauze endete keinen halben Meter von uns entfernt. Sie waren zu dritt, alles Frauen, alle in diesen Jacken. Keine Uniformen, aber sie sahen einheitlich aus. In den Händen hielten sie Pistolen. Drei Hände, drei Pistolen.

«Okay», sagte die Frau vom Beifahrersitz, «wir haben unseren Spaß gehabt, jetzt gehen wir wieder dahin, wo wir hergekommen sind.»

«Und das wäre?»

Einen winzigen Moment zögerte sie. Das reichte mir, um mich zu freuen. Aber ich haßte nun mal Menschen, die in dieser überheblichen Pluralform mit mir redeten.

«Also bitte», sagte die Wortführerin. Sie waren alle zwischen 20 und Mitte 30, alle überdurchschnittlich attraktiv. Die Wortführerin kannte ich: Elisabeth, Künstlername Eva, die letzte Frau im Liebesleben von Lars Strindberg.

«Frau Gerber hat uns eingeladen», sagte Hedwig.

«Frau Gerber ist dazu nicht befugt.»

«Dann laden Sie uns doch ein», schlug ich vor. Eva bewegte die Pistole auf meinen Bauch zu und sagte:

«Wir halten nichts von Besuch, der zu Fuß kommt und kein Auto dabeihat.»

«Okay, okay, wir gehen. Aber Sie wissen nicht, was Ihnen entgeht.»

«Was sollte das sein?» fragte sie höhnisch.

«Ein Benefizkonzert von Phil Diamond.»

Die Gerber hatte das beeindruckt, die drei beeindruckte es auch, aber in einer anderen, unguten Weise.

«Was ist mit Diamond?» fragte Eva alarmiert.

In diesem Moment trat er aus dem Haupthaus, bei ihm war Agneta.

«Rein!» brüllte ich. «Verschwindet!» Die Frauen eilten auf Diamond zu. Hedwig und ich stürmten Richtung Hauptweg. Agneta kam noch einige Meter weit, Diamond war gleich eingekesselt. Wir hatten den Weg kaum erreicht, als uns ein Wagen entgegenkam. Wir sprangen in den Wald, der Wagen rauschte an uns vorbei, vielleicht hatten uns die beiden Insassen nicht bemerkt.

«Wo willst du hin?» rief Hedwig.

«Zurück.»

«Aber sie haben uns doch gerade...» Da war ich bereits in das Stück mit den dicht an dicht stehenden Bäumen eingedrungen.

## 42 Leben aus dem Topf

Beim ersten Versuch kam ich zu weit links heraus. Ich tauchte gleich wieder in den Schutz der Bäume ein, beschrieb einen Bogen und erreichte dann die Schmalseite des Haupthauses vom Wald her. Zwischen mir und dem Haus lagen keine zehn Meter. Alle Fenster der Rückseite waren im Erdgeschoß undurchsichtig. Ein Schlag, und die Sicht wurde viel besser. Ächzend fiel ich durch die Öffnung auf den Boden. Von so einem Raum hatte ich schon oft geträumt, aber auch in wachem Zustand gefielen mir Operationssäle nicht. Ein einziger Tisch, eine Wand voller Schränke mit Glastüren. Dahinter Bataillone von Messern, Schabern, Zangen. Ich mußte raus hier, zwei Türen, eine führte in den Vorraum, den ich durch die Scheibe sah. Ich nahm die nächste, ein Raum mit zwei Tragen. Glänzender Stahl, der Raum deckenhoch gekachelt, im Boden ein Abfluß. Raus hier, zwei Türen, blind gewählt, das Labor. Auf dem Tisch eine Achterbahn aus Pipetten, Röhren, Kolben. Daneben Batterien von Reagenzgläsern, aufrecht stehend, alle leer. Hohe, verglaste Schränke, darin Schalen, in denen etwas schwamm, wuchs oder schimmelte. Ich fühlte mich nicht wohl hier drin, aber ich hatte auch nicht das Gefühl, in eine Hexenküche geraten zu sein. Es war alles so aufgeräumt, nichts wies auf unerlaubte Experimente hin.

Wieder zwei Türen, eine führte auf einen Flur, die schloß ich gleich wieder. Die zweite führte in einen Nebenraum. Er war leer bis auf den Topf und den kleinen Tisch. Ich öffnete den Deckel ohne besondere Aufmerksamkeit. Mich machte nicht einmal die Tatsache stutzig, daß der Deckel aufwendig gesichert war. Als ich die Klammern löste, war ich in Gedanken schon wieder auf meinem heimlichen Rundgang. Dann ließ sich der Deckel bewegen, ich hob ihn ab, Dampf stieg aus dem Topf, und ich ließ den Deckel fallen. Ich stellte sofort den Fuß drauf, bevor er scheppernd auf dem Boden zu tanzen begann. Dampf stieg auf, eisiger Dampf. Und auch in meinem Hirn stieg etwas auf: kristalline Klarheit. Jetzt bekamen die Handschuhe an dem Wandhaken Sinn, jetzt konnte ich mir die lange, schlanke Zange erklären. Ich zog die Handschuhe an und fischte mit der Zange in den Tiefen des Topfes herum. Ich entdeckte erst spät, daß es möglich war, den Einsatz in der Mitte anzuheben. Ich hob das erste Glas heraus. Es trug die Ziffer 4 und ein Datum: der Freitag der letzten Woche. Ein Reagenzglas, von dem nur die Spitze mit einer weißlichen Flüssigkeit gefüllt war. Ich holte die Ziffern 5 und 6 und 7 heraus, alle mit demselben Datum. Erst als ich erkannte, warum mir die Bewegungen mit dem rechten Arm so schwer fielen, packte ich alles wieder ein. Ich war dabei, mir den Arm abzufrieren.

Auf dem Tisch lag ein Klemmbrett, obenauf ein Deckblatt «Hengste», darunter ein Dutzend Blätter mit Tabellen und Spalten. *Honi Soit, Ambudance, Rosengarten, Blaue Lagune, Sporthotel.* Daneben Datumsangaben, daneben Namen.

Im Raum stand kein Stuhl, weil ich aber das Bedürfnis verspürte, mich zu setzen, rutschte ich mit dem Rücken an der Wand herunter, bis ich auf den Hacken saß. Es waren mehr als 60 Namen, zwei Drittel kannte ich. Ein Bundesminister, der Ministerpräsident eines Bundeslandes, der Botschafter einer engbefreundeten großen Nation, der Vorstandsvorsitzende eines Automobilkonzerns, ein Modedesigner, ein Freßpapst, vier Schauspieler, zwei Schlagersänger, ein Rockstar, ein Nachwuchstalent aus der Formel 3000, Tennisprofi Bergander, zwei Adlige, darunter ein Landgraf Poldi von Baden, einer der populärsten Chefredakteure, ein Theaterintendant. Und dann die Namen, bei denen ich nicht ganz sicher war: Politiker, Theologen oder Bischöfe beider Konfessionen, drittrangige Geister aus der Showszene. Wenn ich nicht ganz daneben lag, waren auch einige Helden aus der Volksmusik dabei.

Nachdenklich klebte mein Blick am Landgrafen von Baden, als draußen geschossen wurde. Zweimal, dreimal. Laute Rufe, kein Schmerz, nur Alarm oder Befehle. Ich machte, daß ich aus dem Raum kam. Zurück ins Labor, zurück in den OP-Saal, eine neue Tür, verdutzt stand ich vor zwei Geräten von der Art, in denen ich gerade gefischt hatte. Hinter mir ging eine Tür auf, nichts wie rein und die Tür sanft hinter mir zugezogen.

Eine Frauenstimme: «Paßt doch auf, der blutet uns hier alles voll.»

Zweite Frau: «Zier dich nicht so, wir kriegen dich ja doch.»

Dann Gewürge, Zerren, Machtkampf ohne Worte.

Zweite Frau: «So, mein Lieber, wer nicht hören will ...»

Erste Frau: «Ich habe dir gesagt, es reicht.»

Zweite Frau: «Ihr habt schon den Alten und die Frau laufenlassen. Spielen wir hier Tag der offenen Tür oder was?»

Erste Frau: «Komm, Schöner, erzähl uns, wo ihr alle auf einmal herkommt.» Dann der Schrei, ich wurde von Gänsehaut überflutet, hielt die Leuchtrakete in der Hand.

Erste Frau: «Laß es. Der singt nicht mehr.»

Zweite Frau: «Er will nur lieb gebeten werden. Nicht wahr?» Wieder der Schrei, und ich hatte heute noch nichts gegessen.

Dann begann Anton zu reden: «Ich suche meine Frau. Ist mir weggelaufen. Habe gehört, hier ist ein Frauenhaus.» Dann schrie er.

Zweite Frau: «Habe ich vergessen, dir zu sagen, daß du uns nicht anlügen sollst?» Ich begann an einem Ende zu zittern, gleich danach zitterte ich überall. Zuhören zu müssen, wie jemand gefoltert wurde, war so ekelhaft.

Nebenan hörte ich ein Klatschen.

Zweite Frau: «Schläft tief und fest wie ein Baby.»
Erste Frau: «Und was machen wir jetzt?»
Zweite Frau: «Das steht seit langem fest.»
Erste Frau: «Ich mache das aber nicht.»
Zweite Frau: «Natürlich nicht. Madame macht sich nicht die schönen Finger schmutzig. Höchstens naß. Beim Abzapfen.»
Erste Frau: «Wir müssen einen Handwerker bestellen, damit das kaputte Fenster ersetzt wird.»

Das war es! Ein Fenster war kaputt, und Anton war geschnappt worden. Damit hatten sie keinen Grund, weiter nach einem Eindringling zu suchen. Anton war meine Rettung. Nun mußte ich nur noch herauskriegen, auf welch stille Weise er ins Haus gekommen war.

Erste Frau: «... mit ihr machen?»
Zweite Frau: «Das gleiche wie mit dem hier und mit dem Schwammigen.»
Erste Frau: «Das geht doch nicht.»
Zweite Frau: «Sie hat einen Vertrag unterschrieben. Sie verdient gutes Geld. Soviel, wie eine wie sie nie im Leben auf einem Haufen sehen würde. Und wofür? Einmal Beine breit und neun Monate Gebärmutter-Leasing.»
Erste Frau: «Kinder kosten aber auch Geld.»
Zweite Frau: «Niemand zwingt sie, das Balg zu behalten. Über die Hälfte der Frauen hat die Gören sofort abgestoßen. Alle Papiere sind vorbereitet. Unterschrift unten links und pfüati.»

Von irgendwo erklang ein Signal.

Zweite Frau: «Saarlouis ist da. Hat unterwegs Kaiserslautern und Mainz eingeladen. Bin gespannt, wen wir diesmal vermehren können. Wie viele hat Maria gekeilt?»
Erste Frau: «Zwei nur.»
Zweite Frau: «Die wird auch immer ...» Sie hatten den Raum verlassen.

Anton lag da, wo er hingehörte: auf dem Operationstisch. Er war ohnmächtig, er blutete an der Stirn und am Arm, seine Hose war naß und dunkel. Ich suchte die Stelle, wo die Kugel eingedrungen war. Ich fand nichts, aber er blutete immer noch. Wo war Hedwig? Was geschah gerade mit Agneta und Diamond? Die Chefinnen hatten nur kurze Zeit gebraucht, um zurückzuschlagen. Fünf Minuten später hätten sie Hedwig und mich nicht mehr einfach vom Grundstück gejagt. Hoffentlich war Hedwig unterwegs zu einer Polizeistation. Aber wir waren über nichts als Wald geflogen. Anton stöhnte, ich starrte auf seine Hose. Landgraf von Baden, schnell und vorsichtig eilte ich in den Raum mit dem Stickstoffkessel zurück.

Der Landgraf war Numero 5. «So Pulitzer, du Schweinepriester, jetzt bist du mir zu Dank verpflichtet bis an dein Lebensende. Von wegen nur mit Mona, der Geliebten.» Im letzten Moment kehrte ich noch einmal um und entnahm dem Topf ein zweites Reagenzglas. Es geschah nur für den wenig wahrscheinlichen Fall, daß ich auf meine alten Tage noch Lust auf einen Quereinstieg in die politische Welt bekommen sollte. Mit diesem Glas würde ich auf der Karriereleiter die unteren Sprossen auslassen können.

## 43 Der goldene Targa

In diesem Haus saß ich sicher wie die Spinne im Netz. Mein Pech war nur, daß um das Netz herum lauter Spinnenweibchen streunten. Und man wußte ja aus dem Biologieunterricht, wie das Schicksal von Spinnenmännchen aussieht.

Vor allem mußte ich aus der Nähe der Stickstoffbehälter fort. Was draußen gehupt hatte, war der Nachschub. Gläserweise taufrisches Sperma. Raum um Raum tastete ich mich vorwärts, kam endlich in neutrale Möblierungen, kein Chrom mehr, nichts Scharfes, nur Büroambiente. Auf dem Flur des medizinischen Trakts die Milchglasabtrennung, die ich schon von der anderen Seite gesehen hatte. Und dann kamen sie: verschwommene Schatten, ich rettete mich in einen Büroraum. Keinen Meter Luftlinie entfernt, schleppten sie etwas Schweres vorbei. «Lecker, lecker, Kuchenbecker», sagte eine unbekannte Frauenstimme. Sie lachten wie eine Horde Mannsbilder. Als ich nichts mehr hörte, verließ ich den Raum und den Medizintrakt. Vor mir sah ich den Haupteingang, seitlich führten Treppen in die höheren Etagen. Ich atmete mich der Freiheit entgegen.

In dem Moment, in dem ich aus dem Haus trat, fuhr der Porsche aufs Gelände. Ein 911 Targa in Mattgold, nur die Räder waren aus Gummi. Die Tür schwang auf, schlagartig erstarb die Musik im Wagen.

Die Frau sah so gut aus, daß man sie auf den ersten Blick mit Hedwig verwechseln konnte. Hinter mir stürzten zwei Frauen aus dem Haus, sie hatten die Hand schon am Hosenbund, als die Frau sagte: «Guten Morgen, Herr Reporter. Ein herrlicher Tag, der sich da anbahnt, nicht wahr?» Ich bekam nicht mit, ob sie den Amazonen überhaupt einen Blick zugeworfen hatte, jedenfalls blieben die Pistolen, wo sie waren. Sie kam auf mich zu und zog ihre Handschuhe aus. Dann standen wir uns gegenüber. Ich nannte meinen Namen, sie sagte: «Box.»

«Mein Beileid zu dem schmerzlichen Ereignis.»

«Was meinen Sie damit? Daß er durchgebrannt ist oder daß ich ihn geheiratet habe?» Sie lachte und sagte: «Er kommt zurück. Er kommt jedesmal zurück. Danach ist er lieb wie nie.»

«Okay», sagte ich. «Das war der familiäre Teil. Jetzt zum Wichtigen. Da drin liegt ein Mann, er braucht dringend ärztliche Hilfe.»

«Wo liegt er denn? Im Besenschrank?»

«Auf dem Operationstisch.»

«Na, sehen Sie. In dieser Minute wird für ihn getan, was nötig ist. Oder?»

Die beiden Frauen nickten.

«Punkt zwei», sagte ich. «Ein Freund von mir wird in diesem Haus widerrechtlich festgehalten.»

«Sie sind mit Diamond befreundet?» Ihre Lachfältchen leisteten Schwerstarbeit. Sie war geradezu unangenehm präsent. Es war, als würde man zwei Frauen gegenüberstehen.

«Punkt drei: Sie sind eine Erpresserin größten Stils.»

«Ach ja? Und warum? Weil wir werdenden Müttern ein Heim bieten?»

«Nein, weil Sie diese Frauen mit dem Samen prominenter Männer befruchten, sie die Kinder austragen lassen und dann die Männer erpressen – mit ihren leiblichen Kindern.»

«Zeigen Sie mir eine Anzeige. Eine einzige nur. Na? Wo ist sie denn?»

Jetzt fiel mir die Aufschrift des Lieferwagens ins Auge, der etwas abseits geparkt stand. «Pneuma. Kältetechnik», Dresdner Kennzeichen. So ein Wagen hatte vor dem *Ambudance* gehalten, Pulitzer hatte es in seinen Unterlagen festgehalten. Pneuma. Kältetechnik, einer von acht Namen aus dem schicken Jugendstil-Altbau in der Neustadt, aus dem Agneta, Diamond und eine Frau gekommen waren. Eine Frau, die Ähnlichkeit mit einer der drei Amazonen von vorhin aufwies.

«Ich werde Ihnen die Kontoauszüge zeigen, die beweisen, daß Erpressungsgelder geflossen sind», sagte ich.

«Sie meinen sicherlich die Spendenquittungen für die Unterstützung unseres Kinderhofs.» Sie machte eine große Armbewegung. «Die kann ich Ihnen auch zeigen, wir haben eine funktionierende Buchführung. Möchten Sie auch spenden? Selbst kleinste Beträge sind gern gesehen. Wir sind vom Finanzamt als gemeinnützig anerkannt. Außerdem muß ich Sie dringend bitten, nichts Unüberlegtes auf dem Hoheitsgebiet eines befreundeten Staats zu tun. Sie wissen sicher, daß die Tschechen gar nicht gut auf Deutsche zu sprechen sind, die auf ihrem Gebiet den Kommissar spielen wollen. Das erinnert die Tschechen an unangenehme Begebenheiten in der noch längst nicht bewältigten Vergangenheit.»

«Diamond wird Sie anzeigen. Ihn werden Sie nicht mehr stummkriegen.»

«Warum sollte er dies tun?»

«Weil er verliebt ist.»

Erster Wirkungstreffer, ich atmete gleich freier. Sie ging an mir vorbei ins Haus und sagte, ohne sich umzudrehen: «Kommen Sie mit.»

Sie führte mich in einen Raum im zweiten Stock des Haupthauses. Ich sah sofort, daß nebenan Diamond saß und mit einer Frau sprach. Ich sah nicht sofort, daß ich alles durch einen Einwegspiegel beobachtete. Neben mir standen Frau Box und die beiden Wächterinnen.

Diamond war aufgelöst. Wenn die Frau redete, schüttelte er den Kopf, wenn er sprach, stotterte er vor Erregung.

«Nein. Das kann gar nicht sein. – So was geht gar nicht. Dazu braucht man doch viel zu viel ...»

«Sehen Sie», sagte die Frau und legte Diamond Papiere vor. «Aus den Unterlagen geht eindeutig hervor, daß Fräulein Agneta nicht die Mutter Ihres Kindes ist, sondern eine gewisse Stefka Gastova.»

«Aber das Kind ...»

«Das ist Ihr Kind, schon wahr. Aber die falsche Mutter. Fräulein Agneta ist schon mehrfach auf diese Weise unangenehm aufgefallen. Zuletzt hat sie sich einem englischen Rocksänger in sehr aufdringlicher Weise genähert. Sie sammelt einfach Eroberungen.»

«Das nehmen Sie zurück.»

«Gut, dann soll es sein. Ich zeige Ihnen jetzt Fotos, Herr Diamond. Ich möchte Sie eigentlich warnen, sich das anzutun.» Sie legte ihm die Fotos vor. «Ich glaube, ich muß dazu nichts sagen.»

Ich trat an den Spiegel. Soviel konnte ich sehen, daß auf den Fotos nackte Menschen zu sehen waren. Und Tiere.

«Das sind Fälschungen», stöhnte Diamond.

«Der Rocksänger ist der Besitzer dieses schönen Schäferhunds. Und Fräulein Agneta ist nicht wählerisch. Ich wollte Ihnen diese Bilder nicht zeigen, Herr Diamond. Wenn hier also irgendwer zur Rechenschaft zu ziehen ist, dann sicher nicht wir. Und ob Fräulein Agneta... das ist wohl mehr eine Frage der Moral. Sie hat keine, Herr Diamond. Sie ist eine Hure. Es tut mir wirklich sehr leid.»

Ich schlug mit beiden Fäusten gegen den Spiegel:

«Glaub Ihnen kein Wort, Philly. Agneta liebt dich. Sie liebt dich!»

Diamond drehte sich nicht einmal um, auch die Frau nicht. Ich wollte zur Tür hinaus, die Wächterinnen lächelten mich an.

«Ich möchte jetzt gehen», sagte nebenan Diamond. Alle standen auf. Ich sah, wie die Frau einen Blick auf den... nein, in den Spiegel warf.

«Sehen Sie», sagte die Box zu mir, «wieder einmal keine Anzeige.»

Diamond verließ den Raum, ich wollte ihm folgen.

«In Ordnung», sagte die Box. «Sie benehmen sich untadelig. Wenn nicht...» Jetzt hielten die Wächterinnen Pistolen in ihren Händen.

«Philly...» Er drehte sich um.

«Du darfst ihnen nicht glauben», sagte ich.

Er lächelte schwach. «Ich weiß jetzt alles», sagte er. «Nicht nur über Agneta. Auch über andere Menschen, denen ich vertraut habe.»

«Philly, ich...»

«Ja, auch über Sie. Sie sind gar kein Pfarrer.»

«Du bist ja auch kein Sänger.»

Er drehte sich um, dann blieb er noch einmal stehen. «Ich habe zwei Tage wirklich geliebt. Wirklich und ehrlich. Zwei Tage in 38 Jahren. Ist das zu wenig, Herr Pfarrer?»

«Wenn es die Richtige war...»

Er nickte und ging.

Als ich mich umdrehte, steckten die Wächterinnen gerade die Waffen ein, und die Box fragte:

«Möchten Sie einen Blick auf Ihren Freund werfen?»

Anton lag im Bett. Seine Wunden waren versorgt worden. An der Milchglasscheibe trennten sich unsere Wege.

«Und wer hat nun Strindberg umgebracht?»

Die Box lachte mich aus. Sie war kurz davor, mir mitleidig über den Kopf zu streicheln. Dann sagte sie: «Bei uns arbeiten nur Frauen mit. Sie erledigen alle Aufgaben. Manchmal ist eine übereifrig.»

«Und manchmal verliebt sich eine Frau in eine andere Frau.»

«Ja und?» Sie war sehr aufmerksam.

«Manchmal springt Liebe über Klassenschranken hinweg. Und manchmal über die Grenze zwischen Chefinnen und Angestellten. Wo ist Agnetas Geliebte, von der sie alles erfahren hat, was nie eine der Mütter erfahren sollte?»

«Weg. Weit weg. Sonst noch etwas?»

Sonst war nichts mehr. Ich verbeugte mich vor der genialen Frau, wollte das Haus verlassen – und stand Tamara Press gegenüber. Sie trug die gleiche Jacke wie die anderen.

«Weißt du, Tamara, was ich dir übelnehme? Daß du mir eins meiner allerletzten Vorurteile zerstört hast. Und ich habe doch nur noch zwei bis drei. Bis eben habe ich gedacht, daß ich Menschenkenntnis besitze.»

Sie sah so weich aus wie noch nie. Sie war stärker als ich und jünger. Wir befanden uns im Ausland, und ich hatte immer noch nichts gegessen.

«Hier», sagte sie und hielt mir einen Umschlag hin. «Hat mir dieser schwachsinnige Sänger gegeben, bevor er ging. Soll ich dir geben. Dem Herrn Pfarrer.»

Ich nahm den Umschlag und sagte:

«Du wärst meine Nachfolgerin geworden.» Dann wollte ich endlich gehen. Ich mußte nichts mehr wissen.

«Es war Panik», sagte Tamara hinter mir, anstatt zu schweigen. «Er hat Eva beleidigt, meine Eva. Er war betrunken und widerlich. Und er hat den Stickstoffbehälter entdeckt. Hat reingegriffen. Wie besoffen muß man sein, um so etwas zu tun?»

«Ist schon gut, Tamara.»

«Damit war alles gefährdet. Wir wußten nicht, was wir tun sollten. Dieser Fall war nicht vorgesehen. Und dann stand plötzlich auch noch dieser Tattergreis in der Tür und wollte mit Strindberg reden.»

«Ein kluger alter Mann.»

«Und dann hat Eva gesagt, es darf keiner merken, daß er ins Eis gegriffen hat. Deshalb haben wir ihn festgehalten und seinen Arm über den Kerzenleuchter gehalten, damit es so aussieht, als hätte er sich verbrannt. Nur verbrannt. Aber er hat so geschrien.»

«Klar. Zwei Schreie. Einmal beim Stickstoff, einmal bei den Kerzen. Den ersten Schrei haben die anderen gehört, den zweiten nur ich. Alles klar, Tamara. Quäl dich nicht.»

Ich ging, und sie rief mir hinterher:

«Eva und ich haben zusammen im Auto gesessen. Aber ihr werdet nie erfahren, wer am Steuer gesessen hat. Das ist Liebe.»

Die Luft vibrierte, im nächsten Moment war der Hubschrauber da. Er kam genau von vorn auf mich zu, und hinter mir stand das Haupthaus. Der Hubschrauber war schnell wie ein Geschoß, ich lief und lief und lief, hinter mir kreischte Material, dann war es eine wundervolle Sekunde ruhig, auf die eine gewaltige Explosion folgte.

Ich lag auf dem Bauch, Arme über dem Kopf, und irgendwas traf meine Nieren.

«Anton!» Ich rannte auf das Haus zu, das Dach brannte, und eine zweite Explosion ertönte.

«Weg hier!» rief die Box. Sie stand im Eingang, damenhaft trotz wirrer Haare. «Weg!» rief sie. «Mein Werk, mein Werk. Hier kommt niemand rein.»

Ich ging weiter, sie hob die Hand, da lag eine Pistole drin. Und mitten in den Explosionen lag Anton. «Keinen Schritt», rief die Box, «keinen Schritt.»

Ich ging weiter, ich wußte gar nicht, wie das funktionieren sollte: anzuhalten. Tamara wußte es auch nicht, aber dann lernte sie doch noch etwas, bevor sie starb: Die Box schoß hervorragend. Ich zog die Leuchtpistole aus der Tasche, zielte, zog ab, und die Box stand plötzlich kopflos da.

## 44 Wo alles seinen Ursprung nimmt

Das nächste, an das ich mich erinnere, waren Hände auf meinem Körper. Ich stellte mich tot. Es gelang mir, die klugen Hände zu täuschen. Aber dann schoß ich hoch, und Hedwig fuhr erschreckt zurück.

«Anton!» rief ich. Sie zog mich auf die Decke zurück.

«Lebt», sagte sie. «Du hast ihn noch rausgekriegt, vor der letzten Explosion, die alles vernichtet hat. Anton schläft und wird überleben.»

Die Decke war so herrlich weich, sie roch nach Babypuder. Vom Haupthaus standen nur noch die Außenwände.

«Hier», sagte Hedwig und hielt mir den Umschlag hin. «Ich habe ihn dir mühsam entreißen müssen. Das Testament von Diamond. Gestern neu aufgesetzt. Alles für Agneta und die Kleine. Ein bißchen was zum Trösten für Frau Diamond.»

«Ein großer Mann», murmelte ich. «Und ein großer Narr.»

Das Gelände wimmelte von Polizeiwagen, tschechischen vor allem, aber ich sah auch sächsische. Und Krankenwagen. Plötzlich stand Agneta neben mir. Sie hatte verweinte Augen und drückte ein Bündel gegen ihre Brust, Hedwig nahm es ihr ab.

«Als alles in die Luft flog, hat eine der Frauen vor Schreck ihren Termin um drei Wochen vorgezogen.»

Hedwig legte mir das bißchen Mensch auf den Bauch. «Das ist übrigens die Tochter von... aber das würdest du mir sowieso nicht glauben.»

Ich roch an dem neuen Menschen. Das, was so stank, war demnach ich.

«Sind Babys nicht niedlich?» sagte Hedwig dann. Alarmiert forschte ich alle Winkel ihres Gesichts aus, und sie sagte:

«Ich bin nicht zu alt dafür.»

Ich ließ den Kopf nach hinten fallen und murmelte dramatisch:

«Mir geht es plötzlich so schlecht, so abgrundtief schlecht.» Zwei Lippen legten sich auf meine Lippen, und mir ging es gut, so abgrundtief gut. Danach flüsterte Hedwig: «Einen schönen Gruß noch von Rechtsanwalt Dumont. Er bedankt sich vielmals für den Lottoschein, den du ihm als angebliche Kundenliste des Bordellfonds untergejubelt hast. Am Samstag waren fünf Richtige drauf. Dumont sagt, er hat gar nicht gewußt, daß du solche Klasse besitzt.»

Mein Bewußtsein wollte auf diese Eröffnung mit einer Ohnmacht reagieren. Aber Hedwig ließ die kleine Flucht nicht zu.

«Dies hat ein Bote in der Redaktion für dich abgegeben», sagte sie und stellte mir trotz meines angegriffenen Zustandes den Pappkarton auf den Bauch. Ich bat Hedwig, den Karton für mich zu öffnen.

Das matte Gold war herrlich. Ich mußte sofort meine Hand auf den Leib der Kaffeekanne legen. Im Innern raschelte etwas, ich nahm den Zettel heraus.

«*Die Suche hat gerade erst begonnen.*

*Gehe dorthin, wo alles seinen Ursprung nimmt, und es soll dein Schade nicht sein.*»

*Klugmann / Mathews*

«Da werden endlich wieder Geschichten erzählt, die so intelligent und spannend sind, die zum Zittern und Lachen bringen. Allererste Empfehlung: die subtil anarchistischen Polizeikomödien der beiden Hamburger **Norbert Klugmann** & **Peter Mathews.**»
*Lui*

**Beule oder Wie man einen Tresor knackt**
(thriller 2675)
«Eine ins Absurde schweifende Geschichte, verzweifelt komische Charaktere und knappe, bitterböse Dialoge.»
*taz*

**Ein Kommissar für alle Fälle**
*Polizeimärchen*
(thriller 2700)
Am Anfang war der Schrebergarten, dann taucht Claudia auf, Kommissar Fleischhauer fängt Feuer und doch ist jemand schneller, als die Polizei erlaubt...

**Die Schädiger**
(thriller 2771)
Rochus Rose wachsen die Schulden über den Kopf und die Methoden des Geldeintreibers Sänger sind raffiniert, aber nicht ganz legal...

**Tote Hilfe**
(thriller 2973)
Rochus Rose sucht eine tote Frau und findet eine Verschwörung lebenstüchtiger Rentner mit Namen «Tote Hilfe».

**Norbert Klugmann**
**Die Hinrichtung** *Der erste Phil Parker-Roman*
(thriller 2837)

*rororo thriller*

**Der Dresdner Stollen** *Der zweite Phil Parker -Roman*
(thriller 2891)

**Das Pendel des Pentagon** *Der dritte Phil Parker-Roman*
(thriller 2954)
«Norbert Klugmann legt ein wahnsinniges Tempo vor und ihm fließen mitunter Dialoge aus der Feder, gegen die hochgerühmte amerikanische Kollegen die reinsten Langweiler sind.» *Süddeutscher Rundfunk*

**Krieg der Sender** *Der vierte Phil Parker-Roman*
(thriller 3038)

*rororo thriller* wird herausgegeben von Bernd Jost. Ein Gesamtverzeichnis der Reihe finden Sie in der *Rowohlt Revue*. Jedes Vierteljahr neu. Kostenlos in Ihrer Buchhandlung.

3013/4

Serientäter

**Robert Brack**
**Die siebte Hölle**
(thriller 2941)
Oldtimer bringen's besser als Bücher, meint der bankrotte Buchhändler Jercy Pacula, und überführt zwei Limousinen nach Lissabon...
**Schwere Kaliber**
(thriller 2967)
**Psychofieber**
(thriller 3058)

**Frank Göhre**
**Schnelles Geld**
(thriller 3048)
Der erste, seit Jahren vergriffene Kriminalroman von Frank Göhre, der mit mehreren Literaturpreisen ausgezeichnet wurde und als Kinofilm Beachtung fand. Neu bearbeitet und wesentlich erweitert.
**Der Tod des Samurai**
(thriller 2832)
Ein Thriller über organisiertes Verbrechen in Hamburg.
**Der Tanz des Skorpions**
(thriller 3025)
**Letzte Station vor Einbruch der Dunkelheit**
(thriller 2795)
**Der Schrei des Schmetterlings**
(thriller 2759)

**Daniel Pennac**
**Wenn nette alte Damen schießen...**
In Belleville, dem Kreuzberg von Paris, schneidet ein erbarmungsloser Killer armseligen Rentnern die Kehlen durch. Angst macht sich breit, gefolgt von einer kräftigen Paranoia. Ausgezeichnet mit dem «Prix Mystère de la critique».
(thriller 2921)
**Königin Zabos Sündenbock**
(thriller 3003)

rororo thriller

**30 Jahre thriller Jubiläums-Lesebuch**
(thriller 3030)
Dieser Jubiläumsband präsentiert einen opulenten Querschnitt durch die Geschichte der rororo thriller- Reihe und bietet literarischen Nervenkitzel pur. Die Palette internationaler Autoren gleicht einem Who is Who der Kriminalliteratur.

**Pacio Ignacio Taibo II**
**Der melancholische Detektiv** *Drei Fälle für Héctor Belascoarán Shayne*
(thriller 3039)
Der Boxer Angel, Freund von Detektiv Héctor Belascoarán, wird beim Training im Ring von einem Unbekannten erschossen. Mögliches Motiv: eine alte Rivalität um eine Frau... Taibo liefert nicht nur ungewöhnliche Stories, sondern ein dichtes Bild von Mexiko, seiner Atmosphäre, seinen Problemen und seiner Faszination.
**Das bizarre Leben**
(thriller 2940)
**Comeback für einen Toten**
(thriller 3019)

*Serientäter*

**Larry Beinhart**
**Priester waschen weißer**
(thriller 3043)
Tony Cassella schlüpft in die Rolle eines irischen Priesters um den Tod von Wendy Tavetian und einem Japaner aufzuklären.
**Zahltag für Cassella**
(thriller 2932)
Bei Privat Eye Tony Cassella steht eine Steuerprüfung an. Genau in dem Augenblick, als er genügend Beweismaterial gegen den Justizminister persönlich zusammen hat...

K. C. Constantine
**Ein unbeschriebenes Blatt**
*Ein Fall für Mario Balzic*
(thriller 2776)
«Constantine ist ein wunderbarer Autor. Lang lebe Polizeichef Balzic!»
*New York Times*
**Blues für Mario Balzic**
(thriller 3002)
Schwere Zeiten für Mario Balzic: ein Mord geschieht, seine Mutter wurde mit einem Schlaganfall ins Krankenhaus eingeliefert und seine Frau hat wenig Verständnis für sein Pflichtbewußtsein.

**William Krasner**
**Opfer einer Razzia**
(thriller 3001)
Organisiertes Verbrechen + illegales Glücksspiel = Unmoral & Prostitution - Charley Hagen, Partner von Detective Captain Sam Brige, zieht wieder einmal voreilige Schlüsse.
**Die letzte Tat des Mr. Goodman**
(thriller 2937)

**Jean-Bernard Pouy**
**Sprengsatz aus der Vergangenheit**
(thriller 3021)
**Der Schlüssel zur Affäre**
(thriller 2977)

3024/4b

*rororo thriller*

**Schwarze Beute**
Stories von berühmten Autoren und neuen Talenten finden sich in den thriller-Magazinen und immer wieder – Shock, Thrill and Fun.
**thriller–Magazin 5**
Herausgegeben von Norbert Klugmann und Peter Mathews
(thriller 2969)
**thriller–Magazin 6**
Herausgegeben von Janwillem van de Wetering
(thriller 3000)
**thriller-Magazin 8**
Herausgegeben von Maj Sjöwall
(thriller 3093)

Die Reihe *rororo thriller* wird herausgegeben von Bernd Jost. Ein Gesamtverzeichnis aller lieferbaren Titel finden Sie in der *Rowohlt Revue*. Jedes Vierteljahr neu. Kostenlos in Ihrer Buchhandlung.